# 宋慈洗冤罪案簿

（四）

客舍凶殺案【完結篇】

巫童　著

高寶書版集團

# 目錄
CONTENTS

待得前列甲士行過，轎子終於出現在客棧樓下時，他扣弦的指尖一鬆，第一箭飛掠而下。一聲慘叫，轎子前方的轎夫一頭栽倒在地，轎子頓時傾斜，重重砸在了地上。

「有刺客！」



「你每天迎送客人，可以輕而易舉地物色目標。看準哪個客人有錢，你便安排住在一樓的客房，一旦住客有事外出，你便找同夥趁機行竊，事後再進房檢查，指出窗戶沒有關嚴，把錯歸於住客自己。」



這兩樣當物如能尋回，與帳本放在一起為證，便可證實這人曾主守自盜。一旦尋得，對破案必有幫助。

宋慈拱手道：「在下有一不情之請，還望員外能施以援手，幫忙追尋這兩樣當物的下落。」



短短二十天內，這已是他第三次身陷囹圄了。

第一次他被關進了提刑司大獄，安然無事；第二次他被關進了司理獄，戴了一整天的重枷；這一次他仍是被投入了司理獄，卻不再像前兩次那般輕鬆。



吩咐完許義後，喬行簡看向宋慈。

他知道禹秋蘭遇害一案尚未完結，道：「宋慈，不是還有一個行凶的凶手嗎？不知這一個凶手是誰？」

# 引子

甲士前後護衛，夏震隨行在側，韓侂胄乘坐的轎子逐漸遠離了劉太丞家。

「當日妳入宮面聖，舉薦宋慈查案，此事我未予追究。」簾布垂遮的轎廂之中，韓侂胄聲音低沉，「如今妳在劉太丞家露面，公然替宋慈解圍，是越來越不把我這個叔公當回事了。」

韓絮也身在轎廂之中。她倚靠壁板，微低著頭，不久前在醫館裡那副討人喜歡的乖巧模樣，此刻已是分毫不見。

原來，當初何太驥死在岳祠之後，韓侂胄的本意是讓時任浙西提點刑獄的元欽接手此案，然而韓絮聽說宋慈在岳祠當眾辨析案情的事後，入宮求見皇帝趙擴，極力言說宋慈公正無私，請求讓宋慈戴罪查案，自證清白。

出於已故恭淑皇后的緣故，趙擴對韓絮甚為寵愛，破例答應了這一請求。

韓侂胄在宮中多置眼線，很快獲知了此事，彼時的他不認為區區一個太學生能掀起什麼風浪，又想著此案牽連楊家，讓宋慈出面查案也好，倘若出了什麼岔子，一切罪責皆可推到宋慈這個外人身上，於是順水推舟，迎合上意，也出面保舉宋慈查案。

「叔公是要做大事的人，」韓絮開口說，聲音很輕，「何必要與一個學子計較？」

「妳也知道我要做大事。」韓侂胄加重了語氣，「妳雖為郡主，受聖上寵愛，可妳不要忘了，自己姓什麼。當年若沒有我，妳姐姐能當上皇后？妳能做得了郡主？北伐當前，珍兒不懂事也就罷了，連妳也來給我添亂。」

「我從沒有添亂之意。宋慈對叔公多有得罪，但他為人耿介，品行端直，這麼做只是為了查案。還有當年他娘親那起舊案，我也是有所耳聞……」

聽到韓絮言語間維護宋慈，還提及宋慈亡母的案子，韓侂胄的臉色越發難看，忽然喝道：「停轎！」

行進中的轎子一下子止住，停在了燈火如晝的大街上。

「妳下去吧。」

「叔公……」

「下去！」韓侂胄眼睛一閉，似在極力克制心中怒火。

韓絮面若冰霜，點了點頭。她不再多言，掀起轎簾，自行下了轎子。

站在街邊，目睹韓侂胄的轎子在眾甲士的護衛下沿街遠去，韓絮不禁仰起頭來，凝望著漆黑無盡的夜空。

當她再低下頭時，繁華的臨安街頭，被甲士分開的行人早已合流，恢復了車水馬龍的熱鬧景象。她在這份熱鬧中默然轉身，朝錦繡客舍的方向慢行而去。

就在韓絮往前行走時，其身後的不遠處，兩個醉漢勾肩搭背著，正晃晃悠悠地走在街邊。

「若是教我知曉，那日在……在侍郎橋上，是哪個渾蛋推我下河，看我不……不打他個半死！」左側的醉漢身量稍高，臉上長了不少麻子，看起來年紀尚輕，說起話來卻很是粗魯。

右側的醉漢個頭瘦小，生得獐頭鼠目，竟是曾因楊茁失蹤案入過獄的竊賊吳大六。吳大六看起來比左側醉漢年長了十多歲，笑道：「我說賈老弟，這都好些天了，你這口氣還沒消啊？」

「如何消得了？」左側醉漢名叫賈福，惡狠狠地說道，「一提起這事，我便氣不打一處來！」

原來不久前的初十深夜，他在青樓吃醉了酒，回家時趕上下雨，衣服、鞋子很快被淋濕了。他瞧見街邊屋簷下有個乞丐蜷縮著身子在睡覺，天寒地凍的，那乞丐還穿著一雙木屐，裹著不知從何處撿來的襦襖。雖然襦襖和木屐都很老舊，但看起來還算乾淨，應該是剛撿來沒多久，最為重要的是，這兩樣東西都是乾的。

他當時酒勁上頭，想到自己全身濕透，竟莫名起了恨意，眼瞅著周圍沒人，便朝那乞丐狠踹了幾腳，將襦襖和木屐搶了過來。他蹬著木屐，拉起襦襖遮頭擋雨，醉醺醺地往前走了一段路，來到了侍郎橋頭，忽見橋上有人正打傘趕路。

當時已是後半夜，又因為夜雨濕冷，路上幾乎見不到行人，好不容易遇到一個打傘的人，他想也不想，追上去鑽進傘下，本意是想借傘避避雨。哪知，那人根本沒瞧他一眼，忽然用力一擠，將他撞下橋、摔進了河裡，這下他從頭到腳、裡裡外外濕了個透。等他罵罵咧咧地爬上岸時，那打傘之人早已不見了蹤影。

雖然此事過去了好幾天，但他越想越氣，忍不住張牙舞爪，對著身前亂踢亂打，便如抓住了那打傘之人一般毆打洩憤。這幾下發洩之後，他忽然手腳一頓，直勾勾地盯住了前方。

吳大六見賈福雙眼放光，順著向前望去，瞧見了前方不遠處的韓絮。韓絮衣飾華貴，身姿婀娜，即便身在往來不絕的人流之中，仍是尤為出眾，惹人注目。

「賈老弟，你可少看幾眼吧。」吳大六勾緊賈福的肩膀，「這等天鵝肉，你是吃不到的，看了也是白搭。」

「你這是……罵我是癩蛤蟆？」賈福突然惱了，一把推開吳大六，「我家裡那老不死的，過去在宮裡當過差，得了不少錢財，只是不知被他藏在了哪裡……哪天讓我得著這筆錢財，你看我吃得著這天鵝肉不！」

撂下這話，賈福不再搭理吳大六，一個人氣衝衝地走了。

吳大六也不追趕，瞧著賈福離去的背影，鼠眼一瞇，不屑地冷冷一笑，用力甩了甩搭過賈福肩膀的手，好似那手沾染了汙穢，非得甩乾淨不可。

賈福和吳大六分開後，並未立刻歸家，而是一路遠遠跟隨著韓絮，一直跟到了錦繡客舍，眼看著韓絮走進了客舍之中。

他在客舍門外站了好一陣，用力地咽了咽口水，方才搖搖晃晃地離開。

# 第一章　破雞辨食

上元節當天，偌大一個錦繡客舍安靜得出奇，當宋慈走進客舍大堂時，映入眼簾的只有掌櫃祝學海一人。

附近的太學正在舉行盛大的視學典禮，住客們大都趕去了那裡，畢竟誰都不想錯過一睹聖容的機會，就算見不到皇帝真容，能見識一下萬人空巷的潑天熱鬧，下半輩子的談資便有了。

客舍裡的夥計們也是這般想法，祝學海便讓夥計們都去了，只他一人留了下來。這家客舍是他的命根子，總得有人留下來照看，且以前客舍曾被偷過很多次，他也是被偷怕了，可不想再被竊賊光顧，再說住客也沒全走光，還有一位客人留在客房裡，一直沒有出來。

「宋大人。」祝學海正在櫃檯整理帳本，一眼便認出了來人。

宋慈點了一下頭，徑直向行香子房走去。

祝學海沒有過問宋慈的來意，甚至沒向宋慈多瞧幾眼，繼續埋頭整理那幾冊帳本，儘管那幾冊帳本早已疊放得整整齊齊。

宋慈來到行香子房外，叩響了房門。

「進來。」房中傳出了韓絮的聲音。

門未上閂，宋慈一推即開，只見床頭一面銅鏡前，韓絮手持金釵，正在梳綰髮髻。韓絮並未回頭，朝鏡子裡看了一眼，道：「宋公子，你來了。」

宋慈一入房門便止住了步，就那樣隔著一段距離，望著韓絮的背影，道：「郡主帶話與我，不知是何用意？」

原來，方才宋慈與劉克莊、辛鐵柱等人一起等在前洋街上，準備在聖駕離開時攔駕上奏，以求得蟲達屍骨一案的查案之權。然而，就在等候之時，忽有一人擠進人群，來到宋慈的身邊，悄聲道：「宋大人，行香子房的客人有請，讓小人轉告你三個字——禹秋蘭。」

宋慈急忙轉頭，見傳話之人是上次去錦繡客舍查案時，那個在行香子房外偷瞧韓絮洗浴的夥計。那夥計傳完話後，飛快地擠出人群離開了。

宋慈原本平心靜氣地等待著，這一下，卻是心緒急劇起伏——只因「禹秋蘭」這三個字。

他已經很多年沒聽人提起這三個字了，那是他已故母親的姓名。他不知行香子房的客人還是不是韓絮，但既然提及了他母親的名字，無論對方是誰，無論是何目的，他都要去見這一面。

宋慈留劉克莊在前洋街，也沒讓辛鐵柱隨行，獨自一人來到了錦繡客舍，來到了行香子房。

韓絮沒有回答宋慈這一問，道：「數日之內，這已是你我第三次見面了。宋公子，你當真不記得我了？」

宋慈的目光落在銅鏡上，望著鏡中的韓絮，沒有說話。

「紹熙元年三月，」韓絮梳綰髮髻的手一頓，輕聲提醒了一句，「百戲棚，林遇仙。」

宋慈忽然神色一動，像是猛地想起了什麼。

紹熙元年是十五年前，那一年的陽春三月，正是他隨父母初次踏足臨安的時節。

他怔怔地望著銅鏡，只覺鏡中本就模糊的身影，變得越發迷離惝恍。

恍惚之中，他彷彿看見了五歲的自己，踮著腳尖，出現在銅鏡深處……

「娘，這鏡子好清楚呀！」

「娘，這只浴桶和我一樣高呢。」

「娘，牆上這麼多字，寫的是什麼呀？」

初次踏足京城臨安，入住這麼好的客舍，時年五歲的宋慈在行香子房中奔來跑去，這邊瞧瞧，那邊看看。

禹秋蘭站在衣櫥之前，將原本已算乾淨的衣櫥仔仔細細地擦拭了兩遍，擦拭得一塵不染，這才將疊好的衣物、鞋襪一件件地放入衣櫥。

她不時轉頭瞧一眼宋慈，見宋慈站在牆角，一邊倚靠著屏風，一邊看著牆上的題字。那屏風收折起來，立放在牆角，若是倚靠得太用力，說不定會有倒下的風險。

禹秋蘭還沒來得及提醒宋慈，便聽宋鞏的聲音響起：「慈兒，別靠著屏風，小心倒下來打到你。」

禹秋蘭朝宋鞏看了一眼，眼角幾縷皺紋舒展開來。她與宋鞏做了多年夫妻，一直不得兒女，直到宋鞏四十來歲，才得了這麼一個兒子。宋慈一天天長大，年年歲歲、安然無恙，對她而言已是莫大的幸福，如今宋鞏入京通過了有著「春闈」之稱的省試，只剩下最後一輪殿試，可謂又是一大喜。

大宋殿試原本是要黜落士人的，然而在仁宗朝時，有個叫張元的士人，因多次殿試落第，憤而投奔西夏，替西夏出謀劃策，接連大敗宋軍，致使大宋朝廷震動，君臣不安，於是仁宗皇帝下詔「進士殿試，皆不黜落」。

自那以後，只要入京通過省試，便可成為進士，殿試只列名次，參加殿試後，皆可做官，如此一來，對每個士人而言，通過省試便成了天大的喜事。宋鞏為此特意在殿試之前，將他們母子二人接來臨安，共享這份喜悅。

禹秋蘭自然是欣喜的，她見過丈夫寒窗讀書十餘載的苦，見過丈夫多次科考落第的難，尤為明白丈夫達成所願的不易。宋鞏特意選擇了錦繡客舍落腳，一來這家客舍頗具規模，又以乾淨整潔出名，房錢還比其他同等大小的客棧便宜，妻兒難得來一次臨安，他想讓妻兒住得舒適些；二來這裡緊鄰太學，他早年在藍田書院求學時的同窗好友歐陽嚴語，如今是太學的學案胥佐，正好方便與其往來敘舊。

對於年幼的宋慈而言，臨安的一切都是新鮮的。白天裡，他隨父母前往西湖遊玩，入夜後，又一起逛了城中的夜市。西湖天造地設般的美景，年幼的他還不懂欣賞，但夜市就不一樣了。各種好吃的、好玩的，諸如香糖果子、水晶角兒、行燈畫燭、時文書集等等，可謂琳琅滿目，這般夜市是家鄉建陽小城從沒有過的。

他吃了很多，玩了很久，又見父親精挑細選了一支銀簪子，親手插在母親的頭上，母親為此而臉頰發紅，看得他嘻嘻發笑。他又聽父親說，臨安本地人在夜市上吃飽喝足之後，大都會去勾欄瓦舍，那裡百戲雜陳，雅俗共賞，尤其近來有一位聲名鵲起的大幻師林遇仙，每晚都在中瓦子街的百戲棚表演，其幻術奇異絕倫如神仙妙法，無數人爭相前去觀看。

只是這頭一天遊玩得實在太累，父親打算第二天晚上再帶他和母親去觀看幻術，還說之後再挑個天氣晴好的日子，一起去城北的浙西運河，聽說運河對岸有一片桃林，三月裡花開正好，正是賞花的好時節。宋慈為此滿懷憧憬，非常興奮，過了好久才睡著。

翌日天明，早市開張。宋慈早早醒來，隨父母一起上街吃早飯。他吃著熱氣騰騰的七寶粥，心裡卻惦記著林遇仙的幻術，只盼白天快些過去，夜晚趕緊到來。

就在一碗粥快吃盡時，他忽然聽見身邊傳來瓷碗摔碎的聲音，接著一個孩童以尖銳的聲音叫道：「這麼難吃的東西，也配叫七寶粥？我家狗吃的都比這好！」

宋慈隨聲轉頭，只見灑了一地的七寶粥前，站著一個服飾華美的孩童。那孩童一副不可一世的模樣，摔了碗就要走人，身邊跟著一個矮壯漢子，瞧起來像是其下人。

粥鋪攤主忙道：「小公子，這粥錢……」說著，粥鋪攤主想上前攔下那孩童。

那矮壯漢子突然左手一抬，一把掐住粥鋪攤主的下頷。粥鋪攤主被迫仰起了脖子，連連擺手討饒。那矮壯漢子鬆開了手，粥鋪攤主捂著下巴，又驚又怕，再不敢阻攔，至於粥錢和摔碎的瓷碗，那是半句也不敢再提。

那孩童朝地上的七寶粥啐了一口唾沫，一腳將地上的瓷碗碎片踢飛了老遠，這才掉頭離開。那矮壯漢子的右手一直攏在袖中，左手摸出幾枚銅錢，丟在灑滿一地的七寶粥裡面，隨那孩童而去。

那孩童便是韓侂胄的養子韓珍，彼時方才十歲。

韓珍本是韓侂胄故人之子，是由韓侂胄的妻子吳氏做主，將其收為了養子。雖說是養子，可吳氏一直不能生育，於是將韓珍視如己出，對其甚是寵溺。

吳氏乃太皇太后的侄女，韓侂胄能成為外戚勳貴，官至知閤門事，都是仰仗太皇太后之力，因此對吳氏寵溺的這個養子，他從來不敢過多管教，以至於韓珍小小年紀，便養成了頑劣霸道的性子。

今日一早，韓珍離家外出，想著來早市上找些好吃的，再四處尋些樂子，哪知吳氏得知他離家，立刻派了蟲達跟來。蟲達孔武有力，身手了得，說是下人卻又不是下人，更像是韓家私養的門客。

韓侂胄和吳氏不管有何差遣，蟲達都能辦得妥妥當當，所以韓珍每次離家外出時，吳氏怕韓珍出事，都會差遣蟲達跟隨，以便隨時隨地保護韓珍。只是蟲達為人冷言寡語，不似其他下人那樣百般討好韓珍，因此很不得韓珍的喜歡。韓珍每次離家，都會想各種法子甩掉蟲達，可蟲達總能如影隨形地出現在他身邊。今早蟲達又跟來了，他大為掃興，吃什麼都沒胃口，還被七寶粥燙了嘴，氣得他當場摔碗走人。

韓珍剛一離開粥鋪，蟲達的腳步聲便緊隨而至，令他大為煩悶。這時迎面走來一個老人，挑著雞籠，步履匆匆，與韓珍錯身而過的瞬間，雞籠稍稍蹭到了韓珍的衣服。

韓珍嘴巴一歪，一把將那老人拽住。

那老人得知自己不小心撞到了韓珍，連忙賠不是，想要離開。韓珍卻不願讓那老人走，朝左右雞籠各瞧一眼，見是六隻肥雞，羽毛齊整鮮亮，道：「你這雞哪來的？」

那老人答道：「這些雞是小老兒自家養的……」

「你家養的？」韓珍哼了一聲，「這分明是我家的雞！」

「小公子莫要說笑，這些雞是小老兒一天天餵大的，今早剛從雞窩裡抓出來，趕著來早市上賣個好價錢……」

「你個臭老兒，我像是在說笑嗎？」韓珍咄咄逼人，「我家後院養了六隻雞，早晚我都有餵食，昨晚我還餵過呢，今早雞卻全不見了。你這裡的雞剛好六隻，還和我家的雞長得一模一樣，竟敢說是自己餵大的？分明是你偷來的！」

那老人被韓珍扯住衣服，脫身不得，只好把雞籠擱放在地上，與韓珍爭辯起來，只是他口舌遠不如韓珍伶俐，說來說去，不過是重複先前養雞賣錢的話。

兩人一老一少，這麼一爭辯，圍觀之人漸漸多了起來。

韓珍突然把頭一轉，道：「蟲達，你過來認認，這雞是不是我家的？這臭老兒是不是偷雞賊？」

蟲達久居韓家，很清楚韓家只養了一條名為「請纓」的烈犬，從沒養過雞鴨鵝之類的家禽。他知道韓珍突然無事生非，無非是想惹出麻煩來刁難他。若他不承認韓家養雞，那就是說韓珍撒謊訛人，不僅讓韓珍當眾丟臉，還有損韓家的名聲；若他承認韓家養了雞，那韓珍身為一個孩童，定會把這場爭端交給他來處置，如此便能絆住他，趁機將他甩掉。他身為韓家門客，自然不能讓主家公子受辱，更不能令主家聲譽受損，因此選擇了點頭。

「那你還站著幹什麼？」韓珍語調一揚。

蟲達立刻踏前兩步，一把將那老人掀翻在地，將雞籠連同扁擔一併奪了過來。對他而言，眼前不過是個人微言輕的老頭，被汙衊成偷雞賊，那也沒什麼大不了的。

韓珍這才露出得意的笑容，正打算趁機開溜，突然身後傳來一個脆生生的聲音道：「要辨明是誰的雞，那也不難。」

韓珍循聲回頭，看見了說話的宋慈。

宋慈站在他剛剛鬧過事的粥鋪旁，身前小方桌上放著吃得乾乾淨淨的瓷碗，正睜著一雙明亮有神的眼睛望著他。

宋鞏眉頭微皺，低聲道：「慈兒。」微微壓手，示意宋慈坐下。

宋慈見父親臉色不悅，打算坐回凳子上，卻聽韓珍罵道：「哪來的田舍小兒？再敢多話，撕爛你的嘴！」

韓珍見宋慈不過是個五、六歲的小孩，周遭大人沒一個敢插嘴，這麼個小孩居然敢出頭，當眾來管他的事，本就煩悶的他，一下子變得惱怒不已。

宋慈本打算聽從父親的話坐下，這下卻是不肯了。他之前見韓珍在粥鋪上摔碗，明明很好吃的七寶粥，卻被韓珍說成不如狗食，還欺負那粥鋪攤主，他本就看得有氣，此時又見韓珍欺負那賣雞的老人，還要當街強搶那老人的雞，實在忍不住了。

宋慈一下子站直了，道：「想分辨是誰的雞，只需剖開雞嗉子，看看裡面有什麼，便知真假。你說這些雞是你的，昨晚還餵過食，那你餵的是什麼？」

此言一出，圍觀眾人都覺這法子頗有妙處，紛紛向宋慈投去贊許的目光，不承想一個這麼小的孩子竟能有如此見識。

「我……我想餵什麼就餵什麼，」韓珍道，「要你來管？」

宋慈朝宋鞏和禹秋蘭看了一眼，宋鞏仍是臉色不悅，禹秋蘭卻是微笑著點了點頭。

有了母親的支持，宋慈便有了底氣，於是走向那賣雞的老人，並在老人耳邊輕語了幾句，又湊近聽了那老人的回答。他道：「老伯伯說了，他是用粟米餵的雞。」又向韓珍道，「你用什麼餵的雞，難道是不敢說嗎？」

「有什麼不敢說的？」韓珍叫道，「我用的也是粟米！」

「當真？」宋慈道。

韓珍把腰一叉，道：「怎麼，難道我不可以拿粟米來餵雞？」

宋慈笑了，向那老人道：「老伯伯，你究竟用什麼餵的雞，還請說出來，讓大家知道。」

那老人看了看圍觀眾人，答道：「小老兒用的是豆子，今早出門前才餵過。」

此言一出，圍觀眾人的目光都向韓珍射去。

韓珍這才明白過來，原來方才宋慈已小聲問得那老人用豆子餵雞，卻故意說成粟米來騙他。

韓珍知道上了宋慈的當，叫道：「好啊，口說無憑，那就把雞殺了，看看到底餵的是豆子還是粟米！」

不等宋慈回應，也不管那老人是否答允，韓珍立刻叫蟲達殺雞。

蟲達撩起衣擺，從腰間拔出一柄短刀。宋鞏和禹秋蘭見狀，忙去到宋慈身邊，將宋慈護在身下。蟲達左手持刀，右手伸進雞籠，拎出一隻雞來。宋慈這時才看清，蟲達右手殘缺，沒有末尾二指，單靠剩餘的三指，卻把雞抓得極牢。

那老人心疼自己的雞，想要阻止，剛從地上爬起身來，蟲達已一刀揮落。那柄短刀雖小，寬僅一寸，卻是極為鋒利，雞頭頓時落地，雞血灑得遍地都是。

蟲達當場將雞剖開取嗉囊，劃開一看，裡面全是豆子，不見一粒粟米。如此一來，雞是那老人餵養的，已是無可置疑。

可韓珍偏要置疑，非要把六隻雞全都殺了，一隻隻當場辨個清楚明白才肯甘休。蟲達全都照做，不顧那老人的阻攔，一刀又一刀砍下，一顆顆雞頭落地，鮮血橫飛，他卻連眼睛都不眨一下，眼中竟似有興奮之色。轉眼之間，所有雞全被殺盡，雞嗉被剖開，全都只有豆子。

韓珍拖長聲音「哦」了一聲，拋下一句：「原來是我看走眼了，不是我家的雞。」笑著就要揚長而去。

那老人心疼不已，想攔住韓珍索要賠償，卻被蟲達拿刀逼退。

韓珍道：「誰叫你養的雞與我家的雞那麼像！耽擱了我這麼久，沒叫你賠我錢就不錯了，還敢叫我賠你？」說著朝那老人啐了口唾沫，鼻孔朝天，大搖大擺地走了。

蟲達手持血淋淋的短刀，護著韓珍離開，圍觀眾人急忙讓道，沒一個敢加以阻攔。

宋慈目睹了這一切，小小的身子掙扎著，卻被宋鞏死死摁住，眼睜睜地看著韓珍揚長而去。

死雞賣不了好的價錢，那老人癱坐在地上，號哭了起來。淒慘的哭聲，還有破損的雞籠、滿地的鮮血，以及一隻隻開膛破肚的死雞，宋慈耳聞目睹之下，心裡滿是內疚，若非自己強行出頭辨雞，事情豈會變成這個樣子？

宋鞏似乎猜到了宋慈心中所想，上前安慰那老人，問明價錢，將六隻雞連同雞籠一併買了下來，那老人這才止住號哭，對宋鞏千恩萬謝。

宋鞏不忘付了粥錢，提起雞籠，裝上死雞，禹秋蘭則牽著宋慈，三人一起回了錦繡客舍。死雞不能久放，自己一家三人又吃不完，宋鞏便交給客舍伙房，吩咐夥計煮製好之後，送給客舍裡的所有住客分食。

買雞花了不少錢，宋慈自覺愧疚，回到行香子房後，耷拉著腦袋，向宋鞏認錯，說是自己做得不對。

「今日之事，你是做得不對，但不在於花錢。」宋鞏道。

宋慈不明所以，抬頭看著宋鞏。

「雞嗉子裡的食物，過得一夜，早已消盡，哪還會留在嗉囊中？」宋鞏道，「試想那孩子若足夠聰明，揪住這一點不放，說自己昨晚餵的粟米早已消盡，是那老者今早偷雞之後再餵食的豆子，你又該如何分辨？」

「孩兒……」宋慈茫然地搖了搖頭，「孩兒沒想過。」

「破雞辨食，不過是小聰明罷了。」宋鞏放緩了語氣，「這世道混雜，是非善惡，未必如你看到的那樣。那老者挑籠疾走，行色匆匆，雞籠骯髒破舊，六隻雞卻毛色鮮麗，不似農家所養，倘若真是那老者偷來的呢？未必是從那孩子家中偷來的，也可能是偷自別處。這樣的爭論，該當報與官府，由官府查清是非曲直，加以定奪。你還太小，有些事還不明白。你會慢慢長大，會遇到很多事，凡事要少靠小聰明，更應該踏實穩重才是。無論是遇事，還是求學問，都該如此。」

宋慈聽得似懂非懂，點了點頭。

「慈兒還這麼小，能有自己的想法，站出來化解他人爭端，已經很了不起了。再說剛才那孩子，看著也不是什麼好人家的孩子。」禹秋蘭微笑著將宋慈攬入懷中，輕輕撫摸宋慈的頭，「娘就覺得慈兒做得很對。」

宋慈感受著母親懷裡的溫度，眼淚一下子湧了出來。

接下來的整個白天，宋慈一直待在行香子房裡，沒有再出過門，直至夜幕降臨。經歷了白天的事，再加上好友歐陽嚴語突然相邀，宋鞏不打算再去觀看林遇仙的幻術了，但禹秋蘭想去。

宋慈因為白天的事已經很失落了，連話都變少了許多，她不想讓宋慈更加失望。她讓宋鞏安心去太學赴約，她打算獨自帶宋慈去觀看幻術。宋鞏不太放心，畢竟禹秋蘭是初來臨安，叮囑了好幾遍中瓦子街怎麼走，直到禹秋蘭一連說了好幾聲「知道了」，微笑著催促他去赴約，他才離開客舍，去了太學。

中瓦子街並不難找，從錦繡客舍向東至眾安橋，再沿御街一路南下，便能抵達。百戲棚那就更好找了，在中瓦子街上隨便尋人一問，便能知其所在。禹秋蘭帶著宋慈來到這裡時，百戲棚內已滿是看客。

戲臺的正前方擺放了不少座椅，但那兒是一座難求，坐的都是有錢人，更多的市井看客只能站著擠在周圍。稍好些的位置已經被擠得滿滿當當，禹秋蘭只能在邊角上尋了處地兒，這裡人稍少一些，能勉強看到戲臺。宋慈卻不在乎這些，被母親抱了起來，目不轉睛地望著戲臺，只盼著玄妙非凡的幻術快些開始。

過不多時，大幻師林遇仙登臺，其人身披雪色長袍，手托青白瓷碗，鬍鬚半白，面色紅潤，便如畫裡走出來的仙人一般。只見林遇仙端起瓷碗，裡面裝著清水，被他咕嘟咕嘟灌進了肚子裡。他繞臺走了一圈，向各方看客展示瓷碗，以示碗中空無一物。

這一圈走下來，他臉色逐漸發白，捂住肚子作難受狀，似乎剛才那碗水不乾淨，喝壞了肚子。忽然間，他嘴一張，喝下去的水全吐了出來，被他用瓷碗接住，裝了滿滿一大碗。可他仍然一臉難受，喉頭一哽，一團紅影落入碗中，竟是一條鮮活的小紅魚。他又接連張口作嘔，不斷吐出紅影，片刻間，碗裡便有了六條小紅魚。他傾斜瓷碗，示與臺下看客，只見碗中六條小紅魚搖頭擺尾，甚是可愛。

百戲棚內頓時響起了響亮的掌聲。宋慈還是頭一次觀看幻術，驚奇之餘，心裡卻惦記著母親，讓母親快些放他下來，生怕母親手臂受累。

禹秋蘭微笑著點點頭，正打算把宋慈放下歇一歇時，一個婦人從戲臺前繞過，來到了她面前。那婦人是林遇仙的妻子，也算是這幻術班子的女班主，她朝戲臺正前方指了一下，那裡空出來了一把椅子，說是坐在那裡的客人臨時有事離開了，她看禹秋蘭抱著孩子擠在人群中實在辛苦，就讓禹秋蘭過去坐。

禹秋蘭不想麻煩別人，可那女班主實在和藹可親，一再相請，又說自己也是有孩子的人，見不得其他做母親的受苦，反正椅子空著也是空著。禹秋蘭難以推卻，只好連聲道謝，隨那女班主過去，抱著宋慈在椅子上坐了。

這位置正對戲臺，離得很近，前方又無遮擋，宋慈只需稍稍抬頭，戲臺上的一切便盡入眼中。只見林遇仙站到了戲臺的正前方，衝臺下的看客拱手，大聲說道：「在下林遇仙，打嘉興鄉下來，機緣巧合得以在此獻藝，些許微末道行，讓各位貴客見笑了。」和氣地笑了幾聲，「在下每日只獻三藝，方才這『口吐活魚』是第一藝，接下來的第二藝喚作『噴噀成畫』。」說罷大袖一招，早就候在臺下的幾個戲工搬上一張桌子，桌上擺放著數只茶盞和一只大碗，茶盞中不是茶水，而是五顏六色的染料。

林遇仙將各色染料倒在大碗裡，花花綠綠，五彩斑斕，又倒入清水，攪和均勻。他緩緩念起咒語，祝禱了片刻，忽然高仰起頭，將一大碗染料喝進了肚子裡，肚子很快微微鼓起。兩個戲工在戲臺上拉開一匹白布，林遇仙拍打鼓起的肚子，對準白布一口口地噴出染料，只見白布上漸漸顯出菩薩訪問人間疾苦的畫像，各種顏色互相映襯，便如剛畫出來的一樣。

這一手幻術露出來，滿棚看客先是鴉雀無聲，隨即掌聲雷動。

宋慈看得驚呆了，小手舉在空中，一時竟忘了鼓掌。禹秋蘭對林遇仙的幻術並不怎麼在意，目光大多時候集中在宋慈身上，見宋慈如此著迷，心裡不由得甚感欣慰。她朝戲臺的右側望去，那女班主正站在那裡。她向那女班主報以感激一笑，那女班主微微點了點頭。

等到四下裡掌聲稍緩，宋慈才從方才的驚奇中回過神來，使勁地拍起了手。相鄰椅子上坐著一個衣飾貴氣的女孩，看起來十一、二歲，聽見宋慈過於響亮的掌聲，忍不住轉過頭來瞧了宋慈一眼。

那女孩的身邊還坐著一個二十來歲的女子，那女子輕輕碰了碰那女孩的手，道：「妹妹，快看。」女孩聽了姐姐的話，回頭望向臺上。

戲臺之上，林遇仙的第二藝剛結束，第三藝緊跟著便來了，並聲稱這是一門叫作「滄海桑田」的幻術，需要請上一位年少的看客相助。眾多看客急忙揮動手臂，其中不乏一些並不年輕的「我、我、我」的叫聲此起彼伏。

宋慈急忙舉起了手，鄰座那女孩也幾乎同時舉起了手。

林遇仙笑道：「各位貴客如此賞臉，在下先謝過了。請哪位貴客登臺，便交由拙荊來挑選吧。」說罷，向那女班主抬手示意。

女班主看了看眾多舉手的看客，最終面帶微笑，走到禹秋蘭的身前，請宋慈上臺相助。宋慈得知自己被選中，當真是高興壞了。那女孩的臉色有些奇怪，看了宋慈一眼，舉起的手慢慢放了下去。

禹秋蘭沒想到那女班主會選擇宋慈，她本人對幻術一竅不通，宋慈又那麼小，於是連連擺手表示拒絕。可宋慈很想上臺參演幻術，忍不住央求母親。那女班主說耽擱不了多長時間，也不需要宋慈做什麼，只需上臺站一會兒即可，讓禹秋蘭放心就行。眼見宋慈一張小臉上滿是期待，禹秋蘭最終選擇了答允，鬆開了懷抱，讓宋慈隨那女班主登上了戲臺。

林遇仙請宋慈站到戲臺的正中央，低聲叮囑道：「待會兒幻術開始之後，無論發生什麼，請你站在此處，千萬莫要移動。」

宋慈點了一下頭，不忘朝禹秋蘭一笑，示意母親不必擔心。

林遇仙在戲臺上走了一圈，清了清嗓子，指著宋慈道：「這位小公子如此年少，當真讓我好生羨慕。『夫天地者，萬物之逆旅也；光陰者，百代之過客也。』想當年，我也如小公子這般年少過，那時卻不知惜取光陰。倘若能讓我重返垂髫，該有多好！逝者如斯，不舍晝夜，譬如朝露，去日苦多。世間多少人，不知光陰之苦，徒然虛擲年華，直至垂垂老矣，方才追悔莫及。」

他出口成章，堪比文人墨客，說罷，長吸一口氣，朝宋慈緩緩吹出，吹出來的卻不是氣，而是一股白煙。這股白煙源源不斷，越來越多，縈繞在宋慈周圍。

宋慈驚奇萬分，若是身在臺下，只怕又要鼓起掌來。但他記得林遇仙的叮囑，任憑煙霧向自己聚攏，站在原地一動不動。

這股白煙極為古怪，沒有向高處飄散，反而在宋慈的身邊凝聚，漸漸將宋慈澈底罩住，只剩下一道淡淡的人影。這時林遇仙停止吹氣，圍著白煙走了幾圈，雙手不斷地揮動，口中念念有詞，祝禱了十幾句。忽然他停了下來，大袖一揮，白煙四散，煙霧中那道淡淡的人影變得清晰起來。

滿棚看客接二連三地站起，驚呼聲此起彼伏，只因原本年齡幼小的宋慈，竟變成了一個白髮蒼蒼、滿面皺紋的老頭。那老頭一臉茫然，摸了摸自己的臉，摸到了刮手的皺紋又抓下一縷頭髮，看見了蒼白的髮絲，似乎才明白發生了什麼。

他一臉驚恐，立在原地不知所措。

林遇仙向臺下招手，兩個戲工上來，攙扶著那老頭走下臺去。

林遇仙衝臺下看客團團拱手，笑道：「在下獻醜了！今日三藝已畢，多謝諸位貴客捧場！」

百戲棚內頓時掌聲四起，喝彩聲不絕。

一眾鼓掌喝彩聲中，禹秋蘭一下子站了起來。她原以為林遇仙將宋慈變成了老頭，接下來就該將宋慈變回來，哪知林遇仙的幻術就這麼結束了。眼見林遇仙致謝之後，徑直退入了後臺，那女班主也朝後臺走去，有戲工開始收取賞錢，看客們開始陸續散場，她這才意識到事情有些不對勁，連忙上前叫住那女班主，詢問宋慈何在。

那女班主笑了，小聲道：「夫人莫要心急，妳孩子就在後臺，我這便去領他出來，還請妳在此稍候。」說罷，走去了臺後。

後臺入口有戲工看守，不讓外人隨意進入，禹秋蘭只得等候在外。

如此等了好一陣子，看客們都已散盡，仍不見宋慈出來。禹秋蘭有些急了，想進後臺看看，但被戲工攔住。她要求見林遇仙和那女班主，戲工卻壓根不理睬她。她越發起急，與戲工爭執起來，很快又來了好幾個戲工，一起阻攔她，死活不讓她進入後臺。

就在禹秋蘭與幾個戲工的爭執越演越烈時，一個女孩忽然從遠處跑來。禹秋蘭認得那女孩，之前觀看幻術時，那女孩就坐在宋慈的身邊。

那女孩找到禹秋蘭，問她是不是在找孩子，還說她孩子不在後臺，而是在百戲棚的後門。禹秋蘭不明真假，隨那女孩趕往百戲棚的後門，果然看見了等在這裡的宋慈。

宋慈不是孤身一人，而是由那女孩的姐姐照看著。那女孩的姐姐見禹秋蘭來了，便留下宋慈，與那女孩乘上早就停在後門外的一頂轎子，在幾個下人的陪護下離開了。

宋慈的衣褲上沾染了不少塵土，臉頰有些青腫，似乎受了欺負。禹秋蘭將宋慈緊緊抱在懷中，問宋慈出了什麼事。宋慈一開始不肯說話，後來只說自己不小心摔了一跤。禹秋蘭知道若是摔跤，方才還那麼高興的宋慈，不會變得這麼沉默。她問是不是幻術班子的人欺負了他，宋慈搖了搖頭；又問是不是剛才那對乘轎子的姐妹欺負了他，宋慈仍是搖頭。

直到回到錦繡客舍，回到行香子房，禹秋蘭脫去宋慈的衣服，見宋慈不止臉頰青腫，渾身上下還有不少青紫瘀傷，一再追問，宋慈才支支吾吾地說了實話。

原來之前在百戲棚，戲臺上煙霧彌漫開來時，宋慈的腳下突然一空，正中央的檯面陡然陷落，他整個人掉入一道四四方方的暗門，落到了戲臺的下面。

所謂「明臺暗門」，天底下許多表演幻術的場所，都會在戲臺上設置這樣一道甚至多道暗門，用來表演類似入壺舞那種大變活人的幻術，百戲棚也是如此。林遇仙的這一門「滄海桑田」幻術，其實與入壺舞大同小異，事先安排了戲工在戲臺底下候著，看準煙霧彌漫之時開啟暗門，使得宋慈掉入臺下，再讓提前躲在下面的老頭爬上檯面，就這樣來了一出孩童變老者的好戲。

暗門之下是一條連通後臺的暗道，宋慈先是被戲工帶去了後臺，在這裡見到了女班主，女班主又從側門將他帶出後臺，說是帶他去見母親，卻將他帶到了百戲棚的後門。在那裡，他見到了等候多時的韓珍。

韓珍很是癡迷幻術，自打林遇仙聲名鵲起以來，他每晚都會光顧百戲棚。今晚他也來了，就坐在戲臺的正前方，也就是後來宋慈坐過的那個空座。在第一個「口吐活魚」幻術表演時，韓珍無意間瞧見了站在戲臺邊角的禹秋蘭和宋慈。他一下子想起了白天的事，惱恨宋慈當眾給他難堪，頓時起了報復之心。在宋慈目不轉睛地看著幻術表演時，韓珍叫來了女班主，將宋慈指給她看，吩咐她想法子將宋慈與禹秋蘭分開，再把宋慈單獨帶去後門，他則由蟲達護著，提前去了後門等著。

韓珍每晚都來百戲棚捧場，小小年紀的他，出手卻極為闊綽，每次都會給一大筆賞錢，女班主因此認得韓珍，也早已打聽過韓珍的家世來歷，知道韓珍出身外戚之家，其母親是太皇太后的侄女。這樣的人，她可得罪不起，這才請禹秋蘭和宋慈去坐空出來的椅子，以換取兩人的信任，再請宋慈上臺助演幻術，趁機把宋慈領去了後門。

宋慈一到後門，還沒明白是怎麼回事，便被韓珍一腳踹翻在地。

韓珍不耐煩地揮了揮手，打發走了女班主，衝著宋慈罵道：「你個田舍小兒，霸占別人的東西，該不該賠錢？」

「霸占別人東西的是你，最後卻害得我爹賠錢，你把錢還來！」宋慈很不服氣，爬起身來，朝韓珍伸出了手。

韓珍狠踹一腳，再次將宋慈踢倒在地，道：「你剛才坐的位子，是我花錢買的。你擅自坐了，那就是霸占我的位子，就該賠我的錢。賠不出錢來，那就活該你挨打！」說著一邊獰笑，一邊對著宋慈拳打腳踢。

宋慈一開始還試圖反抗，可韓珍足足大他五歲，個子比他高出太多，身子也比他壯實太多，下手下腳又狠，最終他只能抱著腦袋蜷縮在地上，忍受著一下又一下的疼痛。

他最初還能爭辯幾句，漸漸被打得說不出話，只覺得胸悶氣短，難以喘過氣來。蟲達站在一旁，從始至終冷眼旁觀。

韓珍忽然停手了，只因一陣腳步聲響起，有人趕來阻止了他。宋慈以為是母親趕來了，抱著腦袋的雙手稍稍放開，卻見來人不是禹秋蘭，而是之前坐在他鄰座的女孩。

那女孩攔在宋慈身前，道：「好你個韓珍，一見你叫住那女班主耳語，又突然朝後門來，就知道沒好事。」

宋慈聽得這話，才算知道了韓珍的真名實姓。

趕來的人不止那女孩，還有那女孩的姐姐，以及幾個下人。韓珍似乎對這對姐妹頗為忌憚，乾笑了兩聲，道：「今日的戲著實不錯，看得實在過癮！」說罷，朝地上啐了口唾沫，由蟲達護著，從後門快步走了。離開之前，他還瞪了宋慈一眼，目光中透著怨恨，似乎方才那一頓毆打還沒讓他解氣。

韓珍走後，那女孩將宋慈扶了起來，道：「你怎麼樣？沒事吧？」

宋慈鼻青臉腫，渾身疼痛，卻搖頭道：「我沒事。」

那女孩道：「韓珍這小子以大欺小，著實可惡，哪天逮著機會，我非好好教訓他一頓不可。」

她似乎擔心韓珍去而復返，先將宋慈交給姐姐照看，然後奔去戲臺把禹秋蘭叫了來。姐妹二人救了宋慈，卻連姓名都沒留下，便即乘轎離開了。

因為白天破雞辨食一事，宋慈自覺給父母添了麻煩，夜裡又遇到這種事，最先想到的不是要找父母做主，而是怕給父母再添麻煩，又覺得太過丟臉，若非禹秋蘭不斷追問，他本打算把這事藏在心裡，永遠不說出來的。

身體受了傷，一段時日便可痊癒，可心裡受了傷，也許終其一生難以癒合。禹秋蘭知道宋慈受了極大的委屈，心疼地抱住他，輕聲道：「慈兒別怕，你是個好孩子，沒做錯任何事，是那個叫韓珍的孩子太壞。以後無論遇到什麼事，哪怕是再不好的事情，你都要敢於說出來，娘不會再讓你受人欺負……」

她打來水替宋慈擦洗了身子，又在傷處塗抹了消腫散瘀的藥膏。她不再當著宋慈的面提及此事，打算等宋鞏回來後，兩人私下商量，如何去找那叫韓珍的孩子討回公道。

她一向性情溫和，若受人欺辱的是自己，她忍忍便過去了，可受人欺負的是宋慈，那就不行。宋慈被韓珍打得這麼狠，哪怕對方看起來是權貴家的孩子，她也不打算就這麼算了。

雖然塗抹了藥膏，可宋慈渾身仍是疼痛不斷。往常這個時辰，他早已睡下了，此刻卻沒有絲毫睡意。

當母親出門倒水時，他站到了銅鏡前，踮起腳尖，看著鏡中的自己，看著自己那張滿是瘀青的臉。這張臉漸漸模糊起來，恍惚之間，變作了韓絮的面容……

「妳是當年救我的那位……」宋慈有些驚訝地望著銅鏡。

「是我。」韓絮不再梳綰髮髻，轉過身來，直面宋慈。

小時候的許多事，宋慈都已經記不起來了，但發生在百戲棚的這件事，他一直記憶猶新，連那女孩的身形、容貌都還記得。只是當年那一面之後，他再也沒見過那女孩，更不知那女孩姓甚名誰，直至今日方知是韓絮。

事情已過去了十五年，宋慈心中的感激之情卻從未消滅分毫，道：「當年的百戲棚，昨夜的劉太丞家，郡主兩度救危解困，宋某感激不盡。」說罷，整理衣冠，無比鄭重地向韓絮行了一禮。

韓絮卻搖了搖頭：「是不是當真救得了你，眼下還很難說。」她雖不再梳綰髮髻，手中的金釵卻一直沒有放下。說這話時，她的目光不在宋慈身上，而是落在了手中的金釵上。

宋慈沒聽明白韓絮這話是何意思，卻見韓絮走到他身前，舉起了左手，衣袖在宋慈的眼前滑了下去，韓絮白皙光滑的手臂露了出來。

韓絮眉頭微蹙，一抹金光閃爍了一下，白嫩的手臂上便多了一道長長的口子，鮮血一下子流了出來。

「郡主，妳這是……」宋慈一驚之下，想要阻止韓絮。

韓絮卻示意他別動，壓低聲音道：「宋公子，一會兒祝掌櫃會趕來這間房，他會做出驚恐萬分的樣子，大喊你殺人了，跑出去叫人。你不必理會，只管站在這裡就行。」她忍痛揮動手臂，一滴滴鮮血灑落在地，斑斑點點，看起來觸目驚心。「我這是在救你。」她將沾染鮮血的金釵塞在宋慈手中，抓起桌上一只茶壺，用力砸碎在地上。

清脆的碎裂聲響起，緊跟著是一陣急促的腳步聲，祝學海飛步趕來，衝入了行香子房。目睹灑了一地的鮮血，祝學海神色大驚，腳底拌蒜，摔倒在地，手上、身上沾了不少血。他看了一眼滿手是血的韓絮，又看了一眼手持帶血金釵的宋慈，忽然爬起來掉頭就跑，嘴裡叫喊道：「殺人了！殺人了……」

叫聲漸漸遠去。

宋慈凝著眉頭，低頭看了一眼手中的金釵，又抬頭不解地看著韓絮。饒是他素來聰明絕頂，此刻也想不明白韓絮這突然的舉動是為何。

韓絮豎指在唇，示意宋慈不要作聲，直到祝學海的叫聲遠去，她才放下了手指。

宋慈見韓絮傷得不輕，試圖為韓絮止血，韓絮卻道：「這血還止不得。」聲音放低繼續說道，「宋公子，當此境地，若我一口咬定你闖入房中行凶，又有祝掌櫃做證，說你手持凶器，只怕你怎麼也洗不清了。膽敢對郡主行凶，別說我沒死，便是只受一點皮肉傷，你怕也是死罪難逃。」

宋慈聽了這話，隱約明白過來，知道韓絮大可栽贓他行凶殺人，可是韓絮並未這麼做，而是實言相告，說明這並非她的本意，而是有人指使她這麼做的。

他道：「是韓太師？」

韓絮的頭輕輕一點。今日她本打算去太學觀看視學典禮，可一大早天還沒亮，夏震便來錦繡客舍找到了她，說是奉韓侂胄之命，要她栽贓陷害宋慈殺人。她知道這種見不得人的事，韓侂胄應該找所謂的外人去做，越是看起來與韓侂胄毫無干係之人，越是上佳人選，怎麼也不該找她這個出自韓家、地位尊貴的郡主，顯然韓侂胄的用意不只是置宋慈於死地。

她之前舉薦宋慈戴罪查案，昨晚又在劉太丞家替宋慈解圍，韓侂胄已然信不過她，之所以叫她陷害宋慈，更可能是在故意針對她，是在逼她做出抉擇。若她不肯照做，那就是與韓侂胄澈底決裂，往後再也不會被韓侂胄當作自家人來對待。即便她貴為郡主，可韓侂胄權勢滔天，連當今皇后和太尉都不放在眼裡，要對付她一個郡主，自然是綽綽有餘。

夏震走後，她很是糾結了一番，但不是糾結照不照做，而是糾結如何才能救下宋慈。韓侂胄已對宋慈起了殺心，就算她不肯栽贓陷害，也會有其他人來做這種事，宋慈始終在劫難逃。她左思右想了許久，決定既照做又不照做，這才把宋慈叫來錦繡客舍。

宋慈昨晚不僅破了劉太丞一案，還當著韓侂胄的面道出了那番針對韓侂胄的猜想，如劉克莊所言，此舉無異於向韓侂胄公然宣戰。他知道韓侂胄已經對自己起了殺心，只是沒想到韓侂胄這麼快便會動手。

韓絮只是輕輕點頭，他便已明白自身的處境有多危險。可他似乎更在意另一件事，道：「不知郡主為何要救我？」他雖然十五年前就已見過韓絮，但那只是一面之緣，韓絮貴為郡主，又是韓侂胄的侄孫女，卻不惜得罪韓侂胄，一再為他救危解困，他實在想不明白個中緣由。

「宋公子可還記得我姐姐？」韓絮道，「我姐姐名叫韓淑，當年在百戲棚救你的那次，她認識了你母親禹秋蘭。後來她貴為皇后，連生兩子卻都早夭，自己也患上了心疾，尋遍名醫卻不得治癒。我見她最後一面時，她提起了禹秋蘭的死，說她多年來對此耿耿於懷。可我問她為何時，她卻不肯再說。」想起姐姐臨終時的場景，她神色淒然地搖了搖頭。

患上心疾的不止韓淑，還有韓絮自己，這病是治不好的，她知道自己終有一天也會死在這病上。她不想像姐姐那樣困於高牆深院之中，常年與藥石為伴，加之留在臨安睹物思人，時常想起一年之中先後離世的父親和姐姐，於是她離開了臨安，以訪醫求藥為名，這幾年遍覽名山大川。

她原以為這樣便可死無餘恨，然而幾年走下來，她卻時常想起姐姐去世前的那一幕。姐姐提起禹秋蘭的死時，是那樣悔恨，是那樣無奈，是那樣不得已，這畫面一遍又一遍地在她腦海中重複，成了她的心結。她想弄明白這些事，將這個心結打開，為此她重回臨安，打算查訪禹秋蘭的死，卻聽說太學岳祠出了命案，一個學子獲罪入獄之前，曾當眾驗屍、辨析案情，鬧出了不小的動靜。

「我聽說這個學子名叫宋慈，是前廣州節度推官宋鞏之子，便知道是你。於是我去求見聖上，舉薦你自證清白，查明岳祠一案。後來我獨自住進這間行香子房，向祝掌櫃打聽禹秋蘭的死，也問過一些年長的夥計，可他們什麼都說不上來。你問我為何要救你，你精於驗屍，長於斷案，還是禹秋蘭的兒子，你定然能明白我的用意。」

母親之死突然被提及，又身處這間物是人非的行香子房，宋慈心緒觸動，神色微變。他記得韓絮的姐姐韓淑，當年在百戲棚有過一面之緣，但沒想到這位後來成為恭淑皇后的女子，竟會與他母親的死有關。他也沒想到舉薦他戴罪查案的人是韓絮，此前他還一直以為是韓侂冑。

他道：「妳是想讓我查我娘親的案子？」

韓絜點頭道：「聖駕就在太學，今日之事，本意是要驚動聖駕，置你於死地。但我會去求見聖上，言明我是自己誤傷，與你無關，再提起你母親的舊案，求聖上降旨，命你重查此案。聖上一直對我很好，不管是什麼事，只要我多求幾次，他都會答應。」

宋慈略微一想，道：「六年前，池州御前諸軍副都統制蟲達叛國投金，此後音信全無，其屍骨卻於近日在淨慈報恩寺後山被發現，其死必定藏有隱情。郡主若能求見聖上，還望求得旨意，命我查蟲達一案。」

「你不想查明你母親的死？」韓絜頗為驚訝。

宋慈正要答話，忽然一大片腳步聲從外傳來。祝學海奔出去叫人已有一陣子，想必是許多人聽說宋慈殺人後趕來了。宋慈和韓絜對視一眼，兩人心照不宣，不再說話。

韓絜從宋慈手中拿過金釵，快步走回梳妝檯前坐了下來。

很快，一大群人趕到了行香子房外，其中有領路的祝學海、一大批當街護衛的甲士以及史彌遠、許及之、蘇師旦等不少高官，為首之人則是韓侂胄，此外還有不少民眾聞訊趕來，聚集在錦繡客舍外。

宋慈只是一個太學學子，他行凶殺人，對於一眾高官而言，算不上什麼大事，但因祝學海當街呼喊，驚動了聖駕，那可就變成了天大的事，韓侂胄親自出面來處置，在圍觀民眾看來，那是合情合理的。

劉克莊、辛鐵柱等人聽聞宋慈殺人，很想趕來錦繡客舍，但因攔駕上奏，被甲士當街制住，無法脫身。

眼見房中韓絮受傷，鮮血灑得到處都是，趕來的眾人無不面露驚色。

韓侂胄臉色一沉，喝道：「拿下！」

立刻有甲士奔入房中，將宋慈制住。

「叔公誤會了！」韓絮的聲音忽然響起，「是我不小心磕到桌子，摔了一跤，手裡的金釵誤傷了自己。此事與宋公子無關。」

韓侂胄倒是有些始料未及，道：「當真？」

「當真如此。」韓絮道，「一切不關宋公子的事，只怪我不小心，誤傷了自己。」

韓絮不肯指認宋慈殺人，這場栽贓嫁禍便無從說起。

韓侂胄當著眾人的面，不便過多糾纏，手一揮，示意甲士放了宋慈，道：「來人，速去找大夫，為郡主治傷。」

夏震當即遣甲士去請大夫。

「不明真相，便敢當街妄言，驚擾聖駕！」韓侂胄忽然轉頭看向祝學海。

祝學海沒想過會有此等變故，一聽韓絮改口，整個人都愣住了。

韓侂胄突然發難，嚇得他急忙伏身跪地，道：「小……小……小人罪該萬死。」

「掌櫃一時心急，誤以為我受人傷害，這才跑出去叫人，是我沒來得及叫住他，方才引起了這場誤會。」韓絮道，「今日太學視學，人一定很多，想必人人都已聽說了此事，只怕聖上也知道了。我這便去面見聖上，釐清這場誤會，以免多生枝節。」

「郡主千金之軀，留在這裡好生治傷就行，此事我自會稟明聖上。」韓侂胄說完這話，乜了宋慈一眼，轉身走出了行香子房。臨行之時，他向夏震使了個眼色，夏震立刻擒住祝學海，押行而去。隨行官員和一眾甲士，紛紛隨著韓侂胄離去。

轉眼之間，行香子房中只剩下了宋慈和韓絮二人。

韓絮貴為郡主，還是甚得皇帝寵愛的郡主，受了傷、流了血，卻沒一個官員敢關心她幾句，也沒一個甲士敢留下來護衛，所有人都唯韓侂胄馬首是瞻。

她搖頭輕嘆：「貴為郡主，又能如何？」

一念及此，許多往事湧上她心頭。她與韓侂胄同宗不同支，當年她父親韓同卿在朝為官，論輩分雖比韓侂胄小上一輩，私底下卻不認同韓侂胄的為人。原本出身韓家旁支弱系的韓侂胄，依靠太皇太后吳氏的支持，在紹熙內禪中扶持趙擴登基，立下定策之功，掌權後便開始用各種手段打壓異己，可謂聲勢熏灼。韓同卿遠離權勢，始終對韓侂胄避而遠之，一直到七年前去世。

受到父親的影響，韓絮對韓侂胄這些年的所作所為，同樣看不過眼，平日裡她對韓侂胄的尊重都只是停留在表面上。今日她改口維護宋慈，忤逆了韓侂胄，言辭間更是連表面上的尊重都沒有了，那就等同於與韓侂胄澈底決裂。所以她根本沒打算聽韓侂胄的話留下來好生治傷，而是扯一塊乾淨的布簡單纏裹了傷口，便走出行香子房，走出錦繡客舍，在韓侂胄剛回到御輦旁時，便緊跟著來到了前洋街上。

宋慈隨同韓絮而來，一眼望見近百個學子當街而跪，為首的劉克莊更是被好幾個甲士按在地上。劉克莊聽說宋慈殺人的消息，見韓侂胄帶著甲士趕去了錦繡客舍，還以為宋慈會被抓起來，卻見這些甲士空手而回，他不禁心急如焚，擔心又出了什麼變故，害怕宋慈出了什麼事。這時忽見宋慈現身，而且還是自由之身，劉克莊雖不清楚發生了什麼事，但懸吊多時的心總算是放下了。

韓絮示意宋慈止步，她獨自去到御輦旁，在與韓侂胄對視了一眼之後，上前求見趙擴。劉克莊、辛鐵柱等學子當街跪了多時，卻始終得不到面聖的機會，而一聽說是韓絮求見，趙擴立刻便准了。

韓絮進入御輦，過了好一陣才出來。她退在街邊，就那麼站著，低頭不語，看起來神色有些落寞。宋慈一見如此，便知韓絮替他求取查案之權一事，並未獲得趙擴的准許。他原本是想利用全城百姓圍觀的機會攔駕上奏，當眾言明案情，求趙擴准許他查蟲達一案，可突然鬧了一出他殺人的風波，倒把攔駕一事的風頭給壓過去了。韓侂胄自然不會再給宋慈攔駕的機會，他吩咐甲士將宋慈擋在一邊，把跪在街上的學子全都轟開。天子車駕穿街而過，浩浩蕩蕩地向南而去。

眾甲士列隊護衛，隨駕而行，宋慈和劉克莊等人才得自由。

攔駕上奏失敗，劉克莊看著捧在手裡的奏書，免不了失望地搖頭。他關心宋慈的安危，來問宋慈出了什麼事。宋慈知道今日之事很是複雜，牽連又很廣，此時周圍聚集了不少參與攔駕的學子，實在不便當眾言說，於是示意此事稍後再講。見韓絜還站在街邊，宋慈走上前去，道：「郡主，妳傷勢不輕，不可再多耽擱。」

韓絜的手臂上纏裹的布已被鮮血浸紅，臉色也出於流血的緣故而有些發白，可是原本神情落寞的她，卻突然間笑了：「傷得確實不輕，還很痛。」說著，她右手從袖口伸出，亮出了一塊漆紅之物——那是一塊木牌，以朱漆為底，上刻金龍，乃是大宋皇帝所用的金牌。

宋慈雖沒見過這等金牌，但那栩栩如生的金龍，昭示這是天子之物，他當即便要行臣子之禮。韓絜阻止了他，手中的金牌迅速收回，請宋慈到旁邊說話。宋慈看了一眼劉克莊和辛鐵柱，隨韓絜去到街邊一處角落。劉克莊和辛鐵柱當即止步，還攔住跟來的眾學子，不讓他人靠近。

韓絜看了看四周，圍觀百姓大都追隨天子車駕去了，前洋街上，除了攔駕上奏的學子外，已沒有多少行人，眾學子也都遠遠地站著。即便如此，她似乎仍怕被人聽了去，湊近宋慈耳邊，小聲說道：「聖上口諭，命你查蟲達之死，但要你祕密查案，不可對外聲張。金牌是聖上賜給我的，讓我隨同你查案，好讓你便宜行事。」

宋慈之前見韓絮神情落寞，還以為所求之事未得趙擴准許，沒想到韓絮竟求來了查案之權。那之前韓絮神情落寞，想必是因為趙擴要求保密，她怕韓侂胄看出端倪，這才故意為之。

「宋公子，你之所求，我給你要來了。我之所求，還望你切莫辜負。」韓絮小聲說完這話，聲音恢復正常，「我的傷不要緊，請大夫稍加醫治即可，不勞宋公子記掛。」說罷，向宋慈告辭，獨自回了錦繡客舍。

韓絮走後，宋慈稍加思考，忽對劉克莊道：「克莊，我們去提刑司。」

劉克莊向參與攔駕的眾學子道了謝，眾學子就在前洋街上散了，回太學的回太學，回武學的回武學。

劉克莊跟隨宋慈而行，辛鐵柱也隨行在側。直到走出一段距離後，三人身邊已沒什麼人了，劉克莊才問宋慈道：「去提刑司做什麼？」

往年的上元節，臨安城中各條街巷都很喧嘩，行人隨處可見，可是今年因為皇帝視學，許多人都追著聖駕一路向南看熱鬧去了，城北這一帶倒顯得有些冷清。但也正因為一路上人少，宋慈才能放心地把今日發生的事講出來，並問劉克莊是何想法。

劉克莊聽罷，腳步一頓，低聲道：「莫非……聖上有打壓韓侂胄之意？」

宋慈輕輕點了點頭，他心中也是這般猜想的。此前想出攔駕上奏的法子，那是別無他法，不得已而為之，他並未抱太大希望。事實也是如此，眾學子聯名的奏書，自始至終沒能呈遞上去。趙擴最終是在沒有閱覽奏書、不明案情的情況下，僅僅透過韓絮所求便下密旨讓他查案。

蟲達曾是韓侂胄的人，名義上又叛投了金國，若不是有打壓韓侂胄之意，趙擴不可能這麼輕易准許他查蟲達的死，還命他祕密查案，不可聲張。自趙擴登基以來，韓侂胄掌權已有十年，其間軍國大事大多由韓侂胄說了算。自古以來，極少有皇帝能在這種情勢下安心落意，遠的不論，就說當年的高宗皇帝，在掌權十餘年的秦檜死後，才敢長舒一口氣，對大臣說出自己再也不用在靴中藏刀這種話，由此可見一斑。

宋慈再往深處想，趙擴只是傳下口諭，並未像岳祠案那樣賜下手詔，雖說賜了一塊金牌，卻也是賜給韓絮，並沒有賜給他，試想此事若宣揚開來，一旦對趙擴稍有不利，趙擴便可輕而易舉地撇清關係。由此可見，趙擴對韓侂胄是深為忌憚的，隨時給自己留好了退路，這還可見趙擴對他的不信任。

那也難怪，西湖沉屍一案，他忤逆聖意，沒有治罪金國使臣，趙擴必然不悅，如今能授命他查蟲達之死，想來是因為他在查案方面確實才能出眾，更因為他是當真敢與韓侂胄對著幹的人。朝堂之上，對韓侂胄抱有敵意的官員不在少數，但真正敢站出來與韓侂胄公然唱反調的，卻找不出來一個。

宋慈所想的這些，劉克莊也都想到了。追查蟲達一案，必定風險重重，但他知道宋慈既然選擇走這一步，那就不會再回頭，也只有一路追查下去，查明蟲達之死，挖出韓侂胄背後那個不可告人的祕密，宋慈才有一線生機。劉克莊當然擔心，但也倍感欣慰，只因趙擴命宋慈祕密查案，宋慈轉過頭來便把這些事毫無保留地告訴了他，足可見對他的信任。

宋慈經歷了這麼多事，身邊確實有不少值得他信任的人，如桑榆、真德秀、喬行簡等人，但要論完全信得過的，那種信任到可以交付生死的人，便只有劉克莊和辛鐵柱。蟲達之死很可能涉及朝堂權勢之爭，繼續跟隨他追查此案，勢必會惹禍上身，他告訴辛鐵柱這些事，是想讓辛鐵柱自行抉擇，哪怕辛鐵柱退出查案，他也深為理解，其實他本就不希望辛鐵柱被牽連進來。宋慈同樣免不了擔心劉克莊被捲進來，但既然說過福禍相依、生死不改，那他就不會再對劉克莊有任何隱瞞。

劉克莊和辛鐵柱對視一眼，彼此都目光堅定，沒有半點退縮之意。

「你去提刑司，」劉克莊的目光回到宋慈身上，「是要去查驗蟲達的屍骨吧？」

他深知宋慈行事的風格，無權查案時絕不觸碰相關案件，一旦獲得查案之權，便會立刻投入到查案當中。

宋慈點了一下頭。明日太學就將正式行課，到時候沒那麼多空餘時間，他打算從現在起一刻不停，今日便著手查案，第一步當然是查驗屍骨。

屍骨就停放在提刑司偏廳，他此前只是推測那具屍骨是蟲達，至於究竟是不是，以及其真正死因是什麼，還有待驗明。

# 第二章　隱姓埋名的和尚

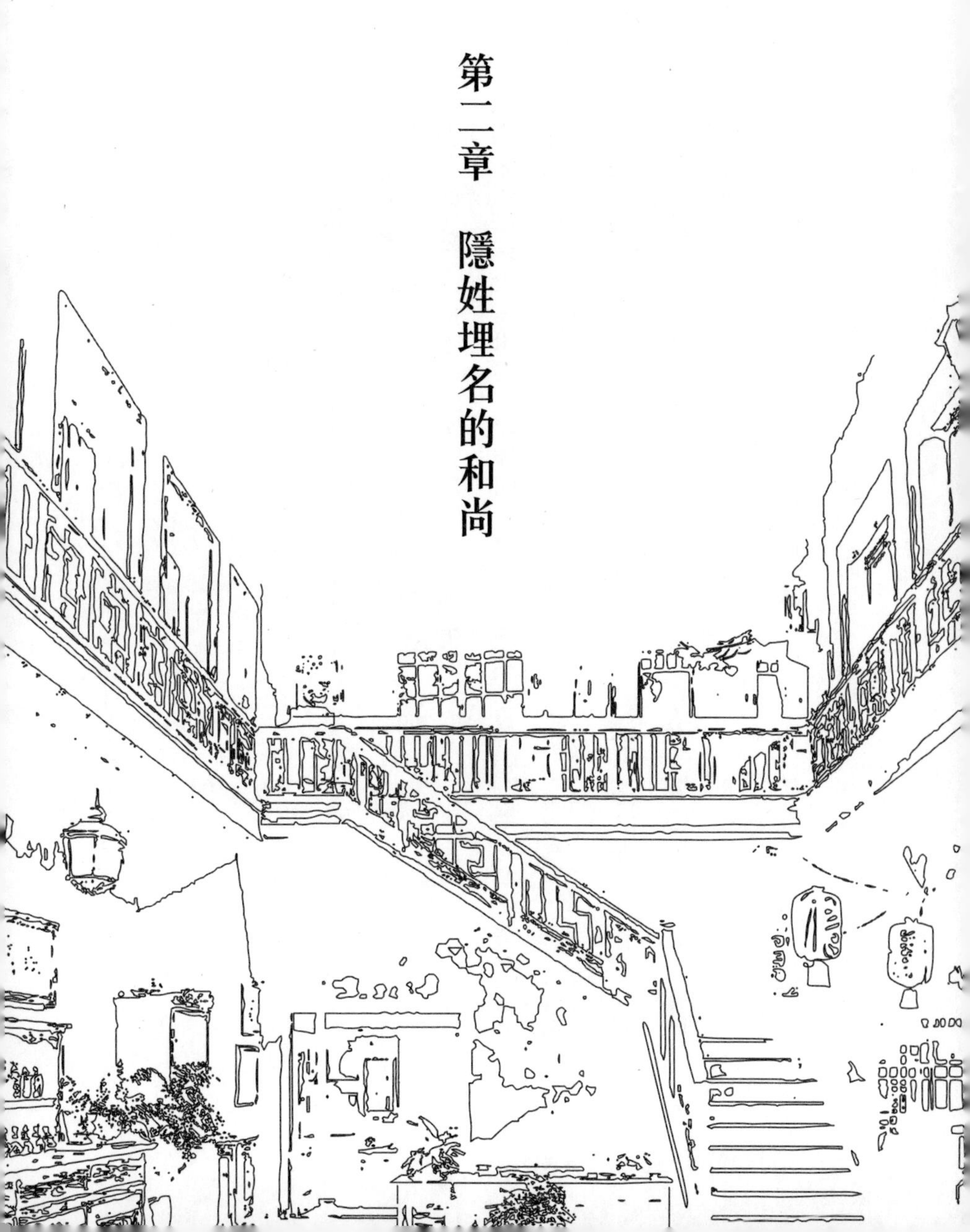

宋慈一行人來到提刑司時，已是正午時分，卻見偏廳外聚集了不少差役，其中有包括許義在內的提刑司差役，也有不少臨安府衙的差役，兩撥人彼此對峙，似有劍拔弩張之意。

今日皇帝視學時，眾多高官相隨，宋慈留意了這些高官，其中絕大部分是韓侂胄的親信。上次他去參加南園之會時，見過這些高官，此刻這些人聚在這裡，卻唯獨不見知臨安府事的趙師睪，讓宋慈頓覺不妙。只聽偏廳內傳出喬行簡的聲音道：「讓他們進來！」把守廳門的武偃等人這才讓道，眾府衙差役急忙擁入。

許義望見宋慈，忙迎上前來向宋慈說明了情況。原來今早趙師睪、韋應奎帶著一批府衙差役來到提刑司，以奉韓太師之命接手案件為由，要將那具疑似蟲達的屍骨運走。

喬行簡似乎對此早有預料，一早便派武偃帶著眾差役守在偏廳，他本人則與文修在廳內查驗這具屍骨。驗骨開始不久，趙師睪便帶人趕來，出具了移案文書，要喬行簡停止查驗，將屍骨運往府衙。

喬行簡知道沒法截留此案，但他堅持要將屍骨驗完，才允許趙師睪接手。趙師睪試圖讓差役闖入偏廳，強行運走屍骨，喬行簡就命武偃帶著眾差役擋在廳門外，與府衙差役對峙，說這裡是提刑司，不是臨安府衙，還說除非韓太師親臨，否則就要等他驗骨結束才可移案。

韓侂胄隨駕視學，自然不可能來提刑司，趙師睪見喬行簡的態度如此強硬，又不敢當真翻臉動手，最終只能默許，待喬行簡查驗完後再移案運屍。

喬行簡極為細緻，墨染法、灌油法、蒸骨法、銀針驗毒等諸法皆用，對每一塊骨頭都進行了查驗，命文修如實記錄在檢屍格目上，直到正午才結束。趙師睪和韋應奎一直冷眼旁觀，直到喬行簡摘下皮手套命令放行，眾府衙差役才得以進入偏廳搬運屍骨。

屍骨被裹在草席中，從偏廳裡抬出來時，趙師睪和韋應奎一前一後，臉色陰沉得好似抹了炭灰。眼見宋慈出現在偏廳外，兩人更加沒好臉色看，尤其是韋應奎，目光斜射過來，便如瞧見了不共戴天的仇人。

喬行簡隨後走出偏廳，道了一聲：「趙大人，喬某公務繁忙，恕不遠送了。」

趙師睪冷哼一聲，袖子一掃，頭也不回地走了。

喬行簡目光一轉，看見了宋慈。他似乎知道宋慈的來意，也不多言，只朝文修微一頷首，吩咐眾差役各自散去，他則由武偃隨同，朝大堂方向去了。文修沒有隨行而去，而是來到宋慈面前，將剛剛填訖的檢屍格目遞給了宋慈。

宋慈不免有些驚訝，朝喬行簡離去的背影望了一眼。喬行簡一向處事嚴謹，明知他的幹辦期限已到，又在不知他已獲查案之權的情況下，明面上徑直離開，不與他有任何接觸，卻暗令文修將檢屍格目拿給他看，可見喬行簡是有意幫他，並甘願為此破例。

宋慈對喬行簡大為感激，接過檢屍格目，逐條往下看去。骸骨的正背、上下、左右各處，皆有詳細的查驗紀錄，整具屍骨除了右掌缺失末尾二指，指骨斷口平整，確認是生前舊傷外，沒有發現其他骨傷，死因推測與劉扁一致，是中牽機之毒而死。

宋慈知道喬行簡精於驗屍，對於檢屍格目上的查驗結果，他自然是相信的。不是每一次查驗屍骨都能驗出有用的線索，這一點他很是清楚。

他將檢屍格目交還給文修，施禮道：「多謝文書吏，也請代我謝過喬大人。」

「喬大人知道你遲早會來，原本是想等你親自來查驗的，不過你也看到了，大人是不得不提前查驗，只可惜屍骨上確實驗不出東西，沒能幫得到你。」文修淡淡一笑，朝宋慈、劉克莊和辛鐵柱各行一禮，便往大堂方向去了。

聽罷文修這話，宋慈感激之念更甚。屍骨上沒有發現，他當即轉變思路，離開提刑司，打算往淨慈報恩寺走一遭。當年這具屍骨與劉扁的屍骨原本於寺中火化，卻被人趁亂移走，埋於後山，此人很可能與淨慈報恩寺有關，若能找出此人，想必便能確認屍骨究竟是不是蟲達的，其他諸多疑問，說不定也能得到解答。

但在去淨慈報恩寺之前，宋慈還要走一趟錦繡客舍，去見一下韓絮。對於這位幾度救危解困的新安郡主，宋慈是心存感激的，但不會因此便輕信對方，畢竟對方是韓侂胄的侄孫女，對於其為人，他此時尚不瞭解。之前被韓絮叫去行香子房，一直到韓絮進入御輦面聖，他全程沒說太多的話，始終如置身事外般旁觀，就是想看看韓絮的葫蘆裡到底賣什麼藥。原以為韓絮另有所圖，沒想到韓絮當真去向趙擴求了查案之權，最後還真的求來了，倒是令他頗覺意外。

韓絮獲賜金牌，奉旨隨同他查案，只因韓絮要回錦繡客舍治傷，他才沒知會韓絮來提刑司。想必此時韓絮的傷應該治得差不多了，他打算去向韓絮稟明查案之行，至於韓絮願不願隨他去淨慈報恩寺查案，由韓絮自行決定。

再次來到錦繡客舍，宋慈留劉克莊和辛鐵柱在外，獨自進入行香子房。韓絮已看過大夫，傷口也已上藥包紮，只是臉色仍有些發白。聽明白宋慈的來意後，原本半躺在床上休息的她，一下子起身下地。

「還等什麼？」她先宋慈一步走出行香子房，不忘回頭衝宋慈一笑。

見到韓絮出來，劉克莊立刻要上前見禮，一句「參見新安郡主」才說出「參見」二字，卻聽韓絮道：「我素來不喜繁文縟節，劉公子用不著多禮，往後也不必如此。」

「郡主相助宋慈甚多，在下實在感激。」劉克莊仍是恭恭敬敬地行完了這一禮。

「出了這客舍，」韓絮道，「你叫我『韓姑娘』就行。」

劉克莊明白，此去淨慈報恩寺是為查案，若在人前以郡主相稱，未免太過招人耳目，當即答應了下來。辛鐵柱不言不語，只向韓絮一拱手。

韓絮打量了辛鐵柱一番，回以一笑，比起禮數周到的劉克莊，她似乎對初次見面的辛鐵柱更有好感一些。

因韓絮有傷在身，劉克莊特意雇了輛車，又買了些饅頭和點心當作午飯，四人一起乘車向淨慈報恩寺而去。

抵達西湖南岸時，未時已過了大半。四人下了車，穿過滿是香燭攤位的山路，進抵寺院山門。上元節的淨慈報恩寺，比起正月初一還要熱鬧幾分，祈福之人摩肩接踵，香火之氣氤氳靉靆。

就在山門之前，宋慈忽地停住了腳步，望著進進出出的人流。

就在他定睛之處，一女子由婢女相伴，正從寺院裡緩步走出。那女子身穿綠衣，面佩黑紗，是自岳祠案告破之後，便再未見到過的楊菱。陪伴楊菱的婢女是婉兒，突然見到宋慈，婉兒仍是沒好氣地瞪了一眼，攙著楊菱就要從旁快步走過。

錯身而過的瞬間，宋慈忽然道：「楊小姐請留步。」

「案子早就破了，」楊菱腳步一頓，「宋大人還有何事？」

「案子雖破，卻仍有一些疑問，想向楊小姐問明。」宋慈朝路邊人少之處抬手，請楊菱借一步說話。

楊菱這時才轉過頭來，見宋慈留下劉克莊等人，已獨自走到了路邊。她略微猶豫了一下，示意婉兒在山門前等候，跟著去到宋慈身前。

「楊小姐可是來祭拜巫易的？」宋慈問道。

「你這話是什麼意思？」一聽見巫易被提及，楊菱的語氣頓時變得不怎麼和善，「巫公子亡故於此，今日是上元節，我來這裡祭拜他，有何不妥？巫公子生前與你並無仇怨，就算李乾是因他而死，可他早已不在人世了，你為何還要追著不放？」

「無論巫易在不在人世，此案都還存有著疑問。」宋慈道，「有疑問，便當查究清楚。」

楊菱指著淨慈報恩寺，道：「巫公子在此出家，法號彌苦，一年前寺中失火，他不幸亡故，還要我說幾次？」她一把抓下面紗，露出半邊疤痕、半邊容妝的臉，「你是不是還想拿『女為悅己者容』說事？當年巫公子出家後，我第一次來這裡見他時，他看見我臉上的傷疤，又悔又恨，悔恨沒來得及告訴我假死一事。他叫我要愛惜自己，說世上再好的男人，都不值得我傷殘己身，即便他當真死了，也要我好好地活下去。從那以後，我每天都仔細地化好妝容，哪怕只剩下這半邊好臉。巫公子後來不幸罹難，我雖然傷心難過，但記著他的叮囑，不再有任何過激之舉。該說的不該說的，我全都說了，你不肯信，那就儘管去查，悉聽尊便！」

「我請楊小姐說話，不是為了追查巫易的死。」宋慈的語氣一如既往地平靜，「我是想打聽一下彌音。」

楊菱說完話本即要離去，聞言腳步一頓，道：「彌音？」

「淨慈報恩寺中有一僧人，法號彌音，曾與巫易同住一間寮房。」宋慈道，「一年前寺中失火之時，聽說彌音曾不顧生死，衝入寮房營救巫易，此事妳可知道？」

楊菱慢慢拉起面紗，遮住了面容，道：「彌音是去救過巫公子，還燒傷了自己，我對他很是感激。」

「在此事之前，妳知道彌音這個人嗎？」

「以前我不知道。」

「巫易與彌音一向交好，難道沒對妳說起過他？」宋慈記得之前找彌音問話時，彌音曾提及與彌苦交好，見彌苦沒從寮房裡逃出來，這才奮不顧身地衝進火場去救彌苦，只可惜沒能救成。

「巫公子與彌音交好？」楊菱搖了搖頭，「巫公子與寺中僧人來往不多。他當初是假死，不敢張揚，哪裡還敢交什麼朋友？」

「照妳這麼說，彌音與巫易的關係並不親近，那他為何要衝進火場去救巫易？」

「這世上，多的是蠅營狗苟之輩，卻也不乏心地良善之人，你未免把世人都想得太壞了。彌音與巫公子交情雖淺，卻肯衝入火海救人，如此大義，著實令人感佩。」巫易死後，楊菱悲痛欲絕，後來聽說了彌音奮不顧身救人之舉，自此對彌音另眼相看。往後這一年多，她每次來淨慈報恩寺祈福祭拜，只要一見到彌音，便會不自主地想起巫易。上次彌音在後山做法事時，她正是因為想起了巫易，才會一直怔怔地望著彌音。

宋慈沒再繼續發問，道一聲：「多謝楊小姐。」便轉身走向山門，與劉克莊、辛鐵柱和韓絮一起走進了淨慈報恩寺。

楊菱在原地呆愣片刻，由婉兒攙扶著，慢慢下山去了。

一如前幾次那般，宋慈踏入寺院便去靈壇，找到了守在這裡的居簡和尚，道：「居簡大師，不知彌音師父何在？」

他看了一眼守在靈壇附近的幾位僧人，都是此前他來這裡時見過的，唯獨不見彌音的身影。

「阿彌陀佛。」居簡和尚合十道，「彌音塵緣未了，已捨戒歸俗，離開本寺了。」

「什麼時候的事？」宋慈吃了一驚。

昨日，他來淨慈報恩寺打聽過道隱禪師的事，當時彌音還在靈壇附近，不承想一夜過去，彌音竟已捨戒歸俗。

居簡和尚道：「今早彌音去見了道濟師叔，交還了度牒，離寺下山去了。」

宋慈又問是什麼時辰，居簡和尚回答說是巳時，如此算來，彌音離開淨慈報恩寺已有兩個時辰了。他問居簡和尚知不知道彌音會去何處，得到的答覆是搖頭。

昨日疑似蟲達的屍骨才挖出來，今日彌音便突然捨戒離寺，又有剛才從楊菱處探聽到的事，這個彌音實在令人起疑。可彌音走了這麼久，又不知會去何處，下山後的道路四通八達，如何尋得？宋慈想著這些，不禁凝起了眉頭。

劉克莊將宋慈的神色看在眼中，低聲道：「這個彌音很重要嗎？」

宋慈想了一想，點了點頭。

「居簡大師，」劉克莊問道，「彌音離開時，可有帶行李？」

居簡和尚道：「我記得他背了一個包袱。」

劉克莊稍加盤算，對宋慈道：「兩個時辰不算久，彌音若是雇車馬離開，只需尋就近的車馬行打聽，便可知其去向；若不雇車馬，他就算不吃、不喝、不休息，最多走出三、四十里路，足可追趕。下山後道路雖多，可今日是上元節，行人商旅甚多，一個背包袱趕路的和尚，必定有不少行人會留意到。我多雇些車馬人手，朝各個方向追尋打聽，未必不能追他回來。」他的目光中透出果決，「此人既然重要，那事不宜遲，我這便去尋。」說罷，請辛鐵柱留下來保護好宋慈和韓絮，他獨自一人離開淨慈報恩寺，飛步下山去了。

劉克莊走後，宋慈想了一想，向居簡和尚道：「敢問大師，彌音的度牒，可是交還給了道濟禪師？」

居簡和尚回以點頭，寺中僧人無論是犯戒被迫還俗，還是自願捨戒歸俗，度牒都會交還給住持，而自德輝禪師離世之後，淨慈報恩寺一直是由道濟禪師暫代住持。

「我想見一見道濟禪師，」宋慈道，「不知方便與否？」

居簡和尚道：「宋施主秉公任直，道濟師叔也曾提起你，還說在山下見過你。師叔就在僧廬，宋施主要見，自然是方便的。」

「道濟禪師見過我？」宋慈有些訝異。

居簡和尚點點頭，道：「施主請隨我來。」將看護靈壇之事交給幾位彌字輩僧人，領著宋慈、辛鐵柱和韓絮三人，朝寺院後方的僧廬而去。

淨慈報恩寺雖然建起了大雄寶殿、藏經閣和僧廬，卻還有不少被毀建築尚未修繕，因此道濟禪師常親自下山籌措木材，有時一連數日不歸，身在寺中的時候不多。但今日他並未下山，一直待在自己那間僧廬裡。他所住的僧廬位於最邊上，與其他僧眾的僧廬都是一般簡陋，全無區別。

居簡和尚來到此處，輕叩房門。

「進來吧。」僧廬裡傳出一個蒼老的聲音。

房門被居簡和尚推開了，僧廬裡只有一床、一桌、一凳，一身破帽、破鞋、垢衲衣的道濟禪師坐在桌邊，擱下手中的筆，捧起一張寫滿字的紙，稍稍吹乾墨跡，收折在信函裡。他笑顏逐開地望著宋慈，那笑容之爽朗，便似滿臉的皺紋都跟著笑了起來，道：「是宋提刑到了啊。」

「禪師認得我？」宋慈這是頭一次見到道濟禪師。

「宋提刑不認得老和尚，老和尚卻認得宋提刑。」道濟禪師笑道，「你在南園破案之時，老和尚我就在後面山上，看了好大一場熱鬧。」

宋慈想起當日破西湖沉屍案時，眾多市井百姓跟著去往吳山之上，居高臨下地圍觀他在南園裡挖墳尋屍，原來當時道濟禪師也在看熱鬧的人群當中。

他向道濟禪師行禮，道：「宋慈久慕禪師之名，此番拜訪，是想查問一事。」

「你有什麼事，直說就行了。」道濟禪師的臉上始終帶著笑容。

「貴寺有一位彌音師父，聽說今早交還度牒，捨戒歸俗了。」宋慈表明了來意，「不知可否讓我看看他的度牒？」

度牒是由朝廷祠部發給僧侶的憑證，上面會寫明其法號、姓名、本籍和所屬寺院，持有度牒的僧侶才能免除徭役賦稅。

劉克莊趕著去尋彌音了，可彌音已經走了那麼久，極大可能是追不回來的，所以宋慈想先看看彌音的度牒，知道其姓名和本籍後，推測其可能的去向，再去尋人。

道濟禪師拿起桌角上一道絹本鈿軸——是彌音交還的度牒，一直被擱放在桌上——遞給了宋慈。宋慈接過展開，只見度牒上寫有「彌音」和「淨慈報恩寺」，除此之外別無他字，這才知道彌音所持的是空名度牒。

度牒源起於南北朝，原本都是實名度牒，但到了大宋年間，卻出現了實名度牒和空名度牒之分。實名度牒需要先成為係帳童行——年滿二十，沒有犯刑，且無文身，若家中父母在世，還須別有兄弟侍養——然後通過名為試經的考試，或是透過皇帝恩賞，又或是透過納財，才可獲得。空名度牒則不同，只需花錢購買，不過花費多達數百貫，上面可以隨意填寫姓名，大都是有錢人為避徭役賦稅而買，尋常百姓只能望而卻步。空名度牒的價格每年都有變化，役稅低時價格低，役稅高時價格也會跟著上漲，過去這幾年的空名度牒已賣到了八百貫一張。雖然空名度牒上沒有彌音的姓名和本籍，但從彌音能買得起空名度牒來看，其出家之前絕非尋常百姓，而且這麼貴的度牒說交還便交還，可見彌音離開時，有多麼急迫。

道濟禪師見宋慈盯著度牒若有所思，猜到彌音之所以突然歸俗離開，只怕是牽涉了刑獄之事，否則身為提刑官的宋慈不會來此查問。他道：「世人皆有苦衷，走投無路之際，方來皈依佛門。若肯放下過去，改過自新，宋提刑又何必追問既往？」

「不是誰都能放下過去，也不是誰都能改過自新。」宋慈將度牒合起，交還給了道濟禪師，「眾生芸芸，假意向善之人，求佛避禍之輩，那也不在少數。」

道濟禪師道：「雖如此，然禪語有云，『放下屠刀，可立地成佛』。」

「放下屠刀，也要看是怎樣的屠刀。若是惡言妄念，放下自可成佛，但若是殺戮呢？」宋慈搖了搖頭，「倘若放下屠刀便可成佛，那些刀下枉死冤魂，又該去何處求佛問道？」

道濟禪師聽罷此言，頗為贊許地點了點頭。他的目光從宋慈身上移開了，拿起那封收折好的信函，交給了居簡和尚，道：「你差人將此函送往少林。」

居簡和尚有些驚訝：「師叔，你當真要請少林寺的長老來住持本寺？」

「本寺欲再成莊嚴聖地，須仰仗本色高人。」道濟禪師笑著揮揮手，「去吧。」

尋常小寺小廟亦不乏住持之爭，更別說是名聞天下的大寺院，道濟禪師明明可出任淨慈報恩寺的住持，卻一直只是暫代，而且在花費了一年時間將寺院重建大半後，選擇去請少林寺的高僧來住持。居簡和尚過去不太認同道濟禪師這個所謂的癲僧，如今卻是漸漸有些信服了。他合十受命，手捧信函去了。

居簡和尚走之後，道濟禪師笑道：「一封書信，倒是寫了大半日。從前口無遮攔，想說什麼便說什麼，而今住持一寺，變成了該說什麼才能說什麼。說到底，老和尚還是勘不破啊。」他慢慢收起了笑容，「『放下屠刀，立地成佛』，這世上的僧侶，說起因果善惡，大都以這般禪語相勸。可老和尚以為，因即是因，果即是果，善即是善，惡即是惡，再怎麼改過向善，作過的惡都在那裡，種下的因也都在那裡。混為一談，豈不糊塗？」他那一雙深沉的老眼向宋慈望去，「彌音是松溪人，本名何上騏，曾從軍旅，殺戮過重，因而出家。他說宋提刑總有一天會來找他，也知道宋提刑是少有的正直之士，因此捨戒時托老和尚轉告一言，也好給宋提刑一個交代：『騏驥一躍，不能十步。』他不願再多連累人命，意欲遠避山野，了此殘生，請宋提刑不必再去尋他。」

「騏驥一躍，不能十步」，意即千里馬奮力一躍，終究跨不過十步之遙。此語有如驚雷，讓宋慈一下子想到了太學司業何太驥。他怕弄錯了名字，向道濟禪師問清楚了「何上騏」三個字是如何寫的。

何太驥就是松溪人士，彌音與其來自一地，不僅同姓，名字中的「騏」與「驥」相合正好是千里馬之名，莫非二人是本家兄弟？宋慈還想追問彌音的事，道濟禪師卻搖搖頭，他只是代彌音傳話，並不知道更多的事。宋慈又問起道隱禪師的身分來歷，問其度牒還在不在，得到的回答是不知其身分來歷，度牒也已毀於一年前的那場大火。宋慈早已猜到會是這樣，死於大火的僧人，度牒自然也跟著燒毀了，只有逃出來的僧人，度牒才有可能被帶出火海。

「老和尚難得清閒一日，樂得遊山看水，便不與宋提刑多言了。」道濟禪師笑了起來，步出僧廬，「愁苦算得一日，歡樂也算一日，何不慣看世事，多笑度此一日？」大笑聲中，悠哉去了。

宋慈聽得此言，不知為何，想起居簡和尚曾提到，德輝禪師病重的那段時日，道濟禪師曾去看望過一次，當時道濟禪師在病榻前嬉笑如常，實在令人費解。

他忽有所悟，人之將死，皆盼安心而去，送別之時，比起啼天哭地，萬事付與一笑或許更能讓逝者無牽無掛，安然離去吧。

雖有此悟，可宋慈無法做到像道濟禪師那般看慣世事，更做不到多笑度這一日。他的思緒回到了彌音身上。彌音與何太驥在身高和身形上都很相仿，長相卻是一點也不像，但這世上長相各異的兄弟並不少見。倘若彌音與何太驥真是兄弟關係，一些長久困擾他的疑惑便能解開了。

彌音與巫易並無深交，卻仍然選擇衝進火海去救巫易，那是因為彌音知道巫易是何太驥的好友，而何太驥逢年過節跟著楊菱去淨慈報恩寺，也能解釋得通了。此前據真德秀所述，何太驥之所以去淨慈報恩寺，是為了跟隨楊菱的轎子，在楊菱抵達寺院下轎時能遠遠地看上一眼。可何太驥明知巫易沒死，明知楊菱是去淨慈報恩寺約會巫易，他身為巫易的好友，卻還要跟著去看楊菱，難道就這麼沒有自知之明？宋慈相信何太驥對楊菱是有愛慕之意的，可何太驥去淨慈報恩寺應該不是為了楊菱，甚至也不是為了巫易，而是為了彌音，只是怕常去淨慈報恩寺惹人起疑，這才對外說是去看楊菱，真德秀為人誠摯，倒是信以為真了。宋慈就這般思緒如潮，在僧廬裡站了好久，直到韓絮連叫數聲「宋公子」，他才回過神來。

彌音留下了所謂的交代，既然明言自己是松溪人，那就不可能再回松溪去，此一走定已離開臨安，遠避他方，再無可尋。臨安乃大宋行在，大路小道四通八達，今日若不追回彌音，等他走得更遠了，那就更不可能追回來了。好在劉克莊第一時間趕去尋人，眼下只盼劉克莊能帶來好消息。宋慈這樣想著，與韓絮、辛鐵柱離寺下山，在西湖岸邊等著劉克莊回來。

過了好長時間，直到天色漸昏，劉克莊終於乘車趕了回來。他去最近的幾家車馬行打聽過了，今日沒有和尚雇用過車馬，彌音極可能是徒步離開的。於是他在車馬行雇了不少人馬，沿著離開臨安的各條道路，去追尋彌音的行蹤。

這些人騎馬而去，沿路不斷尋人打聽，卻沒人見過這樣一個背著包袱的和尚，最後只能一無所獲地回來向劉克莊覆命。

劉克莊沒能追回彌音，失望地嘆了口氣，道：「有錢能使鬼推磨，今日這磨卻沒能推得動，讓你們白等了這麼久。」

宋慈拍了拍劉克莊的肩膀，道：「這可不是白等。上元佳節，進出臨安之人眾多，沿途不乏商客、遊人、腳夫，還有不少賣茶水吃食的浮鋪。既然各條路上都沒人見過背著包袱的僧人，那要麼是彌音喬裝打扮了，要麼是他還沒離開臨安。」

劉克莊道：「彌音若沒離開臨安，又不在淨慈寺，那他會去何處？」

宋慈不禁想起了那句「騏驥一躍，不能十步」，這話出自荀子的《勸學》，它還有後半句「駑馬十駕，功在不舍」，意思是劣馬雖然走得慢，可連走十天也能到達很遠的地方。

他搖了搖頭，雖然不知彌音會去何處，但他感覺彌音的身上藏了很多事，能在淨慈報恩寺藏身這麼久，應該是有原因的，只怕不會這麼輕易離開臨安。他打算回太學去，找真德秀再問一問何太驥的事。

四人乘車回城，到太學時，已是入夜後的戌時。真德秀學識淵博，即便不授課時，也常有學子求教，他為了方便學子請教問題，哪怕是節假休沐，也經常待在太學，很晚

才離開。宋慈回太學一打聽，得知真德秀的確在太學，但不在齋舍區，而是去了岳祠。

今日皇帝視學，特意駕臨了岳祠，有皇帝做表率，再沒哪個學官敢提岳祠的祭拜禁令，因此來祭拜岳飛的學子絡繹不絕，入夜之後仍是如此。真德秀也是來岳祠祭拜的，但他祭拜的不止岳飛，還有曾經的好友何太驥。

他祭拜完後，想起瓊樓四友的往事，想起何太驥、巫易和李乾三人的糾葛，不禁唏噓感慨。他在這裡待了好久，直到宋慈找來。

「老師，」宋慈開門見山道，「可否向你打聽一些何司業的事？」

「太驥的案子，不是早就破了嗎？」真德秀不免驚訝。太學岳祠一案，早在月初便已告破，他還收殮了何太驥的屍體，並按照何太驥的遺願，在淨慈報恩寺後山捐了塊地將其安葬在了那裡。沒想到十多天過去了，宋慈竟會突然來找他打聽何太驥的事。

「案子雖破，卻留有疑問。」真德秀曾提及何太驥父母早亡，與族中親人早就斷了來往，但宋慈還是要再問個清楚，「何司業可有兄弟在世？」

真德秀搖頭道：「太驥曾經說過，他是獨子，家中沒有兄弟。」

「那何上騏是誰？」宋慈道，「上下的『上』，騏驥的『騏』。」

「何上騏？」真德秀回想了一下，「我聽過這個名字，沒記錯的話，那是太驥的叔父。」

「是撫養他長大的叔父？」宋慈記得真德秀提起過，何太驥是由叔父撫養長大的，但這個叔父早在何太驥入太學後，不久便去世了。

真德秀點頭道：「太驥剛入太學時，說起過他的叔父，說他叔父是軍府幕僚，若沒有這位叔父的撫養，他不可能有求學的機會，更不可能入得了太學。」

「他叔父是什麼時候去世的？」宋慈問道。

真德秀又回想了一下，道：「那時我們剛入太學不久，還是外舍生，算來已有六年了吧。」

「六年，又是六年前……」宋慈暗暗自語。

他想起上次尋彌音問話時，彌音說自己出家已有五、六年，時間正好對得上。如此說來，何太驥的這位叔父當年並沒有去世，而是隱姓埋名，在淨慈報恩寺出家為僧。何太驥對外聲稱他叔父已死，只怕是有意隱瞞他叔父的下落，不想讓外人知道。何太驥三十有二，彌音看上去也是三十來歲，比何太驥大不了多少，宋慈一度懷疑彌音是何太驥的兄弟，沒想到竟會是叔父。

宋慈道：「他叔父是軍府幕僚，是什麼軍府？」

「這我就不知道了，太驥沒有提起過。」

真德秀雖然不知道，但宋慈能猜想到是蟲達的軍府。倘若道隱禪師真是蟲達，其人也是在六年前隱姓埋名，於淨慈報恩寺出家，這與彌音完全一致，二人極可能大有關聯，至於蟲達的屍體被移至後山掩埋，極大可能也是彌音所為。

宋慈能感覺到，蟲達一案變得千頭萬緒，只可惜今天去遲了一步，不知彌音去了何處。他很希望自己的推想是對的，彌音並未離開臨安，如若不然，要想查明此案，只怕是困難重重。

宋慈向真德秀告辭，從中門出了太學。韓絮是女兒身，不便進入太學，一直在中門外等候。辛鐵柱身為武學生，也留在了此處，只有劉克莊隨宋慈進入了太學。時候已經不早，宋慈今日不打算再查案了，來中門向韓絮和辛鐵柱告別。

韓絮看向前洋街上的璀璨燈火，又望了一眼夜空中的滿月，道：「良宵月圓，佳節難再，既然今日不查案了，不如一起賞燈喝酒。」

一聽到「酒」字，劉克莊頓時喜形於色，道：「明日就將行課，今日正該好好地喝上一場。郡……韓姑娘既然說到了喝酒，那我劉克莊必須奉陪！」

宋慈卻道：「郡主有傷在身，不宜飲酒。」他沒有稱呼「韓姑娘」，仍是直呼「郡主」。

韓絮今日用了傷藥，的確不宜飲酒，她又患有心疾，不少大夫都曾勸她戒酒。可她就愛這杯中之物，以遣愁懷，這些年從沒忌過口。她笑道：「比起我那心疾，這傷不算什麼，飲上三、五盞，倒也無妨。」

劉克莊撞了一下宋慈的胳膊。宋慈見劉克莊有如此興致，韓絮又這麼說了，也就答應了下來。辛鐵柱說過只要宋慈離開太學，他便隨行護衛，何況他本人同樣好酒，自是欣然同往。

這一場酒，選在了離太學不遠的瓊樓。

瓊樓一如往日般滿座，酒保見是宋慈和劉克莊到來，於是在二樓角落裡安排一張小桌請四人坐了，這裡雖然賞不了燈，喝酒卻是無礙。須臾之間，酒菜上齊，韓絮與劉克莊、辛鐵柱互飲了起來。宋慈沒有碰酒盞，只是靜靜地看著桌上的酒菜。

說是只飲三五盞，可一旦飲上了，片刻之間，韓絮已是好幾盞入喉。她臉色微紅，挨近宋慈身邊，舉盞道：「宋公子，你我相識甚早，緣分不淺，請了。」

這是她第二次請宋慈飲酒了，上一次還是在行香子房初見之時。宋慈搖了搖頭，並無飲酒之意。

劉克莊見狀，道：「韓姑娘，我來與妳喝。」說著滿上一盞，正要向韓絮迎去，卻聽辛鐵柱道：「這清酒喝不慣，拿一壇濁酒來，再取一只大碗！」

酒保連聲稱是，飛快取來。

劉克莊回頭瞧著辛鐵柱，興致大起，笑道：「清酒、濁酒，各有其味。鐵柱兄，你我今日正好來個一清一濁，不醉不歸！」

兩人雖是一文一武，喝酒卻是一般痛快，當下挨近坐了，你一盞、我一碗地喝了起來。酒至酣處，劉克莊說起了辛棄疾，那是他最為仰慕的大詞人，對辛詞他可謂是自幼成誦。

「稼軒公憂時憤世，其詞大聲鞺鞳，小聲鏗鍧，橫絕六合，掃空萬古，可謂是自有蒼生以來所無！」他高舉酒盞道，「上次在這瓊樓，我酒後無禮，竟敢當著辛兄的面搬弄辛詞，該當自罰三盞才是。」這是他第一次對辛鐵柱以「辛兄」相稱，說罷，連斟連飲。三盞酒下肚，卻見辛鐵柱面有愁容，他道：「辛兄，你這是怎麼了？」

辛鐵柱聽到父親的名字被提及，不由得煩悶起來。

他把手一擺，道：「沒什麼。」說著，抓起一碗酒，灌入喉中。

劉克莊記得辛鐵柱身陷囹圄時曾講過從戎受阻一事，念頭稍稍一轉，便猜到了辛鐵柱的心思，道：「為人父母，誰不疼惜子女？稼軒公曾馳騁疆場，深知兵事之險，如今北伐在即，他這是擔心你出事，才會勸阻於你。」話鋒忽地一轉，「可我見辛兄，如見燕南趙北，劍客奇才。古今成敗難描摹，他日莫悔當時錯，你心中既有從戎之志，那便從戎去也！我對稼軒公仰慕至深，可說到底，稼軒公是稼軒公，你辛鐵柱是辛鐵柱。但有所求，便該一往無前，莫要留待他日，空餘悲恨。」

辛鐵柱這些日子常為此犯愁，始終不知該如何是好。他心思粗淺，沒有那些彎彎繞繞，只差有人點醒。劉克莊這麼一說，他頓時心中清明，愁色一展，道：「你說得很對，我明白了！」滿上一碗酒，甚是痛快地喝了下去。

兩人對飲正酣之際，宋慈已悄然離桌，去到了欄杆邊。那裡原本有一大桌酒客，剛剛結帳離開，只剩滿桌子的杯盤狼藉。韓絮手把酒盞，跟了過去。

宋慈憑欄而望，燈火連明的天際，隱約有幾縷暗雲，正緩慢移向滿月。

「郡主應該認識蟲達吧？」他忽然開口道。

韓絮淡淡一笑，道：「你不是說今日不查案了嗎？」說完，她伸手招來酒保，給了好幾片金箔，指著身旁那張杯盤狼藉的桌子道：「這一桌我包下了，別再招呼任何客人來。」等到酒保連聲稱是，捧著金箔退下後，她才回答宋慈道：「蟲達這人，我小時候見過幾次，我只知他是叔公的下屬，很早便追隨叔公了。叔公當權後，提拔他做了武將，聽說他曾剿寇滅賊，立下了不少軍功。」

宋慈問道：「六年前發生了什麼事，何以蟲達會突然投金？」

「沒聽說過蟲達為何投金，只是聽說叔公為此事大發雷霆，治罪了蟲達全家。蟲達當年做武將後，將家中老小都接來臨安安置，他投金而去，全家老小卻遭了殃。」韓絮倚著欄杆，輕輕晃動酒盞，「我真是想不明白，從聖上那裡求旨不易，為何你要查蟲達之死，卻不查你母親的案子？」

宋慈沒有提及蟲達與他娘親之死的關聯，只問道：「當年百戲棚一別後，妳姐姐恭淑皇后……可還見過我娘親？」

他心裡明白，倘若恭淑皇后與他娘親只有百戲棚那一面之緣，就根本不可能對他娘親的死耿耿於懷。

「後來見過，」韓絮道，「在城東的玲瓏綢緞莊。」

宋慈知道玲瓏綢緞莊，熙春樓的角妓月娘，曾去那裡挑選過綢緞，裁製過彩裙。但是在那之前，他便知道這家綢緞莊了，還曾經去過那裡。當年，他在百戲棚受了韓珍的欺負，回到錦繡客舍後，禹秋蘭為他擦洗了身子，塗抹了藥膏，想給他拿一身乾淨衣裳換上時，一拉開衣櫥，卻發現衣櫥裡原本疊放整齊的衣物竟被翻得一片狼藉。

她之前一心放在宋慈身上，這時才注意到床上的枕頭和被褥都有被翻動過的痕跡，顯然在她外出之時，客房裡進了賊。好在錢財等貴重之物都是隨身攜帶，並未丟失，她清點之後，發現好一點的衣服和鞋子都被偷了，其中有她親手為宋鞏縫製的新衣，那是為宋鞏參加殿試專門準備的。

當晚宋鞏回來，得知房中進賊，找來保管房門鑰匙的吳夥計詢問。吳夥計說宋鞏一家子外出時，房門一直是鎖著的，鑰匙放在櫃檯，沒人進過行香子房。吳夥計又在房中查看了一圈，發現窗戶沒關嚴，窗外是一條小巷，想必竊賊是翻窗進來的。

禹秋蘭轉頭看了一眼宋慈，只因去百戲棚之前，宋慈曾搭著凳子，趴在窗邊朝外面看，她當時曾叫宋慈關好窗戶，可能宋慈急著去百戲棚，並未將窗戶關嚴，但她沒有責怪宋慈的意思，而是朝宋慈露出了微笑。

宋鞏將此事報與官府，官府來了兩個值夜的差役，很是敷衍地查了一下，說是住客自己沒有關嚴窗戶，這才讓竊賊有機可乘，又說沒有丟什麼貴重東西，還連夜把他們叫來，言辭間大有抱怨之意。

官府無意追查，宋鞏又殿試在即，加之只是丟了一些衣物，遭竊一事，只好不了了之。衣櫥裡只剩一些舊衣物，禹秋蘭不想宋鞏就這麼去參加殿試，想利用僅剩的三天時間再給宋鞏趕製一身新衣。

此前原本說好要去城北觀賞桃花的，這一下只能往後推遲幾日，禹秋蘭說等宋鞏殿試結束後，再帶著宋慈一起去觀賞桃花。禹秋蘭尋吳夥計打聽，城裡哪裡有便宜的綢緞賣，吳夥計便說了玲瓏綢緞莊。

翌日一早，禹秋蘭帶著宋慈來到玲瓏綢緞莊，選好了綢緞，又借用綢緞莊的針線、頂針、剪子等物趕製衣服。綢緞莊的掌櫃很好說話，讓禹秋蘭隨便使用。禹秋蘭只用了兩天時間，便趕製好了一套新衣，又在綢緞莊斜對面的鞋鋪買了一雙新鞋，一起拿回客舍讓宋鞏試穿，既合身又合腳。買來的綢緞還有剩餘，丟了實在可惜，禹秋蘭便想著再去玲瓏綢緞莊，給宋慈也裁製一身新衣裳。

接下來的一天，是三月二十九，這是宋鞏殿試的前一天。這天一大早，歐陽嚴語又來相請，說中午在瓊樓訂好了酒菜，要預祝宋鞏馬到成功，還請他把妻兒也一同帶去。禹秋蘭要去綢緞莊裁製衣裳，就叫宋鞏帶著宋慈前去赴宴，還悄悄地叮囑宋慈，一定要盯著父親，別讓父親喝太多酒，以免影響到第二天的殿試。

宋鞏這些年與友人相聚，禹秋蘭很少參與，宋鞏也就沒有強求。父子二人一起將禹秋蘭送出了客舍，望著禹秋蘭往城東去了，不承想這一別，竟會成為永訣。

十五年來，宋慈時常忍不住去想，倘若那天他沒有隨父親去赴宴，而是像之前的兩天跟著母親去了玲瓏綢緞莊，一切會不會變得不一樣？如今這家綢緞莊的名字，突然從韓絜口中說了出來，他想到母親連著三天去往玲瓏綢緞莊，前兩天他都跟隨著，沒見到過韓淑，那就是說，韓淑是在第三天，也就是他母親遇害的那天見到他母親的。

他的心弦一下子繃緊，道：「恭淑皇后是……如何見到我娘親的？」

韓絮望著滿城燈火，慢慢回憶起了往事，道：「這麼多年過去了，此事，我仍清楚記得。那時聖上還是嘉王，我姐姐剛晉封崇國夫人，我還能時常去嘉王府見她，她也還能時常帶我外出遊玩。那天我們去城東的妙明寺賞花，回程時已近中午，路過了玲瓏綢緞莊。姐姐未出嫁前，去過這家綢緞莊很多次，還用那裡的針線刺繡過，她說想再進去看一看。我當時還說，這些針針線線的有什麼意思，她說等我長大了，自然便會明白。她吩咐落轎，拉了我的手，一起進了綢緞莊，接著便見到了你母親。」

時隔多年，韓絮還記得禹秋蘭埋頭裁製衣裳的樣子，那件衣裳小小的一件，布彩鋪花，看起來很是喜慶。韓絮不懂刺繡，不知那是講究熱鬧喜氣的閩繡，只知道臨安城裡的人，衣著大都清淡素雅，這件布彩鋪花的衣裳雖然看起來俗氣，但有一種與眾不同的新鮮感，竟讓她有一種說不出的親切和喜歡。

禹秋蘭花費了一整個上午，差不多裁製好了宋慈的新衣裳。突然見到韓淑和韓絮，她不由自主地停下了手中的針線。她這些天雖然忙於趕製衣服，但宋慈被韓珍欺負一事，她可從沒有忘過。突然與韓淑和韓絮相見，她當即提起了百戲棚的事，問起了韓珍的來歷。

見禹秋蘭已經知道那天百戲棚發生了什麼事，韓淑不再像上次那樣一言不發。原來上次是宋慈怕給父母添麻煩，請求韓淑和韓絮什麼都不要說，她姐妹二人答應下來，這才保持了沉默，將宋慈交給禹秋蘭便離開了。

韓淑如實告知了韓珍的身分，絲毫沒有遮掩她也是韓家人，並代韓珍向禹秋蘭誠心地道歉。禹秋蘭聽明白了韓淑與韓珍的關係，既然同宗不同支，那便算是兩家人，她提出想去一趟韓珍家中，當面向其父母說清楚此事，希望其父母能對韓珍多加約束，不要再欺負他人。

彼時，韓侂胄官不高位不重，沒有毗鄰西湖的府邸，更沒有恢弘別致的吳山南園，還住在八字橋附近一座不大不小的宅子裡，但韓淑考慮到吳氏地位尊崇，又一直對韓珍百般寵溺，怕禹秋蘭招惹事端，不希望禹秋蘭找上門去討要說法，想以自己的賠罪道歉換來禹秋蘭的諒解。

可禹秋蘭看起來溫柔和藹，卻絲毫不打算退縮，哪怕她只是個平民女子，對方是官宦之家，她仍決意要往韓家走這一趟。她並不打算招惹什麼事端，也不是為了索要什麼錢財，只是想說清楚這件事，換得韓珍一句親口道歉，以開解宋慈所受的委屈，修補宋慈心中的傷痕。韓淑見禹秋蘭如此堅決，只好答應下來，帶著禹秋蘭前往韓家。

「到韓家時，中午已過，姐姐讓隨行的轎夫和下人都去找地方吃飯，以免他們挨餓，而她自己卻餓著肚子。姐姐這輩子，心腸實在是太好，對上對下，對內對外，不管對誰都是那麼和善。她走到韓家門前，正準備親自上前叩門時，門卻開了，出來了兩個戴帽子的人。」韓絜一邊回想，一邊說道，「那兩人的帽子壓得很低，遮住了大半的臉。姐姐說了一句：『你是劉太丞吧？』那兩人聞聲抬頭，其中一人是劉扁。姐姐看見了另一人的長相，又說了一句：『古公公？你們來這裡做什麼？』兩人沒說話，只是匆忙行了一下禮，便急匆匆離開了。」

「古公公是誰？」宋慈知道劉扁，但還是頭一次聽說古公公。

「古公公名叫古晟，是御藥院的奉御。」韓絜道，「我那時還不認得他，後來做了郡主，入宮次數多了，才知道他是誰。」

御藥院隸屬於入內內侍省，掌按驗方書，修合藥劑，以待進御及供奉禁中之用，也就是核查御醫所開驗方，並按驗方為皇帝準備所需的藥劑，因此御藥院的奉御，通常得皇帝的親信宦官才可出任。

彼時皇帝還是光宗，韓侂冑並非高官大員也非親信重臣，光宗皇帝差劉扁去韓家，只可能是給吳氏看病，但看病只需太丞就夠了，何以要差遣身為御藥院奉御的古公公一同前去呢？劉扁和古公公戴著帽子離開韓家，還有意將帽子壓得很低，看起來不像是受差遣公幹，更像是私自去的韓家。宋慈一想到這裡，不禁眉頭一皺。

「劉太丞和古公公還沒走遠，叔公便迎出來了。」韓絮繼續道，「叔公雖然年長兩輩，但姐姐貴為王妃，他對姐姐很是恭敬，將我們請入家中。姐姐說明了來意，叔公說韓㺭一早隨母外出賞花了，眼下還沒歸家。叔公向你母親道了歉，又問明你母親現下的住處，說等韓㺭回家後，會帶上韓㺭去錦繡客舍，到時再讓韓㺭親自道歉，還說以後會對韓㺭多加管教，不讓他在外闖禍。姐姐原本還擔心鬧出什麼事端，沒想到竟然如此順利，此事就算了了。她帶上我，一起送你母親回了錦繡客舍。」

韓絮講到這裡停下了，宋慈問道：「然後呢？」

「臨別之時，姐姐送了你母親一枚平安符。那平安符是從淨慈報恩寺求來的，姐姐讓你母親拿回去，掛在你的身上，保你一生平安無虞。」韓絮說到此處，原本望著遠處燈火的她，轉頭向宋慈看了一眼，「你母親原本不肯收下，姐姐說不是什麼貴重之物，只是她的一番心意，你母親實在推卻不了，最終才收下了。其實那平安符很是貴重，符是從淨慈報恩寺求來的，值不了幾個錢，但上面的玉扣是先帝御賜的，可以說是千金難買。胡作非為的雖是韓珍，但姐姐自視為韓家人，想對此稍加彌補。送你母親回了錦繡客舍之後，姐姐便帶著我回了嘉王府，後來，便聽說……便聽說錦繡客舍出了命案，你母親……」她低下頭來，看著酒盞裡晃晃蕩蕩的月亮，沒再往下說。

宋慈聽完這番講述，想到母親收下了平安符，卻在當天遇害離世，世事實在是無常難料，倘若真有神佛庇佑，那該有多好。

他呆了片刻，忽然問道：「古公公現在何處？還在御藥院嗎？」

「古公公早已不在人世了。」韓絮搖了搖頭，「聖上登基後，古公公升為都都知，沒幾年便去世了。」

都都知負責掌管整個入內內侍省，算是大宋宦官的最高官職，這位古公公從御藥院的奉御一躍成為宦官之首，倒是令宋慈多少有些詫異。

宋慈又問道：「沒幾年是幾年？」

「記不太清了，三、四年吧。」

趙擴登基是在十一年前，如此算來，古公公離世已是七、八年前的事了。宋慈沒再說話，想著方才韓絮所述之事，漸漸入了神。

韓絮飲盡盞中之酒，抬頭望著夜空，只見那幾縷暗雲升起，慢慢地籠住了月亮。

如此過了好長時間，宋慈才開口道：「時候不早了，明日還要行課，該回去了。」轉頭看向韓絮，「郡主獨自居住在外，還是當有一二僕從，跟隨照看為好。」

韓絮知道宋慈是在擔心她的安危，道：「勞宋公子掛心，多謝了。」

她過去幾年在外行走是一直帶了僕從的，但此次重回臨安是為了查訪禹秋蘭的死，她不想讓太多外人知道此事，這才把所有僕從遣散回家，獨自一人住進了錦繡客舍。

宋慈不再多言。

他回頭望去，劉克莊和辛鐵柱的身前已堆滿了酒瓶和酒罈，兩人喝得大醉，兀自長言兵事，大論北伐。宋慈深知北伐之艱險難為，並不贊同此時北伐，劉克莊雖也明白這些道理，但其內心深處卻是支持盡早北伐的，總盼著早些收復故土。

他二人互為知己，明白對方想法上的不同，因此少有談及北伐。難得遇到辛鐵柱這麼大力贊同北伐之人，劉克莊一說起這話題來，那真是辯口利辭，滔滔不竭，周圍不少酒客被吸引得停杯投箸，每每聽他談論到精彩之處，都忍不住擊掌叫好。

# 第三章　客舍舊案

劉克莊一覺醒來，已不記得自己是怎麼回到習是齋的，只記得昨晚自己在瓊樓高談闊論，說到興奮之處，想跳上桌子，卻一個沒站穩，摔了下來，後面的事便記不得了。他望了一眼宋慈——宋慈已穿戴整齊，坐在長桌前，就著一碗米粥，吃著太學饅頭——料想昨晚自己不是被宋慈扶回來的，便是被宋慈背回來的。

劉克莊坐起身子，只覺額頭生疼，伸手一摸，能感覺腫起不少，可見昨晚那一跤著實摔得不輕。想到瓊樓聚集了那麼多酒客，自己只怕是當眾出盡了洋相，宋慈帶自己離開時定然很是尷尬，他忍不住哈哈一笑。

「你再不起來，早飯可吃不及了。」宋慈另盛了一碗米粥，擱在長桌上，拍了拍身下的長凳。

為了迎接皇帝視學，太學行課推遲到了上元節後。今日是正月十六，乃是新一年裡第一天行課，遲到可不大好。

劉克莊飛快地穿衣戴巾，被褥隨意一捲，坐到了宋慈的身邊。大口吃粥的同時，劉克莊不忘問昨晚花了多少酒錢。他知道宋慈手頭沒他那麼寬裕，加之昨晚的酒大部分是他和辛鐵柱喝掉的，所以打算把錢補還給宋慈。宋慈卻說昨晚不是他付的錢，是韓絮結的帳。

劉克莊往嘴裡塞了一大口饅頭，整張臉圓鼓鼓的，含糊不清地笑道：「原來是郡主請的客，甚好，甚好！」

劉克莊快速吃罷早飯，便與宋慈同去學堂上課。

太學的課程分為經義和策論，還可兼修詩賦和律學，隔三岔五還要習射。授課通常是分齋進行，不同的齋舍，授課內容也不相同，一些齋舍側重經義，授課內容多為經史子集，會選擇心性疏通、胸有器局、可任大事的學子入讀，另有一些齋舍側重治事，授課內容更偏重實務，如治民以安其生，講武以禦其寇，堰水以利田，算曆以明數等等。

雖是分齋授課，每齋只容三十人，但太學行課允許旁聽，無論是其他齋舍的學子還是外來之人，都可入內聽課，尤其是一些知名學官授課之時，聽課之人往往遠超其額，比如胡瑗，在其任太學博士講《周易》之時，常有外來請聽者，多至千數人，再如孫復任國子監時，在太學裡開講《春秋》，來聽課的人莫知其數，堂內容納不下，許多人都是擠在堂外旁聽。

如今太學裡的學官講課最為吸引人的，就數真德秀和歐陽嚴語。這二位太學博士都是講授經義的，習是齋是偏經義的齋舍，今日上午和下午，正好各有一堂這二人的課。上午是真德秀的課，宋慈雖然心中裝著案情，卻還能克定心力，如往常一般認真行課，可是到了下午歐陽嚴語授課時，宋慈卻怎麼也集中不了心神。經過昨天那一番追查，母親的舊案便如那籠住月亮的暗雲，一直遮罩在他的心頭。他一看見歐陽嚴語，思緒便忍不住回溯，想起母親遇害那天，自己隨父親前去瓊樓赴宴的事。

那日，禹秋蘭一大早去玲瓏綢緞莊後，宋鞏在客房裡教宋慈讀書，一直教習至午時才關好門窗，帶著宋慈前去瓊樓赴宴。這場酒宴由歐陽嚴語作東，不只請了宋鞏，還請了太學裡的幾位學官，那幾位學官都曾求學於藍田書院。各人源出同一書院，相談甚歡，席間喝了不少酒。

宋慈記得母親的叮囑，貼在宋鞏耳邊說起了悄悄話，讓父親少喝些酒。可席間各人說起藍田書院的故人舊事又大談理學，再預祝宋鞏金榜題名，一盞又一盞的酒敬過來，宋鞏只能一一飲下。殿試之後，說不定他也會被選入太學出任學官，所以他明白歐陽嚴語請來這幾位學官，是為了讓他提前結交這些人，將來當真入太學任了職，也好多些人幫襯照應。

這一場酒宴持續了很久，直到未時仍沒結束。宋鞏不想辜負歐陽嚴語的一番好意，一直沒有提前離開。到了未時過半，他卻忽然起身，說有事出去一下，請歐陽嚴語照看宋慈片刻，又叮囑宋慈道：「你留在這裡別亂跑，好好聽歐陽伯伯的話，稍微等一會兒，爹去去便回。」他也不說去做什麼，起身快步下樓去了。

說是去去便回，可宋鞏這一去，過了好長時間，一直到席間各人吃喝盡興、酒宴行將結束之時，他才回來。他臉色有些發紅，額頭微微冒汗，似乎這一去一回走得很急。也正是在未時，禹秋蘭被韓淑和韓絮送回了錦繡客舍，後來死在了行香子房中，而宋鞏這一去一回，讓他背上了殺妻之嫌。

府衙司理參軍帶著一群差役前來查案，懷疑宋鞏離開瓊樓，是回到了錦繡客舍，殺害禹秋蘭後，又趕回了瓊樓。瓊樓與錦繡客舍相距不算太遠，宋鞏離開那麼長時間，往返一趟殺個人，那是綽綽有餘。

對於自己的突然離開，宋鞏說是在瓊樓飲宴之時，透過窗戶看見韓珍帶著幾個僕從，跟隨一抬轎子，從樓下大街上招搖而過。他想起宋慈被韓珍欺負一事，想討要一番說法，這才起身下樓。

宋鞏走出瓊樓時，韓珍已走遠了一段距離。他快步追去，一直追過了新莊橋，又拐了一個彎，才攔下了韓珍一行人。宋鞏說起百戲棚的事，韓珍卻拒不承認，叫幾個隨從把宋鞏轟走。爭執之際，那抬轎子起了簾，韓珍的養母吳氏露了面。

原來這天一早，吳氏帶著韓珍出城遊玩。陽春三月，正是觀賞桃花的好時節，城北出餘杭門，過了浙西運河，沿岸有一片桃林，時下桃花盛開，比之西湖拂柳又是另外一番景致。加之這一日天氣晴朗，還有微風吹拂，最適合遊玩賞花，母子二人在城外玩得興起，一直到未時才回城。

韓珍在外人面前頑劣霸道，在吳氏面前卻一貫裝出乖巧懂事的樣子，想方設法討吳氏的歡心，比如這次出行，吳氏讓他一起乘坐轎子，他卻說自己長大了，身子長重了，怕轎夫抬著太累，寧願下轎步行，還說自己年少，正該多走些路。吳氏對此很是滿意，在她眼中，韓珍這個養子，那是萬里挑一的好兒子。

吳氏問清楚宋鞏為何攔住韓珍，又向韓珍詢問實情。韓珍卻說根本不認識宋鞏，也沒見過什麼宋慈，說他前些天是去百戲棚看過幻術，但沒與任何人發生過衝突。宋鞏記得那個右手傷殘的蟲達，說要找此人做證，可蟲達並不在這次出遊的幾個僕從當中。

韓珍一口咬定沒欺負過任何人，說是宋鞏認錯了人，還裝出一臉無辜的樣子，說到急切之處，竟委屈得哭了起來。吳氏見狀，對韓珍所言深信不疑，以為宋鞏是想敲詐錢財，便吩咐隨從將宋鞏轟走。韓珍心裡極其得意，見幾個僕從對宋鞏動粗，趁著背對吳氏之時，還故意衝宋鞏狡黠一笑。

宋鞏辯不得事理，討不得公道，想到宋慈還在瓊樓，只好先回去。他盡可能不在宋慈面前表露出憤懣和沮喪，帶著宋慈返回了錦繡客舍。他到櫃檯取房門鑰匙，吳夥計說禹秋蘭已經回來了，鑰匙早已給了禹秋蘭。

他回到行香子房，一推開虛掩的房門，就看見陽光透過半開的窗戶，照得桌上、地上全是一格格的光影，而在這一格格的光影之間，是一攤觸目驚心的血跡——禹秋蘭正倒在床上，雙腿掉出床沿，陳舊泛白的粗布裙襖已被鮮血浸透。

宋鞏大驚失色，向禹秋蘭撲了過去。宋慈緊隨父親走進房間，目睹母親慘死的一幕，小小的身子定在原地，渾身止不住地發抖。接下來，吳夥計趕去府衙報案，司理參軍帶著仵作和一眾差役趕到現場。一番查問之後，司理參軍找來歐陽嚴語，問明宋鞏酒宴期間離開一事，也不聽宋鞏辯白，便將宋鞏當作嫌凶，抓去府衙，關入了司理獄。

隨後的那段日子，漫長得好似度日如年。宋慈被歐陽嚴語接回了位於興慶坊的家中照看，每每問起父親如何，歐陽嚴語知他年幼，怕他擔心，都只說些寬慰話，涉及案情的任何事，始終不對他提起。如此持續了十多天，宋鞏才洗刷冤屈，得以出獄。

宋鞏出獄之後，殿試已過，宋鞏因為凶嫌入獄，斷送了大好前程。他不等府衙查清真相、抓住凶手，便扶著妻子靈柩，攜著宋慈返回了家鄉建陽。此後十五年間，他潛心鑽研刑獄之事，做仵作，任推官，但始終絕口不提亡妻一案，也不讓宋慈有機會接觸此案，就連宋慈來臨安太學求學，他也是多次反對，最終不得已才點頭同意。

回憶著這些往事，再看如今的歐陽嚴語，其人鬢髮斑白，皺紋深刻，已然蒼老了太多太多。宋慈進入太學快一年了，已不知見過歐陽嚴語多少次，歐陽嚴語也知道他是誰，但兩人都不願再提起當年的事，因此彼此間一直只以師生相處。

宋慈不想任何人知道他的過去，唯獨對劉克莊提起過這起舊案。他從未忘記母親之死，不然也不會從小鑽研刑獄之事，但他知道，自己只是一個太學生，無權無勢，根本不可能翻查舊案。他原本是想早日為官，朝提刑官的方向努力，只盼有朝一日能獲得實權，重查這起舊案。但他沒想到自己會捲入何太驥一案，又得韓絮舉薦成為提刑幹辦，一連串的凶案查下來，竟獲得了蟲達一案的查辦之權。冥冥之中，彷彿有天意在指引，指引他不斷地接近母親的案子。蟲達極可能與他母親之死有關，昨晚聽完了韓絮的講述之後，他凝望著暗雲藏月的夜空，暗暗下定了決心，要在查清蟲達之死的同時，一併追查他母親的案子。

既已下定決心，那麼首要之事，便是去城南義莊找到祁駝子，向當年府衙的這位仵作行人問清楚，查驗他母親的屍體時，究竟出了什麼錯。

行課結束後，與劉克莊並肩返回齋舍的路上，宋慈準備把自己的這一決定告訴了劉克莊。正當他要開口時，劉克莊先說話了：「好好的桃樹，你們挖了做什麼？」

劉克莊這話不是衝宋慈說的，而是衝道旁的幾個齋僕說的。道旁種有幾株不大不小的桃樹，那幾個齋僕正揮動鋤頭，將桃樹一株株地挖出來。時下雖然天寒，但幾個齋僕幹的是力氣活，個個都累得汗出如漿。

幾個齋僕之中，有一人是因為岳祠案與宋慈打過交道的孫老頭。

孫老頭認得宋慈和劉克莊，鋤頭往地上一杵，抹了一把額頭上密密的汗應道：「是劉公子和宋公子啊。」又向挖出來的幾株桃樹指了一下，「祭酒大人吩咐把這幾株桃樹挖了，小老兒便來忙活了。」

劉克莊道：「開春在即，這幾株桃樹眼看離開花不遠，挖了豈不可惜？」

孫老頭朝那幾株挖出來的桃樹看了看，道：「劉公子說的是，挖了確實可惜，不過祭酒大人說了，桃花太豔，種在學堂不成體統，吩咐我們挖乾淨了，過些日子弄些松柏來，栽種在此。」

劉克莊只覺得不可理喻，轉頭向宋慈道：「這個湯祭酒，居然見不得桃花嬌豔。花能有什麼錯？人心不正，見什麼都不正，難道換了松柏，便能正直得起來？」說著，無奈地搖搖頭，「去年你我入學時，這幾株桃樹花開正好，足不出戶便可賞春。桃花落盡無春思，偌大一個太學，就這裡看著有幾許春色。今年若是要看桃花，怕是得去城北郊外了。」

聽劉克莊提起去城北郊外看桃花，宋慈不禁想起十五年前，母親也曾有過這樣的許諾，還說等他父親殿試結束，便一起去城北浙西運河對岸，觀賞那沿岸的桃花盛景，只可惜母親後來遇害，這許諾就此成空，成為他一輩子的遺憾。後來母親歸葬家鄉建陽，下葬之時，父親帶著他在母親墳墓旁種下了一株桃樹，此後每年桃花開放之時，他都會去墳前坐上一整天。

去年三月間，他來臨安求學之前，也是去母親墳前，坐在桃樹之下，陪了母親整整一天，隨後才啟程北行的。如今他身在太學，不能歸家，母親今年看來要孤單了。

宋慈想到這裡，忽然道：「我今晚想去一趟城南義莊。」

這突如其來的一句話，令劉克莊為之一愣，隨即問道：「你下定決心了？」

劉克莊深知宋慈素來行事，要麼不做，要麼便做到底。上次得知祁駝子與亡母一案有關後，宋慈並未立即去城南義莊找祁駝子，可見當時宋慈還沒有決意追查此案，如今宋慈提出去城南義莊，那便意味著他已經準備好了，決心觸碰此案，並追查到底。

宋慈看向劉克莊，目光極其堅定，用力地點了一下頭。

此次去城南義莊，劉克莊照常叫上了辛鐵柱，宋慈同樣知會了韓絮。為了方便韓絮，一行人仍是雇車出行，在夜幕降臨之時，來到了城南義莊。

城南義莊一如上次那般孤寂冷清，大門未鎖，一推即開。

義莊內不似上次那樣點著燈籠，一眼望去盡是昏黑，只能隱約看見一口口大小不等的棺材，或橫或豎地擱了一地。忽然「啊呀」聲起，幾團黑影從窗戶破洞中撲棱棱飛出，原來是幾隻準備夜棲的寒鴉。四人受此一驚，都不約而同地停住了腳步。

「人不在？」一片死寂之中，劉克莊小聲道。

祁駝子雖義莊看守，平日裡卻是嗜賭如命，常去外城櫃坊，守在義莊的時候不多。整個義莊無聲無息，映入眼簾的只有棺材，不見半個人影，看來祁駝子又外出賭錢了。

宋慈想著去外城櫃坊尋人，正打算回身，忽然角落裡傳來一陣細碎的「咯咯」聲。

這聲音時斷時續，聽起來像是在輕輕敲擊什麼，又像是在磨牙。

劉克莊橫挪一步，有意無意地擋在了韓絜的身前；辛鐵柱不為這陣聲音所吸引，舉目四顧，留意四下裡有無危險；宋慈則是循聲辨位，朝角落裡慢慢走去。

角落裡停放著一口狹小的棺材，這陣「咯咯」聲正來自於這口棺材之中。宋慈於棺材邊停步，探頭看去，棺材沒有蓋子，裡面黑乎乎的，隱約可見一具屍體蜷縮於其中。

忽然，「咯咯」聲大作，這具屍體一下子從棺材裡坐了起來。

辛鐵柱當即飛步搶上前，宋慈卻把手一抬，示意辛鐵柱停下。宋慈離得很近，此時已經看清，這具「屍體」後背弓彎著，其上頂著一個大駝子，正是此前有過一面之緣的祁駝子。

祁駝子沒有睜眼，嘴裡「咯咯」聲不斷，那是牙齒叩擊之聲，也不知是被凍成了這樣還是做了惡夢被嚇得如此。祁駝子就這麼一動不動地坐了片刻，忽然倒頭下去，又躺回了棺材裡。這般一起一倒，他竟還睡著，一直沒醒。

劉克莊雖然挺身護著韓絜，實則他自己也被祁駝子這一出嚇得不輕。等他看明白之後，不禁又好氣又好笑，從懷裡摸出火摺子，點亮了義莊裡懸掛的白燈籠，隨即走到棺材邊，用力拍打起了棺材。

祁駝子被這陣拍打聲所擾，獨眼睜了開來。

「還記得我吧。」劉克莊望著祁駝子，臉上帶著笑。

祁駝子慢慢坐起，無神的眼珠子動了動，看了看劉克莊和宋慈等人，像是沒睡醒，又要朝棺材裡躺去。

「你還欠我三百錢呢，說了會來找你拿錢，眼下可不是睡覺的時候。」劉克莊一把拉住祁駝子，不讓他再躺倒。

「是我的，我的……」祁駝子胸前的衣服被拉住，雙手忙朝胸前環抱，像是在護著什麼東西。

劉克莊記得上次給了祁駝子五百錢，祁駝子就曾這般護在懷裡，以為祁駝子懷裡揣著錢，笑道：「看來你這幾日手氣不錯，在櫃坊贏了不少錢啊。欠債還錢，天經地義，你可別抵賴。」

「沒錢，我沒錢……」祁駝子護得更緊了。

「你過去是臨安府衙的仵作？」宋慈忽然開口了。

劉克莊並不在意那三百錢，只是故意為難一下祁駝子，聽得宋慈問話，便放開了祁駝子。

祁駝子護在胸前的雙手慢慢鬆開了，頭仍然搖著：「什麼仵作……記不得了……」

祁駝子吧唧著嘴，似乎口乾舌燥，從棺材裡爬出，揭開牆角一口罐子，拿起破瓢舀水來喝。

「『芮草融醋掩傷，甘草調汁顯傷』，你能說出此法，不可能記不得。」宋慈道，「你還有一個弟弟，喚作祁老二，住在城北泥溪村，以燒賣炭墼為生，我與他見過面，對你的過去已有所知。十五年前，錦繡客舍的案子，是你辦的吧？」

「錦繡客舍」四字一入耳，祁駝子拿瓢的手忽然一頓。

他很快恢復正常，喝罷了水，把瓢扔進罐子，又要回棺材裡躺下，根本沒打算應宋慈的話。

宋慈繼續道：「此案牽涉一家三口，妻子為人所害，丈夫蒙冤入獄，他們還有一孩子，當年只有五歲。」提及自己，微微一頓，「如今這孩子已經長大，欲為亡母直冤，特來這城南義莊，求見於你。」

祁駝子正要爬回棺材，聞聽此言，乜眼來盯著宋慈，似乎明白了宋慈是誰。這麼盯了幾眼後，他把頭偏開了，仍是一聲不吭，但沒再回到棺材之中，而是站在原地。

「寄頓屍體，一百錢；打聽事情，兩百錢。」劉克莊忽然伸手入懷，掏出幾張行在會子，「兩百錢未免太少了，我先免去你那三百錢欠債，再多給你三、五百錢，就算多給你三、五貫也行。」

祁駝子一向嗜賭愛錢，劉克莊又想使出「有錢能使鬼推磨」那一套，哪知祁駝子沒理睬他，甚至沒向他手中的行在會子瞧上一眼。

劉克莊笑道：「你這老頭，有些意思。這錢你當真不要？那我可收回來了。」說著，他作勢要把行在會子揣回懷中，祁駝子仍是無動於衷。

「你是當年那個有些駝背的仵作？」韓絮忽然蹙眉上前，借著白慘慘的燈籠光，打量著祁駝子的身形樣貌，「當年你去過嘉王府，卻被王府護衛驅趕，我說得對吧？想不到你如今竟變成了這樣。」

祁駝子不認得韓絮是誰，朝韓絮看了一眼，移開了目光，仍是不說話。

祁駝子沒有再爬回棺材裡睡覺，而是一直站在那裡，這般長時間一動不動地不作聲，足可見祁駝子應該是想起了什麼，只是不願開口而已。祁駝子因錦繡客舍的案子丟了仵作之職，後來又連遭變故，家中失火，妻女身死，自己瞎了一目，從此性情大變。

宋慈理解祁駝子為何不願開口，不打算再勉強，見劉克莊又要問話，衝劉克莊輕輕搖了一下頭，道：「我們走吧。」說完，轉身向義莊大門走去。

劉克莊也知曉祁駝子的過去，將那幾張行在會子放在一旁的棺材上，隨宋慈離開。韓絮和辛鐵柱見狀，也都轉身而走。

「我記得那人，他名叫宋鞏。」宋慈即將走出義莊時，祁駝子的聲音突然在身後響起，「他行凶殺妻，證據確鑿，本就是殺人凶手。」

宋慈聞言一驚，回頭望著祁駝子，聲音發顫：「你說……什麼？」

「你就是宋鞏的兒子吧，當年我去錦繡客舍時，你還沒這口棺材高。」祁駝子摸了摸身邊的棺材，聲音發冷，「我說你爹是凶手，就算他僥倖出獄，殺人的也還是他。」

當年祁駝子隨司理參軍趕到錦繡客舍時，宋慈的確與他有過一面之緣，但那時祁駝子的後背只是稍微有一些駝，眼睛也還沒瞎，衣著很是乾淨，與如今可謂判若兩人，是以宋慈上次來城南義莊見祁駝子時，根本認不出。

他原以為祁駝子知曉一些獨特的驗屍之法，定然精於驗屍，當年又負責查驗他母親的屍體，說不定發現過什麼線索，能對他追查凶手有所幫助，卻沒想到祁駝子一開口便咬定他父親是凶手。

宋慈走了回來，與祁駝子隔著一口棺材，道：「你何以認定我爹是凶手？」比起一貫的平靜，他的語氣加重了不少。

「床上到處濺著血，地上也有不少血，此外還有一串沾血的鞋印，從床邊一直通向窗戶。」祁駝子挑起獨目，「郭守業讓你爹脫了鞋子，與房中那串鞋印比對，大小完全一樣。你爹明明回過客房，卻撒謊說沒有。衣櫥裡的東西很亂，被翻動過，衣服都在，唯獨少了一雙鞋子。是你爹行凶殺人之後，因為鞋子沾了血，所以拿走了一雙乾淨的鞋子，在外換了鞋，把帶血的鞋子處理掉了。郭守業問過那些個學官，你爹在瓊樓一去一回，腳上的鞋子是不是換過，那些個學官都說沒注意。郭守業也問過你，你說不記得你爹早上出門穿的是哪雙鞋，這事難道你忘了？忘了也不奇怪，當年你就那麼點大，能記得什麼。」說到這裡，鼻孔裡一哼。

宋慈沒有忘過，凡是與母親命案相關的事，他全都記得。當時命案發生之後，是有一個方面大耳的官員來問過他鞋子的事，然後父親就被那官員帶著差役抓走了。在父親入獄的十多天裡，他常常忍不住想，自己已經沒了母親，會不會永遠也見不到父親了？是不是自己不夠細心，沒留意父親那天穿的是什麼鞋子，才害得父親被人抓走？這一想法在他腦中揮之不去，以至於宋鞏出獄之後，他仍然覺得是自己的錯。從那以後，他開始處處留意身邊的細節，漸漸養成了無論何時何地都對四周觀察入微的習慣。

「原來你是憑藉這些，認定我爹是凶手。」宋慈的語氣放緩，恢復了慣常的鎮定，「你所說的郭守業，是當時府衙的司理參軍吧？」

祁駝子沒應聲，只是一哼，隱隱透著不屑。

「這位郭司理，」宋慈問道，「如今身在何處？」

祁駝子把頭一側，道：「別人早就平步青雲，不知高升到何處去了。」

這話似乎隱含恨意，且祁駝子不稱郭守業為「郭司理」，而是直呼其名，可見其對郭守業的態度。

宋慈抓住祁駝子的這一絲憤恨，故意問道：「那你為何沒能平步青雲，反倒淪落至此，做了十多年的義莊看守？」

「為何？你倒來問我為何？」祁駝子忽然獨眼一張，「若不是為了給你爹申冤，我會淪落至此，在這義莊看守屍體？」

「原來你知道我父親是被冤枉的。」

「知道又能怎樣？」祁駝子語氣裡的恨意越發明顯，「是你爹有冤難申，跪求於我，我於心不忍才幫他申冤，讓他得以出獄。可他呢，這麼多年，他怎麼不來看看我，看看如今我是什麼樣子？」

宋慈眉頭一皺，道：「我聽說，當年你查驗我母親屍體時，曾出了錯。」

「我是出了錯，還錯得厲害！」祁駝子道，「我錯在不該去驗屍，郭守業明明已經驗過了，我居然還跑去偷偷複驗；我錯在知府大人已經定了罪，我還當堂跪求複查真凶；我錯在沒掂量自己有幾斤幾兩，一個至低至賤的仵作，竟敢去高官府邸上鬧騰。犯下這麼多大錯，活該我自受！」他抓起棺材上那幾張行在會子，一把扔在地上，左手扶著棺材，右手直指大門，「走，你們一個個都走，全都走！」

這番話充斥著憤懣，響徹整個義莊。

劉克莊、韓絮和辛鐵柱沒有挪步，都看向宋慈，等宋慈示意。

宋慈在原地站了片刻，腳下忽然動了。他不是走向大門，而是繞過棺材，走到祁駝子的面前，正對著祁駝子直指著的手。「你既然開了口，那就把一切說清楚。」他直視著祁駝子，「為我爹申冤，難道是什麼見不得人的事？何必藏著掖著？」

「你這麼想知道，那好，我就給你說個一清二楚！」祁駝子聲音發緊，指著宋慈的那隻手，慢慢地攥成了拳頭。

十五年前，祁駝子的背還不算彎，有妻有女，日子安穩。彼時四十好幾的他，剛剛接替師父的位置，成為臨安府衙的仵作行人，跟隨司理參軍郭守業奔走於城內外，整日與屍體打交道。雖然做仵作很累，也常被鄰里瞧不起，收入也不算高，但足夠養活一家人，又因他不辭辛勞、驗屍嚴謹，深得郭守業的器重，連知府大人都曾當面誇獎過他。

就這麼做了好幾個月的仵作行人，到了三月間，錦繡客舍發生了一起凶案，郭守業帶領差役前去辦案，祁駝子也背上裝有各種驗屍器具的箱子，跟著趕到了現場。

現場是行香子房，一個名叫禹秋蘭的婦人死在床上，其丈夫宋鞏守在屍體旁痛哭，其兒子宋慈也在旁邊抽泣。床上到處都是飛濺的血，床前地上也有不少血跡，還有不少沾血的鞋印，以床前的鞋印最多，不排除是宋鞏發現妻子遇害後，撲到床前留下的。但還有一串鞋印，從床前延伸至窗戶和窗框，極可能是凶手留下的，可見凶手行凶之後，應該是從窗戶逃離了現場。除此之外，衣櫥旁邊還有一件丟棄在地上的衣裳，那衣裳是嶄新的，布彩鋪花，看其大小，應該是宋慈的。

郭守業聞到宋鞏一身酒氣，查問得知，宋鞏中午曾去瓊樓赴宴，未時將過時，返回客舍，發現妻子死在了房中。郭守業又查問客舍夥計，得知禹秋蘭一早外出，在未時獨自返回了客房，此後沒聽見房中傳出什麼動靜，直到宋鞏回來發現禹秋蘭遇害，客舍裡的人才知道行香子房發生了凶案。

通常而言，客棧裡發生凶案，無論是仇殺還是劫殺，大都是在夜間，少有光天化日之下行凶的，畢竟客棧裡白天客人進出很多，很容易被人發現。一起發生在大白天裡的命案，房中還沒傳出什麼響動，很難不讓人懷疑這是熟人作案。

死者禹秋蘭的致命傷，位於頸部左側，只有一粒豆子那麼大，但從出血量來看，傷口應該很深，像是被某種尖銳細長的東西扎刺所致。這般形狀的凶器，應該不會粗過筷子，但一定比筷子鋒利得多。

郭守業看著死者散開的髮髻，一下子想到了髮簪，問過宋鞏後得知，禹秋蘭有一支銀簪子，是前幾日宋鞏在夜市上買的，禹秋蘭此前用的都是木簪，對丈夫送的這支銀簪子很是喜歡，這幾日一直插在髮髻上，但她遇害之後，髮髻上的這支銀簪子卻不見了，郭守業命差役找遍整間客房也沒能找到，可見這支銀簪子極可能就是凶器，並且已被凶手帶離了現場。

能取得死者頭上的銀簪子用於行凶，再一次證明凶手極可能是熟人。禹秋蘭才來臨安數日，可謂人生地不熟，能稱得上熟人的，恐怕只有丈夫宋鞏和兒子宋慈。宋慈只有五歲，自然不可能是凶手，那麼便只剩下了宋鞏。

郭守業對宋鞏起了疑。他查看了房中的所有鞋印，都是一般大小，於是讓宋鞏脫下鞋子，當場比對，可謂一模一樣。他又問明宋鞏在瓊樓酒席間，曾在未時離開過一次，很長一段時間後才返回。他再問宋鞏有幾雙鞋子放在衣櫥裡，得到的回答是兩雙。可他已經查看過衣櫥，裡面的衣物又髒又亂，有明顯翻動過的痕跡，鞋子只有一雙。他派差役找來與宋鞏在瓊樓飲宴的幾位太學學官，問了宋鞏是否換鞋一事，也問了時年五歲的宋慈，得到的答覆都是沒注意、不清楚。由此案情明瞭，宋鞏有極大的殺妻之嫌，被他當場抓走，關入了司理獄。

在郭守業查問案情時，祁駝子本想現場初檢禹秋蘭的屍體，但郭守業說宋鞏是即將參加殿試的舉子，此案又發生在人來人往的客棧之中，消息勢必很快傳開，關係不可謂不大，所以他要親自驗屍。

祁駝子知道自己成為仵作行人不久，郭守業雖然對他有所器重，但一直只讓他參與一些普通命案，但凡遇到涉及高官權貴或是案情複雜的重大案子，郭守業都是親自查辦。郭守業以客棧人多眼雜為由，沒有現場初檢屍體，而是把屍體運回府衙長生房進行查驗。

接下來的幾天裡，祁駝子沒有接觸這起命案的機會。一天夜裡回家時，幾個正打算外出吃酒的差役和獄卒將他一併叫了去。就在府衙附近的青梅酒肆裡，幾個差役和獄卒吃多了酒，聊起了宋鞏殺妻的案子。

獄卒說，宋鞏被關在獄中，受了不少酷刑，仍是不肯認罪，還不分晝夜地求著追查真凶，不管是差役還是獄卒，但凡有人進入司理獄，宋鞏便會苦苦哀求，說自己是被冤枉的，沒有害過妻子，又說幼子獨自在外，憂其冷暖安危，求早日查明真相，放他出去。幾個差役和獄卒把宋鞏當成笑料在聊，笑話宋鞏是個書呆子，根本就不懂得怎麼求人。祁駝子知道這些差役和獄卒從囚犯那裡撈好處撈習慣了，在賠笑的同時，卻不禁暗暗生出了一絲惻隱之心。

轉過天來，祁駝子抽空去了一趟司理獄，果然如獄卒所言，宋鞏一見到他便苦聲哀求。宋鞏記得當日郭守業趕到錦繡客舍查案時，祁駝子就跟在郭守業的身邊。他對祁駝子說自己離開瓊樓，是去攔住韓珍及其母親討要說法，只要找到韓珍及其母親，便能證明自己所言。

宋鞏又說，衣櫥裡的兩雙鞋子是一新、一舊，舊鞋是從家鄉帶來的，新鞋是不久前妻子在玲瓏綢緞莊斜對面的鞋鋪裡買的，是專門為他殿試準備的，他還從沒有穿過。當日郭守業從衣櫥裡翻找出來的是一雙舊鞋，那麼缺失的就是新鞋，依照郭守業的換鞋推想，宋鞏被抓時應是穿著那雙缺失的新鞋，可事實並非如此，他腳上穿的是此前幾天一直穿著的舊鞋。因為妻子死得太過突然，當時他整個人都亂了，沒心思去想其他，直至身陷囹圄，他才想明白了這些。

祁駝子來到司理獄，不是為了幫宋鞏查證清白，只是想來提醒一下宋鞏，作為一個人生地不熟的外來人，要求人辦事，光靠嘴是不行的。但當他看見宋鞏被關在暗無天日的牢獄中，明明已被折磨得遍體鱗傷，卻不言痛楚，還跪在地上苦苦求他，這番提醒便說不出口。

他對宋鞏實言相告，自己就是個仵作，沒能力去查證這些事，一切要跟郭守業說才行。宋鞏說他已經對郭守業說過了，被關進牢獄的第一天，他便什麼都說了，可是郭守業不信，只是反復對他用刑，迫他認罪。

「你說過了就行，真沒犯事的話，案子遲早能查清楚，大人會還你清白的。」祁駝子嘆了口氣，留下這句話，離開了司理獄。

他嘴上這麼說，心裡卻很清楚，郭守業這幾天很少離開府衙，可見沒怎麼去查證宋鞏所說的事，還清白之類的話，只不過是說出來寬慰一下宋鞏的心罷了。

祁駝子自知人微言輕，沒能力幫到宋犖，一開始他也沒打算要做些什麼。只是翌日去城東辦事時，從玲瓏綢緞莊外路過，他卻不自禁地停住了腳步。一番猶豫之後，他踏進了玲瓏綢緞莊的大門，向掌櫃打聽了禹秋蘭的事，得知禹秋蘭的確一連數日來綢緞莊趕製衣服，還得知案發那天中午，禹秋蘭跟著一對姐妹走了。

掌櫃認得那對姐妹中的韓淑，韓淑過去曾多次來選買綢緞，如今已貴為嘉王妃，居然還來光顧綢緞莊。掌櫃說起此事，一想到自己的綢緞莊能得嘉王妃光顧，可謂是蓬蓽生輝，就不禁眉飛色舞。祁駝子看在眼中，卻是暗暗皺眉。他又去斜對面的鞋鋪打聽，得知禹秋蘭的確曾光顧鞋鋪，買走過一雙男式鞋子。這一番打聽下來，他知道宋犖沒有說謊，郭守業的換鞋推論，可謂是錯漏百出。

那一天祁駝子的心裡亂糟糟的，辦完事回到家中，仍是一副心不在焉的樣子。弟弟祁老二來給他家裡送炭墼，見了他這副模樣，便問出了什麼事。他搖搖頭，說沒什麼，讓弟弟不必擔心。

祁老二很少見哥哥這麼心煩意亂，知道不是什麼小事，但也沒再多問，只是離開之時留了句話，說不管遇到什麼事，只要咱兄弟有良心，不做壞事，不去害人就行。

做人要有良心，弟弟這話很是觸動祁駝子。他最終選擇為宋鞏東奔西走、查證清白倒不全是因為弟弟的話，而是因為他自己本就有這麼一顆良心，如若不然，他之前也不會在路過玲瓏綢緞莊時，選擇踏進門去。

翌日，天剛亮，祁駝子便來到府衙司理獄，向宋鞏詢問了更多的事，得知了宋鞏與妻子相守相伴了二十多年，又得知了宋慈被韓珍欺負以及行香子房曾遭行竊等事。尤其是行香子房被竊，讓祁駝子心中起疑。

宋鞏寒窗苦讀那麼多年，四十多歲才科舉中第，就算有心殺害妻子，也不大可能選擇在殿試的前一天動手，但若說凶手另有其人，殺害一個初到臨安人生地不熟的禹秋蘭，其動機何在呢？

祁駝子回想命案現場，衣櫥裡的東西被翻得很亂，不太像只是為了取走一雙鞋子，更像是有意將衣櫥翻個底朝天。他的腦子裡冒出了一個猜想，凶手翻找衣櫥，倘若不是為了取走鞋子，而是為了尋找某樣東西呢？如此一來，凶手殺害禹秋蘭的動機便有了，正是為了搶奪這樣東西，幾天前那竊賊來行香子房，或許也不是為了竊取財物，而是衝著這樣東西來的。

祁駝子問宋犖手中是不是有什麼極其貴重的東西，宋犖回以搖頭。此番進京趕考，只帶了一些書籍、衣物和錢財，以及一些散碎物件，都是日常所用，並沒有什麼要緊之物。祁駝子又問禹秋蘭是不是有什麼貴重東西，宋犖仍是搖頭，以他對妻子的瞭解，妻子若是得到了什麼貴重之物，是不會瞞著他的。

對祁駝子而言，此時追查真凶倒在其次，最緊要的是證明宋犖的清白，使其出獄與幼子團聚，而後再說追查真凶的事。作為一個仵作行人，他擅長查驗屍骨，並不擅長查案，但要證明宋犖的清白其實不難，只需證實宋犖離開瓊樓是去見了韓珍和吳氏，並與對方發生了爭執，根本沒有時間往返一趟錦繡客舍，其冤屈自然得以洗清。

但祁駝子還是想得太過簡單了。

他先去求見郭守業，把這些事原原本本地說了，盼著郭守業能去查證。郭守業卻白他一眼，叫他做好分內之事，查案的事就不要管了。他此前認識的郭守業，查起案來還算盡心盡力，可這一回的郭守業即便知道宋犖很有可能是被冤枉的，卻仍無查證之意。

祁駝子猶豫再三，決定自己找去韓家，想求見吳氏和韓珍，看門的僕從卻說家主去嘉王府做客了。他大著膽子去到嘉王府，還沒表明來意，便遭到王府護衛的驅趕。原來那天是嘉王妃韓淑的生辰，王府前車馬盈門，大小官員都攜家眷、備厚禮登門道賀，閒雜人等不得靠近。

他就像一隻夾著尾巴的狗，逆著華冠玉服的人流，被驅趕得遠遠的。但他還是沒放棄，又折返回韓家，在附近蹲守了大半日，直到日暮時分，才終於等到韓侂胄一家打道回府。

他雖不認識吳氏和韓㺸，但見看門的僕從上前伺候，便知是家主回來了，連忙上前詢問。韓㺸卻說不認識什麼宋鞏，吳氏也說從沒見過宋鞏，韓侂胄則是乜他一眼，吩咐蟲達將他強行趕走。他吃了個閉門羹，還受了蟲達一頓推搡，知道韓家人不近人情，想是與宋鞏結怨在先，便不肯為宋鞏做證。

祁駝子折騰了一日，一無所得不說，還連番受辱。沮喪之餘，他忍不住去想，自己就是個小小的仵作，何必要這麼勞心費神，去為了一個素不相識的宋鞏奔走受累？可那晚他躺在床上，卻翻來覆去睡不著，良心總是不安。

第二天一早，他決定繼續查證。他借著整理其他命案檢屍格目的機會去到書吏房，趁書吏上茅房之時，找出禹秋蘭一案的案卷，翻看了郭守業填寫的檢屍格目。依檢屍格目所錄，禹秋蘭是被刺中脖子而死，身上還有兩處刺傷，分別位於左上臂和左肩。

雖然看過了檢屍格目，但祁駝子一想到郭守業對此案一再敷衍，始終難以安心——他想親眼看看禹秋蘭的屍體。屍體在郭守業查驗完後，早已運往城南義莊停放，沒有郭守業的手令，他是無權擅加查驗的，甚至連接觸一下屍體都不行。

他當時已做了大半年的仵作行人，與義莊看守也算熟識了。當天夜裡，他帶上一些酒菜，去到城南義莊，將看守灌醉後，打著燈籠，找到了停放禹秋蘭屍體的棺材。

當時，他不會想到，自己的後半輩子，都會在這義莊之中度過。

查驗禹秋蘭的屍體時，祁駝子既怕看守醒來，又怕有外人闖入，始終提著心、吊著膽，一有些許響動傳來，他便嚇得停下手裡的動作，驚慌地張望聲音來處。

他不敢耽擱太多時間，於是省去了一大堆驗屍步驟，既沒有煮熱糟醋，也沒有點燃蒼朮皂角避穢——哪怕禹秋蘭屍體停放數日之後，已經開始出現一定程度的腐敗。

他忍著屍臭，從頭到腳將屍體驗看了一遍，發現屍體全身共有四處傷口，都屬於銳器傷，其中有三處傷口只有黃豆大小，包括頸部的那處致命傷，是由尖銳細長的利器扎刺所致，那利器很可能就是那支消失的銀簪子。還有一處傷口顯得尤為不同，位於屍體的右腹，長約一寸，看起來應是刀傷。

祁駝子怕弄錯了，還仔細檢查了傷口處的腸子，驗明腸子斷為了好幾截——腸子盤藏於腹中，若是刀具類的利器捅入，往往會把腸子割斷成幾截——這才敢確定是刀傷。這處刀傷很深，同樣足以致命，從傷口長僅一寸來看，凶器應該不是長刀和大刀，而是短刀。

這一夜，祁駝子幾乎徹夜無眠，他清清楚楚地記得，郭守業的檢屍格目當中，只記錄了那三處扎刺傷，並未記錄這一處刀傷。他實在難以置信，郭守業身為司理參軍，親自驗的屍，親自填寫的檢屍格目，居然會出現這麼大的疏漏。或者那根本就不是疏漏，這麼明顯的刀傷，只要不是瞎子，必然能清楚地看見，郭守業更有可能是故意隱瞞，故意不加以記錄。

之前郭守業在他心裡的印象，一直是盡心盡力，足夠認真負責，卻沒想到竟會是這樣的人。若不是他擅自溜進義莊查驗屍體，這處如此明顯的疏漏，將因為屍體的腐爛，慢慢不被人所知，只留下檢屍格目上白紙黑字的紀錄。

有了這處刀傷，禹秋蘭遇害的經過就值得推敲了。

凶手使用了刀和銀簪子作為凶器，但問題是，刀比銀簪子更容易抓握和發力，殺傷力也更強，既然凶手已經手持刀具了，為何還要拔下禹秋蘭髮髻上的銀簪子行凶呢？那刀傷位於屍體的右腹部，而銀簪子造成的三處扎刺傷都位於屍體的左側，一在左臂，一在左肩，頸部的那一處同樣是從左側刺入。

祁駝子突然冒出了一種猜想，凶手會不會不止一人，而是兩個人？這兩個人一個用刀，一個用銀簪子，聯手對禹秋蘭行凶，因為兩人一個站左，一個站右，所以兩種傷口才分別在禹秋蘭身子的左右。

這樣的猜想一冒出來，祁駝子越想越覺得合理。於是就這麼熬過一個不眠之夜後，他睜著一對布滿血絲的眼睛，趕去了府衙。他知道找郭守業是沒什麼用處的，於是直接去了中和堂。

他當堂而跪，對著剛起床不久還在打著哈欠的知府大人，具言自己昨晚驗屍時的發現，給出了凶手很可能是兩個人，動機很可能是謀奪禹秋蘭身上某樣貴重之物的推斷，又言明宋鞏離開瓊樓的原因，證明宋鞏根本不可能有去錦繡客舍行凶的時間。

祁駝子當時跪著稟明這一切後，求知府大人複查真凶，卻長時間不見知府大人有所反應，膝蓋漸漸跪得發疼，便稍稍動了動身子。知府大人忽然冒出一句「本府有讓你起來嗎」，嚇得他急忙跪好。

知府大人吩咐差役叫來郭守業，對著郭守業狠狠責罵了一番。這番責罵，令當堂而跪的祁駝子冷汗涔涔，只因知府大人不是責罵郭守業查案懈怠，而是責罵郭守業對下屬約束不嚴，居然讓仵作未經許可便擅自查驗命案屍體。至於禹秋蘭的案子，以及宋鞏的清白，知府大人是半個字也不提及。

原本在祁駝子的眼中，知府大人還算為民做主，算得上是一位好官，此番卻也突然變了一副臉孔，實在大大出乎他的意料。他不知道禹秋蘭的案子到底出了什麼問題，又或是宋鞏犯了什麼錯，以至於一向把「安民濟物」掛在口邊的知府大人，竟會變得草菅人命。

知府大人不認可他驗屍的結果，反倒以他擅自查驗屍體和驗屍出錯為由，免了他的仵作之職，罰他去義莊灑掃，還扣了他好幾個月的俸錢。原本的義莊看守，那個被他灌醉後讓他有機可乘的人，因此事被郭守業臭罵了一頓，就此恨上了他。他被罰灑掃義莊，算是成了這個看守的下屬，處處受這看守的冷眼和欺辱，知府大人如此處置，真可謂是

「用心良苦」。

祁駝子一直以為自己是那種怯懦怕事之人，如今受了這等重罰，卻覺得自己已是破罐子破摔，反倒沒那麼怕了，心想大不了丟了義莊的活，反正這受氣受累的活，他也不想幹了。

他憋了一口氣，想證明宋鞏的清白，無論如何都要證明，既是為了對得起自己的良心也是為了替自己出這口氣。他雖然身在義莊，但禹秋蘭的屍體已被郭守業以重新檢驗為由，運回了府衙長生房，他已沒有出入府衙的機會，不可能接觸到禹秋蘭的屍體，也不可能再與司理獄中的宋鞏見面。他灑掃了好幾天義莊，苦思冥想，才想到了辦法。

要證明宋鞏的清白，只需證明宋鞏當天離開瓊樓，是去見了韓珍和吳氏，而非去了錦繡客舍。韓珍和吳氏雖然不肯為宋鞏做證，但不代表沒有其他見證人。此事發生在未時，正值下午，那是大白天，也不是發生在什麼偏僻的小巷，而是在新莊橋附近的街上，必定少不了過路的行人。宋鞏當街攔下吳氏的轎子，與韓珍等人接觸，並且發生了爭執，一定有不少行人看見過這一幕。只要找到足夠多的證人，讓他們一起出面為宋鞏做證，宋鞏的清白自然能得到證明。

想法一定，祁駝子立刻行動起來。他從宋鞏攔轎的那條街開始尋訪，往周圍不斷擴大尋訪的範圍，花費了好幾天的工夫，果然讓他找到了不少見過此事的人。這些人有販夫走卒，有店家鋪主，有住戶居民，聽說有人因此事蒙冤入獄且攸關生死，答應出面做證的就有十多個人。

祁駝子把這些人全都請去了府衙，有這麼多人共同做證，消息也就一傳十、十傳百地傳開了，知府大人也好，郭守業也罷，都無法再置若罔聞。宋鞏就此洗去冤屈，恢復清白之身，在入獄關押十多天後，終於得以出獄。

祁駝子很是高興，自己活了好幾十年，總算做了一回值得稱道的正事。他不懂查案，沒打算繼續追查殺害禹秋蘭的真凶，他也知道自己追查不出來，以他的能力，能讓宋鞏清白出獄，已經算是到了極致。

如今宋鞏出了獄，追查真凶，那就是宋鞏自己的事了，祁駝子該為自己做打算了。得罪了郭守業和知府大人，府衙是不可能待下去了，他打算辭了灑掃義莊的差事，也不打算再做什麼仵作，以後就跟著弟弟一起進山伐木燒炭。

決定了要離開府衙，祁駝子心裡竟有說不出的高興，連走路都輕快多了。他去肉市上買了一塊肉，又買了一條鮮魚，還打了一壺酒，回家交給妻子烹製，然後去請弟弟祁老二到家裡一起吃飯，到時把自己的打算跟祁老二說一說。

等他拉著祁老二快走到家時，卻遠遠望見滾滾黑煙翻騰而起，冒煙的竟是自己的家。生火炊飯不會有這麼大的黑煙，只有著火才會。他飛奔至家門口，果然看見家中已燃起大火，他急忙呼喊妻子和女兒的名字，卻聽不見任何應答聲。祁老二慌忙提水救火的同時，祁駝子捂住口鼻，一腳踢開家門，衝進了濃煙之中。

祁駝子沒能救出妻子和女兒，連妻子和女兒身在何處都沒能找到，最終被大火逼退，一根燒斷的木梁砸在身邊，彈飛的木屑扎進了眼角，他竟也感覺不到疼痛，任由木屑扎在眼角裡，一絲鮮血猶如淚痕，凝在他的臉上。他暗暗祈禱，妻子和女兒也許去了別處，不在家中。

直到大火熄滅，已被燒焦的妻子和女兒在廢墟中被找到，他跪倒在地，緊緊抱著兩具焦屍，撕心裂肺地叫道：「我的……我的妻，我的女啊……」淚水才如決堤般湧了出來。被木屑刺傷的那隻眼睛本就沒及時得到醫治，又經過這一場大哭，最後澈底瞎了。

遭此大變，祁駝子幾度想要尋死，祁老二寸步不離地守著他，每次都把他救了回來。他後來不尋死了，之前的打算也不提了，就去城南義莊裡待著，整日與屍體為伴。那義莊看守再來為難他，他只是聽之任之，便如行屍走肉一般。

後來，那看守得病死了，偌大的義莊只剩下他一人。他漸漸學會了去櫃坊賭錢，常常輸得精光，被要債的人打得爬不起來，每次都是祁老二趕來清了賭債，他才得以走出櫃坊，但只要傷一好，稍微一有點錢，他便又會往櫃坊去，祁老二好說歹勸，也拿他沒辦法。

旁人都當他嗜賭成性，不可救藥，沒人知道他是為了忘掉過去，不願再去想起那些慘痛的回憶，可白天還能以賭來忘掉一切，到了夜裡，他卻時常夢起當年的事，尤其是他緊緊抱著已成焦屍的妻女，這一幕總是那麼清晰，讓他每一晚都如墜冰窟般牙齒發抖、渾身發顫。他就這麼槁木死灰般地活了十多年，其間臨安知府幾度換任，司理參軍也換了好幾個，只有他自己，一直待在這城南義莊，除了弟弟外無人過問。

這一段過去，帶著怨恨的語氣，從祁駝子的口中講了出來。宋慈聽完後，很長時間沒有作聲。

最初聽到亡母案情時，宋慈是心弦緊繃的，但這種緊繃感隨著祁駝子的講述慢慢鬆弛，到最後聽得祁駝子的淒慘下場時，他心裡反而生出了一種莫可名狀的平靜。

當年母親遇害之後，時任仵作的祁駝子背著箱子趕到行香子房時，他曾與其有過一面之緣。借著白慘慘的燈籠光，他看著如今的祁駝子，看著眼前這個蓬頭亂髮、衣衫襤褸、後背弓彎、獨目中透著恨色的老人。

宋慈忽然雙膝彎下，一跪在地，道：「家父從未對我提過這起舊案，原來他曾受你如此大恩。事過多年，一切已無可變改，我再怎麼做，也難以挽回一二。千恩萬謝，宋慈沒齒不忘！」他正對著祁駝子，以頭磕地，伏身下拜。

祁駝子渾身顫抖，獨目中的恨色開始慢慢地消散，一行老淚不覺流出，滑過滿是皺紋的臉龐。

十五年前的這些過去，他對外絕口不提，便連唯一的至親祁老二他也從沒講起過。他原是打算將這段過去帶入黃土的，可今日不知為何，卻對宋慈講了出來。

看著跪在身前的宋慈，淚眼模糊中，有那麼一瞬間，他彷彿看到了當年的自己在府衙當堂而跪時的樣子。

良久，祁駝子的耳邊響起了宋慈的聲音：「凶手若是兩人，何以現場沒有第二個人的鞋印？」

此話一入耳，祁駝子不由得一呆。當年他推斷凶手很可能是兩個人，卻沒有想過現場只有一個人的鞋印，他的這番推斷，似乎被宋慈這麼一句話便給推翻了。

宋慈此言像是在問祁駝子，更像是在自言自語。祁駝子的推斷在宋慈看來有一定的道理，但這需要釐清一個疑問，那就是現場——尤其是床前——有一大片血跡，然而只有一個人的鞋印，卻不見第二個人的鞋印。若說另一個凶手更為謹慎，有意不去踩到地上的血，沒有讓鞋印留下來，那為何會放任同夥留下那麼明顯的鞋印呢？那鞋印實在太過明顯，從床前延伸至窗戶，明顯得彷彿生怕別人不知道凶手穿多大的鞋子，生怕別人不知道凶手是從哪裡逃走。

對此，他想到了兩種解釋，一是凶手殺人後急於逃離現場，情急之下沒有留意腳下，其中一人留下了鞋印而不自知，另一人只是僥倖沒有踩到血，這才沒留下鞋印，而留下鞋印的那個凶手，腳與宋鞏差不多大小，鞋子的尺寸也就差不多，畢竟這世上穿同等尺寸鞋子的人，其實不在少數，這才害得宋鞏蒙冤入獄；另一種解釋是，留下滿地鞋印的，就是他父親宋鞏的那雙新鞋，凶手故意從衣櫥中找出這雙新鞋，穿上後在房中留下鞋印，以達到嫁禍宋鞏的目的。

宋慈推想著這兩種解釋，慢慢地站起身來。

「我娘親的案子如今知曉的人已不多，知情之人只會更少。」他看著祁駝子，恢復了查案時一貫的冷靜，「你算是少數知情之人，我想向你打聽幾件事，不知可否？」

祁駝子嘆了口氣，道：「你想問什麼就問吧。」語氣不再帶有怨恨。

「我娘親的裙襖上，」宋慈開始發問，「是有一處血指印吧？」

他記得當年父親被郭守業當成嫌凶抓走時，母親的遺體也被府衙差役抬離了行香子房。當時歐陽嚴語拽住他，不讓他跟著追去，但母親的遺體從眼前抬過時，他看見母親沾滿鮮血的裙襖上，有一處三道手指粗細的血痕，一看就不是浸染而成。

當時，行香子房外擠滿了看熱鬧的夥計和住客，就在他的目光追著母親的遺體而去時，他忽然看見了蟲達。蟲達站在圍觀的住客當中，右手縮在袖子裡，整張臉沒有任何表情，看起來尤為冷峻。

「血指印？」祁駝子搖頭道，「我驗屍時看過裙襖，不記得有什麼指印。」

「三道血痕，」宋慈提醒道，「手指粗細的血痕。」

祁駝子想了一想，道：「血痕倒是有，但那不是指印，沒有手指那麼粗，像是揩拭什麼東西留下的。」

宋慈回憶當年的場景。彼時年幼的他，因為母親的死和父親的被捕，整個人都被嚇蒙了，根本沒有朝蟲達是凶手上去想。此後年歲漸長，不知從何時起，他想起了蟲達的右手只有三根手指，當日破雞辨食之時，他是瞧見了的。他把那三道血痕與蟲達的三根手指聯繫在了一起，想著那很可能是三道帶血的指印。祁駝子的話，讓他又一次仔細地去回憶，那三道血痕在時年五歲的他看來，是有手指那麼粗，可如今二十歲的他再去回想，那根本沒有成人的手指粗細。

比起指印，那的確更像是揩拭什麼東西留下的血痕。但蟲達出現在錦繡客舍，出現在圍觀的人群之中，他是不會記錯的。

「那我娘親的身上，可有一枚帶玉扣的平安符？」宋慈又問道，「檢屍格目需要填寫遺物，你看過郭守業的檢屍格目，上面可有紀錄？」

他知道郭守業在屍體傷痕上有意遮掩，但遺物與此無關，想來不至於在這上面弄虛作假。他問出這話時，向一旁的韓絜看了一眼。他所問的平安符，是母親遇害之前，韓淑將其送回錦繡客舍，臨別之時送給他母親的，此前韓絜講述這段經歷時曾有提及。他不希望放過任何一處細節，無論這處細節與案情是否有關。

「我不記得有什麼平安符。」祁駝子回想片刻，搖起了頭。

「所以現場消失的東西並不算少，除了家父的一雙新鞋，還有我娘親的一支銀簪子以及這一枚平安符。」宋慈低聲自語了一句。

他想了一下，問道：「當年查案之時，是郭守業也好，是你也罷，不知可有查問過錦繡客舍的夥計，尤其是那個掌管房門鑰匙的吳姓夥計？」

祁駝子回想了一下，道：「你說的是那個脖子上有一大塊紅斑的夥計吧？問過，他說你母親未時回了客舍，就拿著鑰匙去給你母親開了房門，後來他就忙去了，其他的事他不知道。」

「只問了這些，」宋慈道，「沒問別的？」

「還要問什麼？」祁駝子有些沒聽明白。

宋慈沒回答，道：「我爹出獄之後，府衙沒再追查此案的真凶？」

「我那時沒了妻女，再沒管過這案子，只聽說你爹離開了臨安，這案子也就沒人過問，不了了之了。」

「那你妻女死於大火，你可有查過起火的原因？」

一提及妻女的死，祁駝子神色悲戚，搖頭道：「我也很想知道為何起火，是意外失火還是有人要害我？可是什麼都燒沒了，什麼都沒得查……」

他當時查看過妻女的屍體，四肢蜷曲，皮開肉綻，口鼻內有大量煙灰，的確是被火燒死的，至於家中為何會著火，因為一切都被燒毀，也沒人看到起火過程，實在是查不出來。但因為這場大火來得蹊蹺，他剛剛幫助宋鞏出獄，得罪了知府大人和郭守業，緊跟著家中就失火，他也懷疑過是知府大人和郭守業報復於他。可這只是懷疑，沒有任何證據，根本無從查起。

宋慈好一陣沒說話，凝思片刻，忽然道：「你剛才說，案發之後，衣櫥裡的衣物又髒又亂？」

他記得祁駝子方才講述之間，曾提及衣櫥裡只有一雙鞋子，衣物則是又髒又亂。可他知道母親極愛乾淨，入住行香子房時，哪怕衣櫥本就不髒，還是仔細擦拭了兩遍，擦拭得一塵不染，才將衣物整整齊齊地放入其中。衣物亂了，那是被人翻動過，可為何會髒呢？

祁駝子道：「是又髒又亂，那些衣物被翻得很亂，上面還有一些灰土。」

「灰土？」宋慈眉頭一凝。

祁駝子點了點頭。

宋慈沒再發問，站在原地想了一陣，忽然神色一動，像是想到了什麼。

他滿懷感念之心，向祁駝子告辭，並極為鄭重地行了一禮，與劉克莊、辛鐵柱和韓絮一起離開了城南義莊。

回太學的路上，宋慈坐在車中，長時間沉默不語。

陣陣車轍聲中，劉克莊打破了這份沉默，道：「接下來怎麼查？」

「找到那個姓吳的夥計。」宋慈道，「有些事，我需要當面向他問個清楚。」

# 第四章　岳祠案的前因後果

「你該休息便休息，找人這種事，交給我就行了。」

劉克莊深知宋慈對亡母一案有多麼在乎，在得知了母親遇害的具體細節後，其心中很難不起波瀾，雖然表面上看起來與平常無異，但其內心深處，定會為之悲傷難受。人在這種時候，最需要的是好好休息，不被打擾的那種休息。所以在得知需要尋找吳夥計之後，劉克莊拍著胸脯將這事攬了下來。

轉過天來，結束了上午的行課，趁著午休時間，劉克莊去了一趟錦繡客舍。他本想先見一見祝學海，但這人不在錦繡客舍，聽客舍的夥計說，自從上次被夏震帶走後，祝學海便很少露面，客舍的大小事務都交給了夥計們打理。劉克莊於是把客舍裡的夥計問了個遍，只有一個在火房待了二十年的老夥計，才知道他打聽的吳夥計是誰。

在客棧裡幹活，每月只能拿到三、四貫工錢，只夠勉強糊口，並非長久生計，是以一個夥計幹不了幾年，便會覺得沒有盼頭，想要過上好日子，就必須另謀生路，這個老夥計能在一家客棧待上二十年，那是很少見的。

當年宋鞏在破雞辨食之後，把買下的六隻雞交給客舍火房，正是這個老夥計拿去煮製的。據那老夥計所言，吳夥計十多年前便已離開了錦繡客舍，他之所以還記得此人，很大一部分原因在於此人的姓名。

「記得，吳此仁嘛。」那老夥計笑道，「吳此仁，無此人，這名字聽上一回，包管你一輩子忘不了！」他不僅記得吳此仁的名字，還記得其為人，「別看這吳此仁當時年紀不大，個頭不高，模樣也生得不大好，脖子上還長了一塊紅斑，可這人什麼苦都肯吃，那是既踏實又能幹，還長了一張能說會道的嘴，誰見了都喜歡！」

當年吳此仁來到錦繡客舍做夥計時，才剛剛二十出頭，幹起活來卻尤為勤快，在所有夥計當中，就數他最能吃苦耐勞，不僅把自己的活幹得妥妥當當，別人有事找他幫忙時，甭管是誰，也甭管是什麼事，他都是樂樂呵呵地大方相助。不僅如此，吳此仁還生了一張好嘴，見了誰都問好，面對客舍中的其他夥計，那是客客氣氣，尊敬有加，面對進進出出的客人，則是迎來送往，招呼有方。

吳此仁到錦繡客舍沒幾個月，便深得客舍裡所有人的喜歡，祝學海更是把他從一個端茶送水的跑堂夥計，升為了掌管所有住房鑰匙的大夥計，但凡有事外出，祝學海都會將客舍裡的大小事務交給他來打理，足可見對他的信任和器重。可儘管如此，吳此仁在錦繡客舍卻沒待多久，前後總共只幹了一年。

「那時客舍裡發生了一起舉子殺妻案，之後吳此仁便辭工離開了。」那老夥計說著搖起了頭，「說來倒也奇怪，吳此仁來的那一年，別看他忙裡忙外，把客舍的大事小事打理得順順當當，可客舍的生意一直好不起來，因為總是遭賊。都說不怕賊偷，就怕賊惦記，那賊可不只是惦記，當真是盯死了咱錦繡客舍，前前後後怕是來偷了七、八回。當時好多客人聽說錦繡客舍不安全，都不肯來投宿，祝掌櫃把房錢一降再降，生意還是越來越差。後來吳此仁一走，客舍雖然打理得沒以前好了，卻再也沒遭過賊，生意反倒慢慢好了起來。」

「客舍被偷了七、八回，」劉克莊奇道，「一直沒抓到賊嗎？」

「抓不到！」雖然時隔久遠，可一說起那賊，老夥計仍是面露恨色，「那賊瞅準了一樓的客房，只要有住客外出時沒把窗戶扣死，那賊便翻窗行竊，但凡稍微值錢的東西一準偷個精光，連衣服、鞋子都不放過。當時祝掌櫃報了官，官差也來查過，可那賊沒留下什麼痕跡，查來查去也查不出個所以然。後來祝掌櫃找人假扮住客投宿，故意不把窗戶關嚴，可那賊精明得緊，前後安排了好幾次，那賊好似提前知道了一般，就是不上當。」

劉克莊聽得皺眉，道：「那吳此仁後來辭工，是何緣故？」

「他說有親戚在城裡做裘皮買賣，很是掙錢，叫他一起跟著幹，他便辭了工。」

「那他現今身在何處，你可知道？」

「那怎麼能不知道？吳此仁能說會道，又肯吃苦，做那裘皮買賣，沒幾年便掙了大錢，在城東鹽橋附近開了一家『仁慈裘皮鋪』。前兩年我還去看過一回呢，那裘皮鋪可不小，比周圍鋪子大上一多半，擺滿了各種皮帽冬裘，全都是值錢貨。」說起這一趟裘皮鋪之行，老夥計露出一臉神氣，「吳此仁記性是真好，隔了那麼多年，居然一口便叫出了我的名字，還吩咐夥計端茶送水，對我是各種招呼，周到得不得了。」

劉克莊不清楚宋慈為何要找這個吳此仁，但經過一番打聽，他覺得這個吳此仁的確有些問題。他準備往鹽橋走一趟，去仁慈裘皮鋪看看，親自與吳此仁打打交道，先摸摸對方的底細。

劉克莊給了那老夥計一串錢，算是答謝。他走出火房，正打算穿過客舍大堂，卻望見一個熟悉的身影走出了客舍大門。他看得真切，那身形虎背熊腰，竟是隨行護衛韓侂胄的甲士夏震。

劉克莊腳下一頓，縮回了身子，待得夏震走遠了，方才現身大堂，叫住一個跑堂夥計，向大門外一指：「剛才走出去那人，是你們這裡的住客嗎？」

跑堂夥計朝大門外望了一眼，應道：「不是住客，那人是來行香子房見客人的。」

劉克莊面露狐疑之色，轉過頭去，朝行香子房的方向望了一眼。過去這段時日，行香子房一直是韓絮在住，夏震來行香子房，自然是去見韓絮，韓絮明明已與韓侂胄鬧僵了，怎的還會與夏震私下見面？

劉克莊將此事暗暗記在心頭，走出錦繡客舍，朝鹽橋而去。

此去鹽橋不算太遠，經眾安橋，過教欽坊，行不多久便到了。鹽橋以東，一整條街都是各種售賣綢緞、裘皮、衣物鞋帽的鋪子，玲瓏綢緞莊也在這裡。

劉克莊沿街行去，很快在這條街的正中，看見了「仁慈裘皮鋪」的招牌。

如那老夥計所言，仁慈裘皮鋪比周圍鋪子大了近一倍，招牌漆成了金色，在一眾店鋪之中尤為顯眼。劉克莊朝招牌上的「仁慈」二字瞧了一眼，心想這店名聽起來更像是一家醫館或藥鋪，與裘皮可謂是風馬牛不相及，但轉念一想，這不就是把吳此仁的名字倒過來念嗎？想明白店名的由來，他不由得一笑，邁過門檻，踏進了鋪子。

裘皮鋪裡彌漫著一股濃濃的皮毛味，各種羊皮帽、羔皮帽、冬裘、褐裘按新舊不同，分列裡外，擺得滿滿當當。早有夥計轉出櫃檯，笑臉來迎：「這位公子，裡邊請，裡邊看！」

一見劉克莊的穿著打扮，夥計便知劉克莊是富貴之人，徑直將劉克莊迎入裡側，這裡擺放的都是嶄新的裘皮。

劉克莊隨手一指，道：「這冬裘如何賣？」

那夥計大拇指一翹，道：「公子真是好眼光！這冬裘年前才從北方運來，看起來富貴，穿起來暖和，那是冬裘裡的上品。」說著，比出三根手指，「價錢也不貴，只要三萬六。」

劉克莊心道：『這樣的冬裘被說成是上品，要價這麼高，還敢說不貴？』嘴上卻道：「三十六貫，倒也便宜。」隨手朝旁邊的羔皮帽一指，「那這頂帽子呢？」

那是一頂婦人戴的羔羊皮帽，這幾年在臨安城裡很是盛行，尤其是雪後初晴天氣，不少貴婦出遊賞雪，都以羔羊皮帽為飾。

那夥計笑道：「公子是買來送人的吧？這頂羔皮帽是高麗來的上品，便是放眼整個臨安城也不多見，就這麼穿戴出去，任誰都要高看幾眼。這頂羔皮帽也不貴，萬八千就能拿走。」

一聽要十八貫，劉克莊一眼也不想多瞧，掉頭走回外側，那裡擺放的都是稍舊一些的褐裘。

那夥計趕緊跟來，道：「這些都是舊貨，千錢一件，哪裡配得上公子？裡邊還有一些上等裘皮，小的再帶公子去看看！」又想請劉克莊往裡邊去。

「你們掌櫃是吳此仁吧？」劉克莊沒有挪步，看著那些褐裘，隨口問道。

「原來公子認識咱家掌櫃，那您可是貴客，還請裡邊坐，小的……」

「他人在嗎？」劉克莊打斷那夥計的話。

「今日新到了一批裘皮，掌櫃去碼頭拿貨了。」

「那他幾時回來？」

「這可說不準，往常掌櫃去拿貨，要忙活大半天，回來得都很晚。」

劉克莊原本想見一見吳此仁，這下看來是見不著了。太學下午還有行課，他不能耽擱太久，道：「那就等你們的新裘皮到了，改日我再來看看。」說罷，不再理會那夥計的招呼，徑直走出了仁慈裘皮鋪。

雖沒見到吳此仁，但獲知了吳此仁的下落，還打聽到了不少事，劉克莊一路疾行，趕著回到太學，要將這些事告知宋慈。等他回到習是齋，卻不見宋慈的人影，一問王丹華才知，他之前離開後不久，有學案胥佐來到齋舍，通知歐陽嚴語身子抱恙，下午習是齋的行課取消，又交給宋慈一封信函。宋慈看過那封信函，便獨自離開了齋舍，一直沒回來。

「什麼信函？」劉克莊奇道。

「那就不知道了，宋慈看過之後，便揣著信函走了。」王丹華搖頭道，「當時正要吃午飯，宋慈卻連飯都沒吃，抓了一個太學饅頭，便急著去了。我問他去哪裡，他只說去去就回。」

宋慈說是去去就回，卻直到下午過半，人才回來。劉克莊一直坐立不安，生怕宋慈出事，直到見宋慈平安歸來，才算鬆了口氣。劉克莊問起宋慈去了何處，宋慈說是去見了歐陽嚴語。

「歐陽博士不是身子抱恙嗎？」劉克莊不免有些奇怪。

宋慈其實也覺得奇怪，一開始接下那封學案胥佐轉交的信函，見信函是歐陽嚴語所寫，裡面說有事相商，請他到其家中相見，並囑咐他獨自一人前去，他便心生疑惑。雖說他與歐陽嚴語早在十五年前便已相識，但來到太學的這一年裡，兩人一直只以師生相處，並沒有其他往來。歐陽嚴語突然稱病休課，卻私下邀他去其家中相見，此舉確實令人意外。

雖然覺得奇怪，但宋慈不難猜想歐陽嚴語的用意。歐陽嚴語若是請他在太學裡相見，那有可能與學業相關，但請他去家中相見，還特意囑咐他獨自前去，那就不大可能關乎學業。而在學業之外，歐陽嚴語與他的牽連，便只剩下他母親的案子。帶著這樣的猜想，他離開太學，獨自一人去往歐陽嚴語的住處。

十五年了，歐陽嚴語的住處沒有變動，還是位於興慶坊，甚至家中的一切陳設，比起當年並無多大改變，最大的不同，大抵就是多了兩方牌位，那是歐陽嚴語髮妻和獨子的。前些年，髮妻和獨子相繼患病離世，只留下年近花甲的他，與一個比他年紀還大的老僕，彼此為伴。

宋慈叩響房門之後，為他開門的正是那個老僕。得知他就是歐陽嚴語等待多時的來客，老僕小心地關好房門，將他領去了最裡側的書齋。

說是書齋，還掛有一塊「窮理齋」的小匾，內裡卻極狹小，很老舊的書案，很老舊的書架，一切仍是十五年前宋慈初來這裡時的樣子，只是書架上的藏書多了不少，還有不少書籍放不下，整齊地堆放在牆角一張小桌上。

物雖是，人卻非，坐在書案前的歐陽嚴語面容滄桑，皺紋凹陷，鬚髮花白，早已不再是當年那個容光煥發、意氣十足的文人雅士了。

「學生宋慈，見過先生。」宋慈揖手行禮之時，朝歐陽嚴語身前的書案看了一眼。書案上收拾得很乾淨，除開筆墨紙硯外，便只放了一封略微泛黃的書信。

歐陽嚴語面有病色，一面抵嘴咳嗽，一面向老僕點頭示意，老僕掩上房門，退出了書齋。面對宋慈的行禮，歐陽嚴語什麼話也不說，拿起書案上那封書信，朝宋慈遞了過來。

那封書信上寫著「吾兄歐陽親啟」，字跡令宋慈渾身一震。離家將近一年，他又一次見到了父親宋鞏的筆墨，這封書信顯然是宋鞏寫給歐陽嚴語的。

宋慈向歐陽嚴語看去，目光中帶有詢問之意。歐陽嚴語略一點頭，示意他可以看閱此信，他這才伸出雙手，接下書信，小心拆開，看了起來。

信中筆墨不多，皆是宋鞏親筆所書，大意是宋慈將往太學求學，請歐陽嚴語代為照看，又說宋慈對亡母一案實難釋懷，倘若宋慈有任何出格之舉，請歐陽嚴語一定要捎信告知。宋慈看罷書信，心中不免百味雜陳。

他一直不明白父親為何對母親的案子緘口不言，甚至試圖阻攔他來臨安求學，明明最終同意他來臨安，卻又暗自給歐陽嚴語捎去書信，意思是請歐陽嚴語盯著他，不讓他接觸亡母一案。多年來他一直想不明白，時至如今，他仍是想不明白。

「先生讓我看閱此信，不知是何意思？」雖然心緒起伏，但宋慈的語氣還算冷靜，雙手捧著書信，恭敬有加地還給了歐陽嚴語。

歐陽嚴語又是一陣咳嗽，將書信小心收放起來，示意宋慈在一旁凳子上坐下，方才開口說話，聲音不緊不慢：「你入太學已快一年，我雖對你無過多照應，卻一直有在留意著你。你品行端直，勤於學業，每次私試皆名列前茅，放眼如今的太學，實乃不可多得的可造之材。你出任提刑幹辦，十餘日內，驗屍斷案，實在大大出乎我的意料。我不敢忘記你父親所托，查案一事，我本該傳書建陽，但時至今日，我仍未告知你父親。」

「先生是想提醒我，雖然做了提刑，有了查案之權，但還是不要去碰當年那起案子？」宋慈問道。

歐陽嚴語卻擺了擺頭，道：「當年那起案子，我記憶猶新，你父親突然離開臨安，不再過問此案，至今想來，我仍是不解。你通曉刑獄，短短十餘日便破了好幾起命案，可見身負查案大才。若你能以手中之權，查明真相，為你母親直冤，實為一大幸事。」

「先生不打算勸阻我？」宋慈不免有些詫異，原以為歐陽嚴語給他看父親的書信，是為了阻止他查案。

歐陽嚴語道：「人各有志，試問我就算有心勸阻，又豈能當真勸阻得了你？」

宋慈搖了一下頭，他查案之志已決，別說歐陽嚴語勸阻，便是父親親自來到臨安，只怕也不能令他回心轉意。歐陽嚴語既無勸阻之意，那私下約他相見所為何事，他一時倒想不明白。

歐陽嚴語以手抵嘴，咳嗽了數聲，道：「十多天前，太學司業何太驥的案子，是你查辦的吧？」

何太驥的名字突然從歐陽嚴語口中說出來，多少令宋慈有些始料未及，他應了一聲「是」。

「凶手是齋僕李青蓮，」歐陽嚴語眉頭略皺，「你當真這麼認為？」

宋慈想了一下，做出了回答：「我是這麼認為的。」頓了一下又道，「不過此案背後應該還有隱情。」

「有何隱情？」歐陽嚴語問道。

宋慈聽到何太驥的案子被提及，這才明白歐陽嚴語私下約見，原來是為了何太驥的死，問他是否認為李青蓮是凶手，聽起來似乎話中有話，彷彿歐陽嚴語知道此案背後的一些隱情。

對於何太驥的案子，他本就存有疑問，一直想將此案徹查清楚，自然不想錯過任何知情之人。歐陽嚴語提起此案，沒有先說自己知道什麼，而是先問他對凶手的看法，再問起此案背後的隱情，可見歐陽嚴語心存顧慮，此舉似有試探之意，倘若他遮遮掩掩，只怕歐陽嚴語便會生出戒心，不會對他實言相告。

是以，宋慈不做任何隱瞞，如實回答道：「李青蓮雖是殺害何司業的凶手，但很可能不是唯一的凶手。李青蓮已然年老，身為齋僕，雖說免不了每日做體力活，力氣也不算小，但何司業畢竟身形高大，又正當壯年，李青蓮單憑一己之力，將何司業勒殺，再移屍岳祠，以鐵鍊懸於房梁之上，恐怕難以辦到，應該還有他人相助。再者，何司業死之前，曾對真博士提及自己有可能會死，當時何司業尚不知道李青蓮的身分，那讓他預感到死亡的這份威脅，就不應該是來自李青蓮，而是來自別處。

還有，前些日子劉太丞家的大夫劉鵲遇害，我追查這起命案時，意外得知何司業死前曾多次去往劉太丞家求醫，每次都與劉鵲閉門相見，而劉鵲的死牽連極廣，不僅牽扯到了韓太師，還與六年前叛投金國的將軍蟲達有關。這位將軍蟲達，當年很可能並未投金，而是隱姓埋名，藏身於淨慈報恩寺中，直到一年前死於寺中大火。與蟲達同時藏身於寺中的，還有化名為彌音的何上騏，其人乃是何司業的叔父。

何司業一案，背後千頭萬緒，越往深處去查，疑點越多。再加上李青蓮自盡之前，曾意味深長地對我留下遺言，說是有我在，他便可放心，似乎他知道一些內情，但又不能說出來，只能寄希望於我。因此我猜想，李青蓮殺害何司業，很可能是為人利用，其背後應該還有主使，為了除掉何司業，才安排了這一出借刀殺人之計……」

聽著宋慈所述，歐陽嚴語的手一直抓握著座椅扶手，尤其當聽到關於何上騏的那幾句話時，他的手一下子抓得更緊了。

待宋慈說完，他嘆了口氣，道：「原來你都知道，我還當你被蒙在鼓裡……」話未說完，又是一陣劇烈的咳嗽。

「先生病得不輕，」宋慈關切道，「該當盡早看醫用藥。」

歐陽嚴語卻擺手道：「些許風寒咳嗽，不礙事。」看向宋慈，老眼裡透出異樣的光芒，「你肯對我實言相告，毫不隱瞞，那我也無須多慮了。」

宋慈知道歐陽嚴語這是放下戒備，準備對他實言以告了。他當即站起，躬身行禮道：「先生若是知曉此案內情，還望悉數告知，宋慈拜謝先生。」

歐陽嚴語道：「你不必如此，是我有事相求，就算要謝，也該是我謝你才對。」

「先生有事求我？」宋慈有些訝異。

「我是有事相求，這件事，眼下只有你能幫到我。」歐陽嚴語往下壓了壓手，示意宋慈坐下說話，「此事說來話長。你方才言語之中，提及了韓太師。這一切的源頭，正是要從韓太師封禁理學說起……」

在一陣陣斷斷續續的咳嗽聲中，歐陽嚴語徐徐說出了請宋慈私下相見的緣由，道出了事情的來龍去脈。

歐陽嚴語早年曾在藍田書院求學，彼時有好幾位朱熹門人在那裡講授理學，藍田書院由此成為閩東和福州十邑的理學聖地，歐陽嚴語在學問和為人上深受影響，從此成為理學門人。後來他科舉入仕，在太學出任學官，從學案胥佐到太學博士，他始終致力於傳授理學。在此期間，有不少曾在藍田書院求過學的文人志士來到臨安太學，其中一小部分與歐陽嚴語一樣，通過科舉成了學官，更多人尚未考取功名，以學子的身分進入太學求學。

當時，朱熹的學問已傳揚四海，理學在太學中大行其道，學子們公開行課也好，私下聚會也罷，大談理學可謂蔚然成風。然而這一切，都隨著十年前韓侂胄的主政而澈底改變。

彼時剛剛經歷了紹熙內禪，光宗皇帝退位，趙擴登基為帝，宗室趙汝愚和外戚韓侂胄立下擁立之功，前者升右丞相執掌朝政，後者遷樞密都承旨參與政事。趙汝愚尊崇理學，起用了不少理學人士，引薦朱熹入朝出任皇帝侍講。朱熹多次向趙汝愚進言，認為對待韓侂胄這樣的外戚，只可厚加金帛賞賜，不可讓其參與朝政，趙汝愚不以為意。但此事傳入了韓侂胄耳中，韓侂胄就此對朱熹生出怨恨，與趙汝愚之間也是嫌隙日深。

過去韓侂胄任知閤門事時，有一位叫劉弼的官員與他同為知閤門事。劉弼曾在趙汝愚面前提起韓侂胄有定策之功，趙汝愚卻嗤之以鼻，說：「他有什麼大功？」趙汝愚本為宗室，還是科舉狀元出身，如今身為文臣之首，對外戚和武官出身的韓侂胄自然是瞧不起。劉弼轉而便將此事告知了韓侂胄，韓侂胄對趙汝愚更增怨恨。劉弼趁機進言，說趙汝愚是想獨攬大功，韓侂胄若不趁早應對，只怕遲早會被貶往邊荒之地，建言韓侂胄控制住台諫，才可保無憂。韓侂胄遂透過內批，任命多位親信為御史，逐漸控制住了言路，隨後短短一年內，他先是透過內批將朱熹貶斥出朝，後又指使言官上奏，稱趙汝愚以宗室之親擔任宰相，必不利於社稷安定。大宋自立國以來，對宗室防範極嚴，極少有宗室之人能官居高位，手握實權。趙汝愚因此被趙擴免去丞相之職，外放福州，不久死於貶謫途中。

朱熹和趙汝愚先後遭到罷黜，朝中不少官員上奏為二人辯護，這些官員大都是理學人士，全都因此獲罪，或被下獄，或遭貶黜。韓侂胄倚仗趙擴的信任，從此獨攬朝政，凡有意見不合者皆被稱為「道學之人」，言官為迎合韓侂胄，紛紛大肆攻擊理學，彈劾朱熹「十大罪」，趙擴遂免去朱熹的一切官職，並下詔嚴禁理學。韓侂胄於是斥理學為偽學，禁毀理學書籍，規定科舉考試凡是稍涉義理之人，一律不予錄用，《論語》、《孟子》、《中庸》、《大學》等書都被列為禁書，還訂立了偽學逆黨籍，名列黨籍者皆遭處罰，與之稍有關係者，全都不許擔任官職或參加科舉。

這場被稱為「慶元黨禁」的偽學逆黨之禁，前後歷時達六年之久，可謂激起了全天下文人學士的反對，尤其是那些近在咫尺的臨安太學中的學官和學子反對得尤為激烈，這其中便有歐陽嚴語，以及剛入太學不久的何太驥。

與歐陽嚴語一樣，何太驥此前也在藍田書院求過學，也深受理學影響，成為理學門人，待他考入太學時，正值理學封禁期間。何太驥雖然對外少言寡語，內裡卻是個心志堅定之人。當時太學有不少理學門人，因為有以楊宏中為首的「六君子」事件在前——趙汝愚被罷相外放時，以楊宏中為首的六位太學生上疏保救，被韓侂胄指為妄議朝政，全都遭到削籍編管，時人稱之為「六君子」——這些理學門人不敢公開反對韓侂胄，但時常三五相聚，私下議論朝政，人人都對韓侂胄不滿。何太驥也參與其中，常與人密議如何捍衛理學，對韓侂胄尤為仇視。

在何太驥看來，要捍衛理學就必須推翻當權的韓侂胄，然而韓侂胄一手遮天，皇帝又對韓侂胄言聽計從，單靠上疏諫言，只會步「六君子」的後塵，可對太學學子而言，除了上疏之外，似乎沒有其他能對抗韓侂胄的手段。

彼時歐陽嚴語已升任太學博士，身為理學門人的他，同樣參與了多次這樣的密會，因為何太驥反對韓侂胄的態度尤為堅決，他對何太驥印象深刻，二人的祕密來往逐漸增多，何太驥欽慕歐陽嚴語的理學修養，私下更是拜了歐陽嚴語為師。那時的歐陽嚴語還不知道，何太驥之所以那麼仇恨韓侂胄，捍衛理學只是原因之一，另有一大原因，在於其叔父何上騏的遭遇。

何太驥早年亡母喪父，族中親人一直不待見他，只有叔父何上騏對他照顧有加。何上騏雖然輩分比何太驥高上一輩，年齡卻比何太驥大不了幾歲，兩人從小相伴成長，彼此之間可謂親密無間。失去父母的那種痛苦，其實何上騏比何太驥經歷得更早，他是靠著兄長，也就是何太驥父親的撫養照顧才得以長大。

何太驥失去父母之時，何上騏才剛到束髮之年。這本該是讀書求學的年紀，但何上騏感念兄長多年養育之恩，不願看到何太驥吃苦受累，於是選擇放棄學業，外出做工掙錢，撫養何太驥長大成人。倘若沒有何上騏的這番付出，何太驥後來根本不可能有讀書念學的機會，也不可能進入藍田書院，更不可能到臨安太學求學。

對於叔父的種種付出，何太驥比誰都清楚——十幾歲便外出做工掙錢，後來為了掙更多的錢供他求學，不惜投身軍旅，出生入死地掙軍餉，甚至為此一直沒有成家，始終是孤身一人。

何太驥不希望叔父過得這麼苦，一度想中止求學，但當下這世道，求學問考科舉，那是出人頭地的唯一機會，最終何上騏以死相逼，何太驥才答應繼續學業。對於這位恩如再生的叔父，何太驥感激萬分，哪怕結草銜環也要報答，他立志有朝一日出人頭地，一定要好好地回報叔父。

然而，就在何太驥考入太學之際，他叔父所在的池州御前諸軍卻突生變故，副都統制蟲達叛投金國，時任蟲達親兵的何上騏也跟著不知所終。傳聞說蟲達渡江北逃時，為了避免行蹤洩露，將隨行親兵盡皆斬殺，其中幾個親兵的屍體漂至下游，才被江中船夫撈起。

何太驥一度以為叔父已經遇害，為此整日整夜地悲傷難過，直到很長一段時間後的一天，他突然收到了一封信，信中請他於某日夜晚，到淨慈報恩寺的西廂房投宿。此信雖未署名，但字跡很像他叔父何上騏的。

他懷著激動而又忐忑的心情，如約去到淨慈報恩寺，投宿於西廂房中，深夜裡忽有人輕叩房門，他打開廂房的門，見到了已經剃度出家、化名為彌音的何上騏。

何上騏長時間音信全無，何太驥很擔心他發生了意外，直到親眼看見叔父還活著，不禁大喜過望。那夜在廂房之中，何太驥問起叔父這段時間的遭遇。何上騏不願多談，只說他是為當朝宰執韓侂胄所迫，才不得不隱姓埋名，避身於寺廟之中，只因怕何太驥太過擔憂，這才現身相見，希望何太驥對外仍稱他已死，不要對任何人透露他的下落。

何太驥雖不清楚叔父是如何為韓侂胄所迫，但他知道叔父不願過多透露，定然有其苦衷。他本就因為理學之禁對韓侂胄心存不滿，此時得知叔父的遭遇，對韓侂胄更增仇怨。正因為如此，他反對韓侂胄的態度才會比太學裡其他人更為堅決。

雖然極度仇視韓侂胄，但何太驥知道自己只是一個太學生，根本沒有任何力量能與韓侂胄抗衡。他只能在學業上更加刻苦，短短三年時間，便從外舍升入內舍，又從內舍升入上舍，再從上舍出任學官，得以踏上仕途。

在他出任學官之前，長達六年的理學之禁終於弛解，但韓侂胄對待理學的態度並無多大變化，朝堂上沒有哪個理學人士能受到重用。何太驥認為只要韓侂胄在位一天，便如烏雲蔽空，理學將永無出頭之日，而他的叔父何上騏也只能一直隱姓埋名，委身於寺廟之中。

護衛理學，與歐陽嚴語私下來往，以及每隔一段時間便去淨慈報恩寺與何上騏相見，這些事何太驥一直瞞著瓊樓四友中的其他三人，即便這三人都是他的好友。後來李乾喪命，巫易假死，是何太驥建議巫易去淨慈報恩寺，這樣既可以藏身匿跡，又離臨安很近，能與楊菱私下相見，巫易這才剃度出家，成為僧人彌苦，甚至巫易得以出家的空名度牒，也是何太驥透過何上騏得來的。

何太驥以追求楊菱為名，逢年過節去往淨慈報恩寺，一來可以看望好友巫易，二來則是與何上騏私下相見。他會把朝局的各種變化，以及臨安城中的種種傳聞，尤其是與韓侂胄相關的，全都仔細地講與何上騏知道。何上騏讓他探聽蟲達家眷的下落，他也盡力打聽清楚，告知了何上騏。這樣的局面持續了好幾年，直到一年前的中秋前夜，淨慈報恩寺那一場大火，把一切都燒沒了。

在那場大火當中，巫易沒能逃出寮房，喪失了性命，何上騏也留下了大片的燒傷。在得知淨慈報恩寺起火後，何太驥在中秋當天趕去寺中，見到了受傷的何上騏，以及巫易已被燒焦的屍體。

當年巫易在岳祠那場大火中躲過一劫，最終卻還是死於大火，命數當真難以捉摸，冥冥之中似有輪迴。當時何上騏的燒傷只經過了簡單的處理，何太驥本想下山去城裡請大夫，何上騏卻阻止了他，反過來請他相助，於入夜時分在藏經閣縱火，然後趁著寺中大亂，兩人搶出了兩具準備火化的焦屍，祕密轉移至後山，埋葬於密林深處。

葬完屍體後，何上騏神情失落，把所埋屍體的身分告知了何太驥，也終於對何太驥講出了他這些年來的遭遇。

原來何上騏早年做工掙錢，只夠勉強養活自己和何太驥，為了能掙更多的錢供何太驥求學，他在弱冠之年選擇了應募入軍。他與何太驥一樣，身形較常人更為高大，入軍後勤加操練，奮勇殺敵，以掙得更多軍賞。如此從軍了數年，時間來到了十年前，何上騏所在的那支軍隊換了將首，一個此前從未有過帶兵經歷、只是作為韓侂胄侍從的虞蟲達，受到皇帝的破格提拔，成為何上騏所在軍隊的將首，奉旨領軍進剿在麻溪一帶作亂的峒寇。

在進剿途中，蟲達對軍士放任不管，任由士卒燒殺搶掠，殺良冒功。過去軍中也有過這等惡行，但那只是少數，將首多少也會管管，可如今蟲達卻是不聞不問，百般縱容，沿途無數百姓因此遭殃。

短短十幾天裡，何上騏目睹了太多家破人亡、妻離子散的慘狀，實在忍不下去，最終直衝軍帳，打算犯顏直諫，卻連蟲達的面都沒見到，便被守衛軍帳的親兵拿下。何上騏大聲疾呼，被親兵押了出去，處以軍法，責打軍棍。就在軍棍即將落在他身上時，蟲達突然現身，抓住軍棍，制止行刑的親兵，並親手將他扶了起來。

當時何上騏因為受刑袒露著上身，遍身傷痕清晰可見，那都是過去數年間衝鋒陷陣留下的印記。蟲達指著何上騏滿身的傷痕，直呼其為「壯士」，並讓何上騏當眾直言，為何強闖軍帳。

何上騏本就打算豁出去了，既然得到了說話的機會，當即不吐不快，直言軍中士卒燒殺搶掠，連動亂的賊寇都不如，又指責蟲達縱容軍士禍害百姓，根本就算不上是個好將軍。

蟲達並未發怒，反而直呼何上騏說得好，當場申明大宋軍法，將此前燒殺搶掠最狠的一批士卒抓了起來，斬首示眾，罪行稍輕的也都各打軍棍，逐出軍營，這裡面便有時任隨軍郎中的劉鵲。

劉鵲在這次進剿峒寇前才被招入蟲達軍中任職，入軍不過十餘日，當時他正在營帳裡為傷兵療傷，卻被人告發搶掠百姓錢財，抓起來打了一通軍棍，當天便被逐出軍營。劉鵲隱瞞了這段恥辱的經歷，連自己的妻子居白英都未告知，隨後去往臨安，說是怕劉扁在太丞任上忙不過來，沒工夫照理醫館，從此留在劉太丞家，替劉扁打理起了醫館。

與此同時，蟲達這邊軍令一申，軍容為之一變，全軍士氣大振，進剿賊寇，一舉功成。至於何上騏，則受到了蟲達的器重，被提拔為親兵。在過去的數年裡，何上騏操練時極為賣力，上陣時奮勇殺敵，除了能多掙一些軍賞外，始終不受將官待見，反倒是那些對百姓燒殺搶掠、將搶來的財物偷偷獻給將官的兵卒，輕而易舉便能獲得提拔。

如今蟲達上任，何上騏的境遇終於得以改變，被提拔為親兵後，他作戰更加奮勇，多次出生入死地護衛蟲達，蟲達對他也是厚加賞賜，禮遇甚重。他感激蟲達的知遇之恩，從此死心塌地追隨蟲達。

蟲達經過多次剿寇平亂，因功受賞，接連高升，短短三、四年間，便官至池州御前諸軍副都統制，成為坐鎮一方的統兵大將，何上騏作為最受信賴的親兵，始終被蟲達帶在身邊。

然而六年前，蟲達突然在一個深夜出走軍營，逃離了池州地界。當時朝廷傳召蟲達入京，說是別有重用，但另有傳聞說，蟲達過去放任士卒殺良冒功的事被朝廷查實，朝廷之所以召蟲達入京，是為了奪其兵權，治其罪責。而蟲達突然出逃，可見此傳聞未必是假。

蟲達出逃得很急，只有包括何上騏在內的幾個親兵跟隨。離開池州後，蟲達選擇渡江北逃，船至江心時，其他幾個親兵審時度勢，不願再隨行出逃，欲圖謀叛變，拿蟲達邀功，來拉何上騏入夥。

何上騏不肯背叛蟲達，表面上答應，私底下卻向蟲達告密。蟲達當機立斷，搶先一步動手，與何上騏一起，將幾個圖謀叛變的親兵斬殺，沉屍於江中，逃去了江北。一些親兵的屍體被發現後，蟲達的行蹤也就此暴露。朝廷對外宣稱蟲達叛投金國，治罪其留在臨安的家眷，暗中卻在江北一帶大肆搜捕蟲達。

蟲達似乎對此早有預料，提前備好了幾道空名度牒，與何上騏一起落髮易服，扮作遊方僧人，又偷偷潛渡回長江以南，不往荒僻山野處藏身，反倒往臨安而去，最終來到了淨慈報恩寺。

蟲達向德輝禪師出示度牒，假稱自己是來自其他寺院的雲遊僧人，何上騏則是其隨行的沙彌，希望能在淨慈報恩寺掛單修行。德輝禪師是有道高僧，連道濟禪師這樣不為其他寺院所容的癲僧，都能被其收為入門弟子，對待蟲達和何上騏也是不問過往，讓蟲達拜入其座下，賜法號道隱，又收容何上騏為彌字輩僧人，稱為彌音，兩人從此藏身匿跡於淨慈報恩寺。淨慈報恩寺雖然就在臨安近郊，但最危險的地方，往往最是安全，蟲達這一出不退反進，反倒是避過了朝廷的大肆搜捕。

此前在渡江北逃遭遇親兵叛變時，正值月滿中天，在斬盡殺絕所有參與叛變的親兵之後，蟲達在淌滿鮮血的船頭坐了下來，招呼何上騏在其身邊坐下。皎皎月光之下，蟲達將沾滿鮮血的大刀橫在膝上，告訴了何上騏一個祕密——一個關於韓侂胄的祕密。

他說，自己正是因為知道韓侂胄的這個祕密，並手握關於這個祕密的證據，算是握住了韓侂胄的一大把柄，這才與韓侂胄鬧出了不可彌合的矛盾，朝廷突然召他回京，那是韓侂胄打算除掉他，他被逼無奈才不得不出逃。他說出這一切，是想讓何上騏知道，繼續追隨他毫無前路可言，待船靠岸之後，讓何上騏自行離去。

何上騏不願獨生，明知前方是死路一條，仍決心追隨蟲達。在淨慈報恩寺安頓下來之後，蟲達與何上騏在人前不相往來，以免被人發覺兩人之間非同尋常的關係，只偶爾私下相見，如此還算安穩地度過了幾年光景。

然而韓侂胄知道蟲達並未投金，仍一直在暗中搜尋他的下落，江北尋他不到，便開始將搜尋範圍擴至江南，擴至大宋境內所有州府，臨安府也包括在內。後來終於有官府的人查到了淨慈報恩寺來，蟲達雖未暴露身分，但能預感到危險離自己已是越來越近。恰在這時，德輝禪師身患重病，臥床不起，寺中僧人趕去劉太丞家，請來了名醫劉扁為德輝禪師診治。劉扁這一來，蟲達的身分便暴露了。

原來劉扁與蟲達早在十五年前便已相識，蟲達所掌握的那個關於韓侂胄的祕密，劉扁同樣知道。六年前蟲達出逃後，同樣知道這個祕密的劉扁開始受到韓侂胄的猜忌，不得不卸去太丞之職，離開皇宮，回到醫館，名為看診行醫，實則被韓侂胄安插眼線，一舉一動都被監視起來，韓侂胄還會時不時以患病為由，請劉扁上門診治。

劉扁其實知道紫草是韓侂胄安插在自己身邊的眼線，甚至知道自己的師弟劉鵲也已暗中投靠了韓侂胄，一直在祕密地監視他，他也知道韓侂胄根本沒患病，請他上門診治只是想看他有無背叛之心。

他對紫草極好，當作親生女兒般看待，希望能感化紫草，又將醫館裡的一切——除了《太丞驗方》外——全都交給了劉鵲打理，至於每次去見韓侂胄，他都表現得極為慎微恭敬，不敢有絲毫怠慢。他就這麼小心翼翼地度過了好幾年，直到被請去淨慈報恩寺看診，在寺中與蟲達偶然照了面。

劉扁知道韓侂胄一直在搜尋蟲達的下落，他假裝沒有認出蟲達，等結束看診後，一回到臨安城裡，他便立刻向韓侂胄告了密。韓侂胄對自己一直心存猜忌，劉扁希望以此來換得韓侂胄的信任，哪怕這份信任只是暫時的。

然而想換取韓侂胄的信任，哪有那麼容易？韓侂胄要他再去見蟲達，不管用什麼方法都要祕密將蟲達除掉，以此來證明他的忠心。劉扁只好趁著再次去給德輝禪師看診的機會，主動與蟲達相見，說出自己這些年來被韓侂胄猜疑監視的經歷，擔心自己遲早會被韓侂胄滅口，不願就這麼坐以待斃，希望能與蟲達聯手，找機會除掉韓侂胄。

自從上次與劉扁照面之後，蟲達便擔心自己行蹤暴露，甚至已開始思謀退路。他的擔心很快應驗，自己的確被劉扁認了出來，但他沒想到的是，劉扁會再次找上門來，向他提出除掉韓侂胄的想法。

其實他早就有除掉韓侂胄的心思，不然他不會選擇離臨安這麼近的淨慈報恩寺來藏身，只是數年下來，韓侂胄的權勢越來越大，他找不到任何下手的機會。如今劉扁認出了他，即使劉扁不透露他的行蹤，可官府的人已經來淨慈報恩寺查過他的下落，他預感到了逼近的危險，繼續留在淨慈報恩寺，只怕遲早會被抓住，即便再選擇出逃，這一次又能逃去何處？

蟲達從來就不是一個甘願束手就擒、引頸就戮的人，就像當年身處那艘行至江心的渡船之上，在面對退路斷絕的絕境時，他會搶先一步出手，殊死一搏。他接受了劉扁的提議，此後一直守在德輝禪師的病榻前，明面上是為了照顧德輝禪師，實則是為了與前來看診的劉扁祕密商議對策。當時臨近中秋，淨慈報恩寺要舉行皇家祈福大禮，皇帝將駕臨寺中，韓侂胄也會隨駕而至，蟲達遂與劉扁定下在中秋當天毒殺韓侂胄的計畫。

劉扁轉過頭來便將蟲達的計畫告知了韓侂胄，並稱自己是假意接近蟲達，以取得蟲達的信任，再伺機對蟲達下毒，還說自己一定會先一步動手，在中秋之前將蟲達除去。韓侂胄似乎對劉扁不放心，讓劉扁動手之時將劉鵲也一併帶去，讓劉鵲盯著他的一舉一動。劉扁不敢違背，在中秋前夜何上騏來請他看診時，他帶上毒藥前往，劉鵲也以隨行看診為由，一起跟著去了淨慈報恩寺。

從始至終，劉扁只想向韓侂胄表明忠心，以消除韓侂胄對自己的猜忌，然而韓侂胄的心思城府遠比他想像的更深。韓侂胄這等位高權重之人，一旦對人起了猜疑，這份猜疑便永不可能消除，只會越來越重。

韓侂冑想除掉的人不止蟲達，還有劉扁。在終於得知蟲達的下落後，韓侂冑並沒有立刻派人去淨慈報恩寺抓捕蟲達。蟲達知道他的祕密，除掉蟲達，必須盡可能做得密不透風，劉扁也知道他的祕密，同樣不能久留其性命。

劉鵲表面上是隨行監視劉扁的一舉一動，實則早就收到了韓侂冑的密令，要他背地裡偷偷下手，將蟲達和劉扁一併毒殺，事後再放一把大火，將一切燒得乾乾淨淨，不留下任何痕跡，到時韓侂冑會親自出面善後。

劉鵲遵令行事，他並非迫於韓侂冑的威勢才不得不這麼做，而是對此渴望無比。對於無論是醫術還是名望都遠勝自己的師兄劉扁，劉鵲早已嫉恨了多年，尤其是劉扁將《太丞驗方》看得極嚴，不讓他有任何染指的機會，他早就恨不得除之而後快。至於蟲達，他忘不了十年前自己入軍才十餘日，便被責打軍棍逐出軍營的恥辱，雖然蟲達不知道他這個小小的隨軍郎中，可他卻把身為將首的蟲達記得死死的，如今能親手除掉蟲達，那也算是報了當年的舊恨。

中秋前夜，隨行去到淨慈報恩寺後，劉鵲暗中動手，就在德輝禪師的禪房裡，用牽機藥毒殺了蟲達和劉扁，搶走了劉扁隨身攜帶的《太丞驗方》，然後放了一把火，毀屍滅跡。但他沒想到自己離開火場時，卻被何上騏意外瞧見了。

劉鵲與何上騏曾在十年前同處於蟲達軍中，但劉鵲在進剿峒寇時才入軍，前後只在軍中待了十幾天，他與何上騏本就不是一類人，平日裡處不到一塊去，因此在士卒眾多的軍營裡，兩人一直沒有見過面。

何上騏被責打軍棍那日，劉鵲在營帳裡給傷兵治傷，沒有瞧見何上騏被蟲達扶起的那一幕。他從始至終沒有見過何上騏，何上騏也沒有見過他，如若不然，當何上騏去劉太丞家請大夫時，兩人便早已認出對方了。

何上騏應該為此感到慶幸，如若他當年見過劉鵲，只怕他早就被認了出來，會與蟲達一起被除掉。當時目睹禪房燃起了大火，何上騏毫不猶豫地衝了進去試圖救出蟲達，卻被大火所阻，只是隔著一大片火焰，看見了蟲達和劉扁頭足相就、狀若牽機的屍體。這般死狀，一看就不是被燒死的，更像是被毒死的。他當時一下子便想到了劉鵲，這個在他去請劉扁看診時，一路心事重重地隨行而來、深夜還出現在火場附近的大夫。

火勢太大，他無法搶出蟲達的屍體，只能退出禪房，直到第二天夜裡，在火化屍體之時，他靠著何太驥相助，趁亂搶出了蟲達和劉扁的屍體，祕密埋葬於後山之上。他知道二人的死必有隱情，唯有保住屍體，才能留下一絲線索，而將二人入土為安，那也是不希望二人死無葬身之地。那時他還不知道劉扁密謀毒殺蟲達的事，還以為劉扁是真心想與蟲達一起對付韓侂胄，否則他根本不會將劉扁的屍體也加以安葬。

當夜在後山之上，在埋葬完蟲達和劉扁後，何上騏把過去的種種遭遇，全都告訴了何太驥。此前何太驥只知道叔父藏身於淨慈報恩寺，是為韓侂胄所逼迫，卻不知道是怎麼個逼迫法，直至此時方才知曉了來龍去脈。

他問起韓侂胄的祕密是什麼，叔父一開始不肯透露。他明白叔父的用心，但凡知道這個祕密的人，都很難有好下場，叔父不肯告訴他，那是為了他好。但他再三追問，語氣極為堅決，無論如何都要知道這個祕密。何上騏拗不過，最終告訴了他。

在獲知這個祕密的那一刻，何太驥只覺後山上一下子陰冷了起來。好一陣之後，他才回過神來，問起了叔父接下來的打算。何上騏知道韓侂胄的祕密，自然不敢暴露自己的身分，打算繼續待在淨慈報恩寺，倘若有機會，他想替蟲達報仇，若是沒有機會，那他便一直與青燈古佛為伴，能偷生多久是多久。在後山上分別之時，何上騏讓何太驥以後盡量少來淨慈報恩寺見他，以免被人察覺，蟲達已暴露身分死於非命，他不得不多加防備。

這次分別之後，何太驥的確很少再去見何上騏，但他內心深處怨憤難平，隨著時間的推移，這種針對韓侂胄的怨恨越來越重。他很早便有了對抗韓侂胄的心志，苦於一直找不到辦法，直到得知韓侂胄藏有一個祕密，他彷彿看到了一線機會，這才堅決地要叔父把這個祕密告知他。

於公，他是為了捍衛理學；於私，他是為了守護叔父，以及為摯友巫易報仇，畢竟巫易也是死於劉鵲所放的那場大火，再加上巫易死後，他雖對楊菱有情，楊菱卻一直對他無意。他最終選擇豁出性命，憑一己之力去挑戰韓侂胄。

何太驥先是去劉太丞家找到劉鵲，一連去了好幾次，名義上是看診耳疾，前幾次也的確是單純看診，只與劉鵲談論病情，但最後一次見面時，他卻提到了劉鵲毒殺師兄的事，嚇得劉鵲趕緊關起門來，與他私下密談。

何太驥自稱是蟲達的故交，知道蟲達死於淨慈報恩寺的大火，要劉鵲給個交代，劉鵲於是把劉扁陰謀加害蟲達的事說了，卻把自己的關係推了個乾乾淨淨。在這次密談結束之前，何太驥將韓侂胄的那個祕密，直接說與劉鵲聽了。當時劉鵲整個人都呆住了，等到回過神來時，一切已無可挽回。劉鵲不禁想起了蟲達和劉扁的下場，知道了韓侂冑的這個祕密，等待他的必將是死路一條。

一年前在淨慈報恩寺，是劉鵲放了那把大火，害死了不少僧人，其中便有巫易，何太驥斷然不會放過劉鵲，此舉正是為了讓劉鵲引火焚身。隨後他便去見了韓侂冑，當著韓侂冑的面，他將那個祕密說了出來，並以此為要脅，要韓侂冑在新歲到來之前自行罷去權位，還說自己握有證據，這個證據是從蟲達那裡得來的，倘若韓侂冑不肯聽從，或是自己有個三長兩短，自會有其他人將這一證據公之於眾，讓全天下的人都知道。

韓侂冑對這個祕密極為在意，也知道蟲達曾手握相關的證據，他本以為在淨慈報恩寺的那場大火之中，這個證據早已隨著蟲達一起灰飛煙滅，卻沒想到時隔一年，突然冒出來個太學司業，竟以此來威脅他。

在他看來，何太驥能說出這個祕密，還能說出證據來自蟲達，那就不是危言聳聽。他擔心貿然除掉何太驥，這個證據真的會被其他人公開，他的祕密便會公之於天下。他答應了何太驥，只要不公開這個祕密和證據，他可以在新歲到來之前奏請辭官歸田，至於皇帝答不答應，那就不是他能說了算的。

暫且穩住何太驥後，韓侂胄派人偷偷潛入何太驥家中搜尋，雖然證據沒能找到，但找到了幾副藥和一張驗方，這張驗方來自劉太丞家，比對筆跡，乃是劉鵲所開。韓侂胄當即派人去劉太丞家查問，得知何太驥的確去過醫館好幾次，還曾與劉鵲閉門久談。

在韓侂胄看來，何太驥不可能憑空得知這個祕密和證據，定然有其來源，他懷疑這個來源便是劉鵲。韓侂胄本就對劉鵲存有疑心，畢竟劉鵲曾與劉扁在同一個屋簷下共處了將近十年，有沒有可能劉扁口風不緊，避過了他安插的眼線，早就把這個祕密告知了劉鵲？再加上蟲達是被劉鵲毒死的，淨慈報恩寺的大火也是劉鵲放的，萬一劉鵲毒殺蟲達時，從蟲達那裡得到了這個至關重要的證據呢？

韓侂胄一番推想下來，一切似乎都對上了，他認為極可能是劉鵲知道他的祕密，並將之告知了何太驥，至於蟲達手裡的那個證據，只怕早已落入劉鵲手中。這些都在何太驥的算計之內，他之前故意去見劉鵲，將韓侂胄的祕密透露，不只是為了報復劉鵲，更是為了守護叔父何上騏，畢竟他能獲知這個祕密，必然有其來源，倘若不給出一個來源，韓侂胄只怕會追查不休，說不定還會查到何上騏的身上。

韓侂胄立刻叫來劉鵲進行查問，劉鵲並沒有特別驚訝，反而目光躲閃，神色間有懼怕之意，顯然是知道這個祕密的。自從毒殺了蟲達和劉扁後，劉鵲便成為劉太丞家的新主人。他得到了夢寐以求的醫書，霸占了劉扁的家業和名聲，然而過去劉扁那段提心吊膽的經歷，如今則輪到他來承受了。

他知道，紫草是韓侂胄用以監視劉扁的眼線，如今劉扁已死，紫草卻沒有離開劉太丞家，那就意味著韓侂胄還要監視他。他料到韓侂胄對自己有所猜疑，但他不願像劉扁那樣忍氣吞聲，於是想方設法除掉了紫草這個眼線。以為自己可以不用再過那種提心吊膽日子的劉鵲，沒想到只舒服了一年，何太驥便突然找上門來，竟把韓侂胄的祕密告訴了他。

他很清楚知道這個祕密的下場，生怕像蟲達和劉扁那般被韓侂胄滅口，根本不敢將此事告知韓侂胄。面對韓侂胄的查問，他選擇了矢口否認，說他當初除掉蟲達和劉扁的時候，只從劉扁那裡得到了《太丞驗方》，沒從蟲達那裡得到過任何東西，他根本不知道什麼祕密也不知道什麼證據。然而劉鵲越是急著辯解，韓侂胄越是認定自己的猜想，此後不斷對劉鵲施壓，最終逼得劉鵲自盡，但這些都已是後話。

在認定一切源頭都在劉鵲那裡後，韓侂胄便不再忌憚何太驥。一如當初除掉蟲達和劉扁那般，假借他人之手，將除卻何太驥做得極其隱祕——利用時任浙西提點刑獄的元欽安排下借刀殺人之計，引誘李青蓮來替子復仇。

隨著新歲臨近，韓侂胄那邊沒有傳來請辭歸田的消息，甚至一直沒有任何動靜，這種可怕的平靜，讓何太驥察覺到了死亡的氣息。自從決定向韓侂胄發難，他便沒打算活命。他很清楚自己是在以卵擊石，很清楚自己會有怎樣的結局，但這世道太過昏暗渾濁，總該有人站出來向韓侂胄發起挑戰，攪動這如一潭死水的朝局，是以他明知是死，卻選擇向死而去。

他預感到新歲到來之際，便是自己死亡之時，這才在與真德秀去瓊樓喝最後一場酒時，說出了自己可能會死、將自己葬在淨慈報恩寺後山的話，然後又祕密地去見了歐陽嚴語。

就在這間窮理齋，何太驥把所有的一切，除了韓侂胄的那個祕密，都向歐陽嚴語說了，算是與這位最為敬重的理學恩師訣別。倘若他當真難逃一死，他希望歐陽嚴語能把他的這番抉擇，轉告他的叔父何上騏。

歐陽嚴語向宋慈講出這些事時，回想起何太驥深夜來見自己，對自己說出這一切的那一幕，不禁悔恨萬分，嘆息連連。當初何太驥瞞著歐陽嚴語和何上騏，獨自向韓侂胄發難，等歐陽嚴語知道來龍去脈時，一切已經遲了。

他勸何太驥趕緊逃離臨安，何太驥卻不肯這麼做，隨後不久，便傳來了何太驥死在太學岳祠的消息。在歐陽嚴語眼中，自己的這位親傳弟子，比之太學「六君子」更加令人生敬，「六君子」的事尚且能傳揚四海，然而何太驥的所作所為，卻不得公之於眾，很可能永遠不為人所知。

聽著歐陽嚴語的聲聲嘆息，宋慈長時間靜默無言。

他知道何太驥的死另有隱情，甚至他破劉太丞一案時的那番推想，有不少都與歐陽嚴語的講述相吻合，但當他真正得知這一切來龍去脈時，還是禁不住心潮翻湧，良久方得平復。

「韓太師的祕密，」他看向歐陽嚴語，「先生當真不知道？」

歐陽嚴語搖頭咳嗽，道：「太騭說這個祕密牽連太大，倘若告訴我，便是置我於死地。我一再問他，他也不肯透露分毫。」

宋慈明白，任何知道這個祕密的人，必為韓侂胄所忌，很可能會死無葬身之地，何太騭這是為了歐陽嚴語著想。他回想方才歐陽嚴語講述的一切，凝思了片刻，道：「先生為何要把這一切告知於我？」

「我說過有事求你。」歐陽嚴語道，「要求你此事，這一切便須讓你知道。」

「先生究竟要我做什麼事？」宋慈道，「還請先生直言。」

歐陽嚴語嘆了口氣，道：「何太騭的叔父何上騏，多年來藏身於淨慈報恩寺，法號彌音，此事你已經知道。昨天深夜，何上騏一身市井衣冠，私下前來見我，感謝我這些年對何太騭的照顧，又說何太騭已經離世，他在這世上了無牽掛，不願再苟且偷生，所以意欲行刺韓侂胄，為蟲達和何太騭報仇。」

「行刺？」宋慈聲音一緊。

「何上騏行刺之心已堅，我怎麼勸他都不聽。他知道我與何太騭的關係，將他的一套衣冠留給了我，請我在他死後，若能討得他的殘軀，便將他葬在何太騭的身邊，若無法討得屍體，便將他的衣冠葬在何太驥墓前。」歐陽嚴語咳嗽著道，「當初太驥向韓侂胄發難，沒有提前告知我，我沒有機會勸阻他，眼看著他死於非命，如今我不想他叔父也步其後塵。」

宋慈之前去淨慈報恩寺查案時，彌音捨戒離寺不知去向，在劉克莊追尋其蹤跡未果之後，宋慈便推測彌音很可能沒有離開臨安，如今看來，果然如此——彌音不僅留在了臨安，還來見過歐陽嚴語。

他想起了彌音留給他的話，所謂「騏驥一躍」，原來竟是行刺韓侂胄的意思。但他很清楚，韓侂胄每次出行都有大批甲士隨行，住處隨時有甲士守衛，要憑一己之力行刺韓侂胄，可謂是難比登天，到頭來只會白白葬送性命，彌音也自知「不能十步」。

他道：「先生是想讓我去勸阻何上騏？」

歐陽嚴語點頭道：「何上騏打算明日一早，趁韓侂胄上朝之時，行刺其於上朝途中。此舉實在不可行，只會害了他自己，可我極盡所言，仍是勸不了他。你是查辦何太驥一案的提刑官，我想求你去見何上騏，就說此案還有隱情，你並未放棄追查，終有一日能查清真相，勸他不要亂來。」咳嗽了兩聲，看向宋慈，「但我不希望你真的追查此案，只要能勸得何上騏改變決心，不讓他白白賠上性命就行。你母親的案子，我不會勸阻你，但這起案子牽連太大，你絕不能往深了查。」

宋慈這時才算明白過來，歐陽嚴語之所以對他講出一切來龍去脈，不只是希望他能幫忙勸阻何上騏，更是為了他著想。

宋慈過去十幾天裡的所做所為，尤其是與韓侂胄的幾次當面對質，已盡顯其性格上的剛直，以及對每一起案件追查到底的堅決態度。歐陽嚴語知道宋慈一直沒有放棄對此案的追查，把一切來龍去脈都說了出來，就是想讓宋慈知道何太驥一案背後牽連有多大，再追查下去有多危險，希望宋慈能就此止住，知難而退。

「多謝先生提醒，查案一事，我自有分寸。」宋慈道，「不知何上騏現在何處？我這便去見他。」

「你答應我，」歐陽嚴語直視著宋慈，「千萬不要追查此案。」

宋慈想了一想，應道：「先生放心，我知其利害，會適可而止。」

歐陽嚴語點了點頭，這才說道：「何上騏說起行刺時，有提到過他的住處，是在朝天門附近的望仙客棧，那裡是韓侂胄上朝的必經之地。」

數日前宋慈曾去過御街茶樓，見過這家客棧的招牌，就在茶樓的旁邊。那裡離朝天門很近，韓侂胄從吳山南園去往宮中上朝，必會途經朝天門，也必會從望仙客棧前的御街上經過。

得知了何上騏的住處，宋慈當即起身向歐陽嚴語行禮，道：「我此去望仙客棧，定會盡我所能，勸得何上騏回心轉意。」

拜別了歐陽嚴語，走出這間狹小的書齋時，宋慈回頭看了一眼門上小匾上的「窮理齋」三字。

朱熹曾有言：「為學之道，莫先於窮理，窮理之要，必在於讀書。」歐陽嚴語取其「窮理」二字，作為書齋之名，可見其對理學信仰之深。宋慈雖在太學求學，也常聽歐陽嚴語行課，但對於理學，他看得並沒有那麼重。世上的任何學問，於他而言，都有其可取之處，也有其不足之處。

看過這一眼後，他離開了歐陽嚴語的家，快步向西而行。

在去望仙客棧之前，他要先回一趟太學。

# 第五章　捨生取義的刺客

「去朝天門？」

好不容易等到宋慈返回齋舍，劉克莊剛剛說出吳此仁的下落，宋慈立刻便要外出。

劉克莊起初還以為宋慈是要去仁慈裘皮鋪找吳此仁問話，哪知宋慈出了太學後，去武學叫上了辛鐵柱，隨即向南而行，那根本不是去仁慈裘皮鋪的方向。直到此時，宋慈才說出了此行的目的地，劉克莊不免為之詫異。

「是去朝天門。」宋慈的腳步絲毫不緩，「彌音有下落了。」

劉克莊還記得自己追查彌音行蹤的事，不由得吃了一驚。他見此行是三人同往，並沒有韓絮，問道：「你這次沒有叫上郡主，莫非你也發覺她有問題？」

「郡主有何問題？」宋慈反問道。

劉克莊當即將他到錦繡客舍查問吳夥計的下落，卻意外撞見夏震私下去見韓絮的事說了，道：「你難道不覺得這幾天太過平靜了嗎？」

對於宋慈而言，過去這幾天的確太過平靜了。他沒有忘記泥溪村竹林裡的襲擊，沒有忘記劉太丞家眾甲士的包圍，本以為韓侂胄很快會再次對他出手，可錦繡客舍的那場危機輕而易舉便得到化解，韓侂胄沒有過多追究，甚至接下來再無任何動靜，的確處處透著古怪。

「郡主跟著你查案，未必安了什麼好心，還是多留一個心眼為好。韓侂胄那麼記恨你，這些天卻一直沒來找你的麻煩，這種風平浪靜看起來雖是好事，但我心下總覺得不安。」劉克莊說這話時，恰好一陣風起，吹來刺骨寒涼，「山雨欲來風滿樓，這風，怕是隨時都有可能吹起來。」

宋慈對韓絮本就沒有完全信任，從一開始便是如此，尤其是韓侂胄定下錦繡客舍的栽贓嫁禍之計後，不僅沒有在這上面大做文章，反而放棄得那麼輕易，令他不得不心生疑惑。他從歐陽嚴語那裡知道了一切來龍去脈，彌音作為唯一知道韓侂胄祕密的人，其下落便變得至關重要，是以這次去望仙客棧，他並未知會韓絮。

「你所言甚是。」宋慈道，「不過，無論何樣的風，只要吹了起來，便有停歇、消散之時。」說完，宋慈稍稍緊了緊衣服，加快了腳步。

三人穿城南下，來到朝天門附近，望仙客棧的招牌映入了眼簾。

宋慈於樓前駐足，仰頭打量了幾眼，這家客棧雖在御街上，規模卻不大，二樓臨街一側，只有三間客房。彌音若要行刺，應該會選擇臨街一側的客房，如此才能盯著朝天門和御街上的動靜。

他進入客棧，向夥計詢問樓上還有沒有靠御街這一側的客房。

夥計笑道：「有有有，靠御街的客房還有兩間，三位客官若要投宿，再要一間其他客房就行。本店的客房不管臨不臨街，都是上等房間，包管三位客官住得舒服！」

二樓臨街一側還有兩間客房，意味著有一間已住了人，想來十有八九便是彌音。

宋慈道：「我看樓上不是有三間靠御街的房嗎？」

夥計道：「是有三間，不過其中一間已住了客人。」

劉克莊接過話頭道：「這十里御街熱鬧得緊，聽說夜裡燈火連明，燦爛如畫，最是奪目。我們就想要三間靠御街的房，也好足不出戶便盡覽這臨安盛景。你看能不能找那間房的客人商量一下，跟我們換個房間？」

夥計只聽說過喝酒時找人換桌的，沒聽說過投宿時找人換房的，面露為難之色道：「三位客官，夜裡御街是好看，可這房間，怕是不大好換……」

劉克莊摸出幾張行在會子，在掌心上拍打幾下，道：「當真換不得？」

那夥計瞧見行在會子，眼裡放光，臉上為難之色盡去，笑道：「換得，換得！那客人雖然冷眼看人，瞧著不大好說話，但既是三位貴客想住，小的這便說去。」

「你帶我們上樓，先看看另外兩間靠御街的客房。」宋慈道，「到時我們自與那客人商量，不消你來為難。」

「如此更好，三位客官，樓上請！」那夥計拿上房門鑰匙，領著三人上了樓梯。

他先打開臨街一側那兩間沒住人的客房讓宋慈一一看了，隨後來到第三間客房外，道：「就是這裡了。」

宋慈點了點頭，示意那夥計可以離開了。劉克莊不忘給些打賞，那夥計高高興興地去了。

待那夥計走後，宋慈上前輕叩房門。

房中一開始沒有動靜。

宋慈又是一陣叩門，房中才傳出人聲道：「誰？」

宋慈仔細聽這一聲詢問，雖然嗓音刻意壓得有些低，但勉強能辨出是彌音的聲音。

他沒有提自己的名字，也沒有提彌音的法號和本名，說道：「我去過淨慈報恩寺，你托人留給我的話，我已經知道了。」

房中靜了一陣，響起人聲道：「宋提刑？」

宋慈應道：「是我。」

「你如何找到這裡來？」房門仍沒開，只傳出彌音的聲音。

「我已見過歐陽先生，」宋慈如實道，「他把一切都告訴了我。」

「既然知道了一切，那你就不該來這裡，請回吧。」

「歐陽先生不願你以身犯險，讓我來勸你回頭，還請你開門相見。」宋慈直接表明了來意，「你若不肯開門，那我只好在這外面守上一日一夜。一日一夜不夠，那便守上兩日兩夜、三日三夜……」

房中又是一陣寂靜，隨後傳出一聲嘆息，響起了拔掉門閂的聲音。房門先是開了一道縫隙，房中之人透過縫隙確認門外來人後，這才將門打開。

出現在房門裡的，果然是彌音。他沒穿僧衣，而是穿著一身常服，還戴著一頂帽子。他向宋慈身後的劉克莊和辛鐵柱各看了一眼，又朝空無一人的過道裡望了一下，這才稍稍側身，讓宋慈進入房中。

宋慈獨自走了進去，讓劉克莊和辛鐵柱守在外面，不要讓任何人靠近這間客房。彌音曾是蟲達的親信，追隨蟲達多年，又知道韓侂胄的祕密，宋慈不希望任何人知曉其行蹤，之所以叫上劉克莊和辛鐵柱一起來望仙客棧，就是希望自己與彌音私下見面時，能有最為信任的人負責看守，以確保不會走漏任何風聲。

他之前上樓時要先看看另外兩間臨街的客房，那也不是為了投宿，而是為了查看那兩間客房裡是否有人，確認不會隔牆有耳才肯放心。他與彌音隔門對話時，不稱呼彌音的法號和本名，也是怕被人聽去。

辛鐵柱把頭一點，留守在了房門外。劉克莊守在外面的同時，時不時去樓梯口看上一眼，以確定是否有人上樓。

客房之中，窗戶緊閉，光線微暗。宋慈走到窗邊，將窗掀開一絲縫隙，朝外面望了一眼，不遠處的朝天門，以及樓下的御街，還有來來往往的行人，盡皆落入眼中。

「歐陽先生早已勸過我，我對他很是感激。」彌音的聲音在宋慈身後響起，「但我心志已決，歐陽先生勸不得我，你也不必多言。」

「我來這裡，不只是為了勸你。」宋慈合上了窗，轉過身來，直面彌音，「歐陽先生雖然告訴了我一切，但有些事，還須親口問過你才行。」

「你想問什麼？」彌音雖已捨戒離寺，但多年來的習慣難以改變，說話時仍不自禁地想雙手合十，旋即反應過來，將舉起一半的手又放了下去。

宋慈問道：「你追隨蟲達多年，想必對蟲達多有瞭解，其人到底如何？」

彌音想了想，道：「蟲將軍肯與士卒同吃住、共甘苦，我所見過的將領，大都是羊狠狼貪之輩，從不知體恤士卒，沒一個比得上他。」

「這麼說，他算是個好將軍？」

「那是當然。」

「可我聽說，當年麻溪峒民動亂，蟲達領兵進剿時，曾縱容士卒沿途燒殺搶掠，殺良冒功，一連持續了十幾天，不少百姓因此流離失所，家破人亡。蟲達若真是一個好將軍，別說縱容士卒十幾天，便連一天也不應該。」宋慈說到這裡，不由得想起了桑榆。也不知那夜在劉太丞家分別後，桑榆是否已離開臨安，回家鄉建陽了。

他聲音為之一頓，道：「我還聽說，當年你隨蟲達渡江北逃時，他對你說出了韓侂胄的祕密，讓你不要再追隨他，叫你自行離去。看似他對你信任有加，不想你隨他赴死，可他當時剛剛殺盡背叛的親兵，與你說話時枕刀在膝，又是船至江心，別無可逃之處。我在想，當時你若表露出絲毫離去之意，只怕他不會讓你有登岸的機會。」

彌音默然，當年追隨蟲達時的一幕幕場景，在他腦海深處飛快地掠過。

當年蟲達替他阻攔軍棍，當眾申明軍法軍令，他一度以為蟲達是一個難得一見的好將軍，但後來追隨久了，對蟲達越加瞭解，發現這是個行事果決、極富野心之人。譬如蟲達知曉親兵背叛後，立刻斬盡殺絕，得知自己行蹤洩露後，當即準備聯手劉扁毒殺韓侂冑，都可見其果決；提前備好度牒藏身淨慈報恩寺，接近臨安以隨時瞭解韓侂冑的動向，瞭解朝局的變動，則可見其野心。

他也知道蟲達對百姓其實沒那麼在乎，當年蟲達是因為毫無資歷便入軍領兵，軍中士卒大多對其不服，這才故意放縱軍士燒殺搶掠，再突然申明軍法軍令，毫不留情地處置了一批燒殺搶掠最為凶狠的士卒，以此在軍中立威。他甚至還知道蟲達當初接受劉扁的提議，其實不只是為了毒殺韓侂冑，更是為了給自己留下一條後路，畢竟毒藥是劉扁拿出來的，事後蟲達會想盡辦法把一切罪責推到劉扁的身上。

至於宋慈提到的渡江北逃的那一晚，彌音同樣心知肚明。當時蟲達對他說出韓侂冑的祕密，叫他獨自逃生，與其說是蟲達將他視作自己人而給予他信任，倒不如說那是殺心已起後的試探，只因蟲達說話之時，將沾滿鮮血的刀放在膝上，手離刀柄只有咫尺之遙，可見其心生戒備，別說他當時選擇獨自逃生，便是稍有猶豫，只怕蟲達也不會留他性命。

他不是因為懼怕才違心追隨蟲達，而是真心實意地追隨其左右。蟲達在軍中對他禮遇甚重，提拔他、器重他，對他不吝恩賞，讓他有能力撫養何太驥長大成人，讓他能輕易地供何太驥在各地求學。他是個知恩圖報之人，明知追隨蟲達是死路一條，他也寧願拋棄已經擁有的一切。

他猛然剝開衣服，腰腹以上的身子赤裸在宋慈眼前，其上筋肉虯結，除了幾處燒傷之外，還有大大小小的疤痕遍布其間，森然可怖。

「看見了嗎？」他道，「這些是我從軍數年所受的傷，蟲將軍身上的傷痕比這還多！他為人如何，是不是好將軍，我比你更加清楚。」

「人之善惡形於言，發乎行，知其為人，可見其善惡。單論上陣對敵，蟲達或許是個好將軍，但他是不是好人，你應該比我清楚。」

宋慈記得當年蟲達當街破雞辨食時的血腥場面，還有在百戲棚旁觀他被韓𤥽毆打欺辱時蟲達的冷漠無情。世人大多稟性難移，善惡通常至死不變，蟲達本性已定，不大可能短短數年便轉變成一個良善之人。

「你若是為了替蟲達報仇，以蟲達的為人，實在不值得你為之赴死。你若是為了替何太驥討回公道，那你大可暫緩此舉。我曾奉旨查辦此案，此案還有諸多隱情，我定會追查到底。」

「追查到底？你說得倒是輕巧。」彌音將衣服整理好，「你雖然做了提刑，可說到底只是個太學生，連蟲將軍都拿韓侂胄毫無辦法，你拿什麼來追查到底？」

「查案依憑刑統，大宋自有王法。」

「王法？」彌音露出一抹苦笑，「是啊，你再怎麼查案，終是要靠王法來治罪韓侂胄。可你也不看看，如今的王法是誰說了算？你拿王法來對付韓侂胄，那是蚍蜉撼樹，倒是韓侂胄拿王法來對付你，便如碾死一隻螻蟻般輕易。」

「我查案所求，乃是公道人心，不是為了對付誰。」宋慈道，「再說，王法乃王朝之法，並非韓侂胄一人說了能算的。」

彌音苦笑不止，搖頭道：「你敢當堂與韓侂胄叫板，有這等氣概，我很是佩服，可那次只是治罪他一個不成氣候的養子。倘若針對的是他本人，你當真以為查案能有用？王法能有用？這等涉及當朝權貴的案子，其實根本就用不上王法，而是比交情、拚心機、鬥城府。你年紀尚輕，連這些道理都不懂，如何鬥得過韓侂胄？」

說到這裡，他忽然走向衣櫥，一把拉開，只見裡面放著一件黑衣、一副弓箭，以及一長、一短兩柄利刃，其中長刃是一柄手刀，短刃是一柄匕首。

他拿起匕首，拔刃出鞘，寒光凜冽。他轉動鋒刃，目光如刀，神色間再無半點出家人的慈善寧謐，說道：「身為布衣平民，要對付這種權傾天下之人，什麼手段都沒用，唯有出其不意，一擊斃之！」

宋慈看著彌音手中的匕首道：「一擊斃之，並不比查案容易多少，你應該明白。」

彌音當然明白，韓侂胄自掌權以來，因為封禁理學，打壓異己，樹敵眾多，每每出行都帶著一大批甲士，單憑一己之力行刺，只怕還沒接近其身便已死於甲士亂刀之下，就算僥倖得手，那也難逃一死。

他道：「我當然知道，我所行之事無論成功與否，我都是個死。蟲將軍已去，太驥已逝，不過一死而已，本就是我所願，又有何懼？」

「於你而言，死或許不可怕。」宋慈道，「可何太驥若泉下有知，必不希望你如此。」

彌音不由得想起了何太驥。當初蟲達死後，他有過行刺韓侂胄以報蟲達之恩的想法，但彼時何太驥還在，他若是行刺不成功，韓侂胄一旦追究罪責，只怕身為侄子的何太驥也會受到牽連，是以他放棄了這一想法。

可沒想到的是，他自己選擇了隱忍，但何太驥竟選擇了向韓侂胄發難，而且從始至終瞞著他，甚至沒有見他最後一面，他是直到何太驥死後才聽到消息，趕去城裡見了歐陽嚴語，從歐陽嚴語那裡得知了何太驥赴死的經過。

當時何太驥已成為韓侂胄的眼中釘，出城太過惹眼，稍有不慎便可能牽連上他，所以何太驥才選擇讓歐陽嚴語將一切轉告他。何太驥死於非命，他從此便沒有任何牽掛，復仇之心變得堅如鐵石。

他道：「宋提刑，你不必拿太驥來相勸。若沒有其他要問的，還請你離開吧。」

宋慈經過與彌音的這一番對話，知道彌音與他一樣，是個心志極其堅決之人，這樣的人一旦決定做什麼事，那是極難勸阻的。

他立在原地沒動，想了一下，忽然問道：「韓太師的祕密到底是什麼？韓太師如此在意這個祕密，可見這祕密必然對他不利。然而你也好，蟲達、何太驥也罷，為何寧肯隱姓埋名出家為僧，寧肯坐視家眷坐罪受罰，寧肯決意赴死，也不願公開這個祕密？」

「原來你來找我，」彌音道，「是想從我這裡問得這個祕密。」

宋慈也不掩飾，道：「那你肯說嗎？」

彌音搖了搖頭，道：「這個祕密關係重大，牽連太廣，多一人知道，便多一人喪命。我能告訴你的，都已經告訴你了，你真有查案之心，那麼這個祕密，你就自己去挖出來吧。」說這話時，他想到當初何太驥問起這個祕密時，他怕連累何太驥，一開始也不肯透露，但何太驥再三追問，他最終還是說了出來。倘若當時他沒有鬆口，也就不會有後來的事。想到這些，他暗自一嘆。

彌音這話雖然說得不快，但宋慈能聽出其語氣中的堅決。宋慈沒有再繼續追問，整個人像是怔住了，似有所思。

「你實在不該來見我。」彌音道，「沒其他事，就趕緊走吧。」

宋慈如腳下生了根，沒有挪動分毫，道：「我還有別的事要問你。」

彌音算是真正見識了宋慈的執拗，嘆了口氣，道：「你問吧。」

「你對蟲達那麼瞭解，」宋慈道，「那他領軍前的經歷，你可清楚？」

彌音點了點頭，道：「他領軍前做過虞候，曾是韓侂胄的下屬。」

「那他有沒有提到過一起發生在十五年前的命案？」

「什麼命案？」

「臨安城北錦繡客舍，一起傳得沸沸揚揚的舉子殺妻案。」提起亡母一案，尤其是「舉子殺妻」這四個字時，宋慈的聲音有些發緊。

彌音回想了一下，道：「你說的命案，我不記得蟲將軍提起過。」

宋慈的眼神黯淡了些許，道：「那他有沒有說過，他替韓太師辦過哪些事？」

「蟲將軍說過，他早年是韓侂胄的門客，替韓侂胄辦過不少棘手的事，很多時候不消韓侂胄言明，只需一個眼色，他便自願赴湯蹈火，哪怕不擇手段，也要把事辦成。韓侂胄一開始很仰仗他，後來卻嫌他辦事太過自作主張，只提拔他做了虞候，隱隱有疏遠他的意思。若非他得知了韓侂胄的祕密，還得到了關於這個祕密的證據，根本不可能得到領兵的機會，只怕一輩子都只能當一個小小的虞候。」

「所以蟲達能做將軍，並非韓太師有意提拔，而是靠威脅韓侂胄換來的？」

「我也不瞞你，蟲將軍的官爵，是靠威脅韓侂胄換來的。那時紹熙內禪已成，韓侂胄雖然得勢，但趙汝愚還沒被貶，韓侂胄生怕蟲將軍洩露他的祕密，這才答應了蟲將軍的要求。但他也提防著蟲將軍，要蟲將軍把所有家眷接到臨安安置，這才肯答應他出外領兵。」

宋慈原本以為蟲達是韓侂胄的親信，因為一人得道、雞犬升天，才得以被提拔為坐鎮一方的將軍，沒想到背後的緣由竟是如此。

他道：「這麼說，蟲達與韓太師早在臨安時便有矛盾，這個矛盾從一開始便不可彌合，後來韓太師的權位得以鞏固，打算除掉蟲達，蟲達這才被逼出逃？」

彌音點了點頭。

蟲達的死終於逐漸變得清晰起來。宋慈奉旨密查蟲達一案，眼下案情已經明朗，唯獨不知韓侂胄千方百計要掩蓋的祕密是什麼。此外，便是缺少實證，涉案之人大都已經死去，人證也只剩下彌音一人。歐陽嚴語只是聽說了這些事，算不得真正的人證。如此一來，彌音的存在變得越加重要，宋慈無論如何不能讓其輕易赴死。

他道：「騏驥一躍，不能十步；駑馬十駕，功在不舍。明知這一躍是死，是不可能成事，你何不為駑馬，求那不舍之功？」

「我本就是駑馬，數年不舍，卻無絲毫功成之望，這才求做騏驥。這一躍，若不能十步，那能躍多遠，便是多遠。」彌音嘆道，「狐死首丘，入土為安，只可惜我和太驥再也不能歸葬故里。」

彌音說出這話，那就是做好了身死異處的準備，其死志之決，已是無法再勸。

宋慈想了一想，道：「你欲行非常之舉，我欲求查真相大白，你我各有堅持，看來是難以相勸。」話頭一轉，「但我希望你能給我十天時間，我會在何太驥的案子上給你一個交代。你隱姓埋名了六年，這麼長時間都等過來了，還怕再多等這十天嗎？」說著朝窗戶看了一眼，「韓太師每日都會入宮上朝，每日都會行經此地。十天之後，倘若我給不了你交代，你做駑馬也好，做騏驥也罷，我絕不阻攔。」

彌音把頭一擺，道：「我說過，查案根本沒用……」

「十天，」宋慈盯著彌音，聲音斬釘截鐵，「我只要十天！」

有那麼片刻時間，彌音默然不語，就一直靜靜地看著宋慈。

他已見過宋慈好幾次，也曾面對面地受過宋慈的查問，宋慈留給他最深的印象，是那種在閱盡世事的人身上也極為罕見的冷靜深沉，其人如冰下之水，無法見其起伏流動，然而此時的宋慈，眼神銳利似有鋒芒刺出。

彌音看了片刻，嘆了一口氣，放下了手中的匕首，道：「我只等你十天，多一天也不行。」

宋慈道：「這麼說你答應了？」

彌音點了一下頭。

宋慈不再多言，當即拱手一禮，告辭離開。

劉克莊和辛鐵柱在客房外等了許久，其間那夥計因為他們三人長時間沒有下來，特意上樓看過一次。劉克莊說換房的事還在商量，叫夥計帶他去看看其他客房，如此把夥計支開了。

終於等到宋慈出來，三人一起下樓。那夥計問起換房的事，劉克莊面露無奈之色，道：「你說的不錯，那客人的確不好說話，好說歹勸，他死活不肯換房。也罷，我們這便換家客棧去。」

眼見上門的生意要黃了，那夥計忙道：「三位客官，不是還有兩間靠御街的房嗎？你們中的兩位客官同住一間，那也夠住啊！這御街上的其他客棧，房間可未必有咱家的好。」

劉克莊看了一眼宋慈，笑道：「兩人住一間房，倒也不是不可以。」

宋慈白他一眼，徑直走出了客棧大門。

「兩個大男人睡一間房，豈不讓人笑話？」劉克莊改口道，「你說是吧，辛兄？」辛鐵柱被問得一愣，見劉克莊已笑著走出了客棧，點了一下頭，快步跟了上去。

那夥計目送三人離開，暗暗心想：『靠街住有什麼好？又吵又鬧的。這年頭，真是什麼樣的客人都有。』接著摸出懷裡一小吊錢，那是之前從劉克莊那裡得來的打賞，想到生意雖沒做成，自己倒是不虧，將那一小串錢拋起又接住，樂呵呵地揣回懷中。

就在那夥計掂量銅錢之時，二樓上的窗戶被推開了一條縫。

彌音站在窗邊，望著宋慈等人沿御街遠去的身影，心中暗暗道了一句：『宋提刑，對不住了。』

彌音答應了暫緩行刺，等待宋慈十天，但那只是一時權宜。他透過宋慈的眼神，看出對方是一個比自己心志還要堅定之人，他實在不願欺騙這樣的人，但也正因為宋慈心志堅定，他知道自己當時若不答應，宋慈定然不肯離開。從始至終，他行刺的決心都沒有變過，甚至因為宋慈的到來，自己的行蹤已有暴露的風險，說不定會引來種種變故，別說多等十天，便是一天他也不願再等。

此時天色已昏，一日光景即將逝去。彌音關上了窗戶，拿出早已備好的乾糧，默默吃了起來。無酒也無肉，這便是他為自己準備的最後一頓飯。果腹之後，他取出衣櫥裡的黑衣，換在身上，拿了一塊黑巾，裹在了頭上。他又取出匕首、手刀和弓箭，仔細地擦拭鋒刃，調整弓弦，梳理箭羽，還將其中幾支箭的箭鏃纏裹上了布條。他取匕首插於腰間，將手刀和弓箭放在窗邊，隨後走向床鋪，躺了下來，閉目入睡。

自從離開淨慈報恩寺後，彌音已在這間客房裡住了兩天。這兩天裡，他不僅備齊了兵刃，避過客棧裡進出之人的眼目，將這些兵刃拿入了客房，還在半夜裡起來，將窗戶推開少許，靜候韓侂胄上朝。他已在此見過韓侂胄兩次，瞭解了韓侂胄的出行方式，知道其出行的大致時辰，以及隨行甲士的陣形排布。他已做好了一切準備，就等明日一早天未亮時，韓侂胄從望仙客棧外經過。

明明赴死在即，彌音卻睡得安穩，尤其是前半夜，御街上多有行人，喧嘩嘈雜，他反倒呼呼而眠。到後半夜時，四下裡逐漸悄靜，當四更的梆聲遠遠傳來時，他一下子睜開了眼睛。

房中一片昏黑，彌音起身下床，從床底下摸出一個罐子和一截鐵棍。他拔掉木門閂，將鐵棍插入門閂插孔，封死了房門，然後打開罐子封口，裡面是滿滿一罐燈油，他取來那幾支箭鏃上纏裹了布條的箭，插入燈油之中，又拿來一截蠟燭，就立在地上，並不點燃。做完這一切，他移來凳子，在窗前坐了下來。

將窗戶掀開少許，彌音一眼望將出去，只見月缺一角，懸於城樓之上，長街清冷，刺破夜色而來。好一個良夜，尤其是那輪月亮，雖然看著清冷，卻無遮無掩，仿若一塊無瑕的美玉。他長久地凝望著月亮，這麼多年來，他還從未如此仔細地看過它。

已是四更天了，街上漸漸有了稀稀落落的腳步聲，一些賣早點的攤販開始在御街的南端，也就是靠近皇宮大內和寧門的地方聚集。

大宋自定都臨安後，因為臨安城地勢南高北低，依照居高臨下的禮制，便把皇宮大內建在了城南。皇宮大內南面的麗正門是正門，官員們上朝該從此門進入大內，而且麗正門外建有待班閣，專供官員們等候上朝時遮風擋雨所用。然而皇宮大內坐南朝北，三省六部和坊市之地都在北邊，官員上朝都是自北而來，繞行麗正門實在太不方便，漸漸變成了從北面的和寧門進入大內上朝。和寧門原本是皇宮大內的後門，這般從後門上朝，自古以來從未有過，臨安百姓更是將之戲稱為「倒騎龍」。

大宋皇帝五日一常朝，用於議論政事，五品以上的官員都要參加，其他日子雖不議事，但官員們仍須每日入朝向皇帝請安。議事也好，請安也罷，都定在五更，官員們常常四更便穿戴整齊，在和寧門外聚集，等候宮門開啟。這些官員大都來不及吃早飯，不少攤販便看準時辰趕去御街南端，離著和寧門一段距離，擺設浮鋪賣起了早點，生意常常極好。

韓侂胄位高權重，尋常官員上朝來得早，韓侂胄卻是將近五更才到，多年來一直如此。彌音經過前兩日的盯梢，已經掌握了這一情況。他看著御街上不時經過的官員和攤販，心平氣靜地等待著，直到有金甲之聲隱隱從朝天門的方向傳來。

彌音暗自推算時辰，離五更已經不遠，該來的終於要來了。

他悄然起身，持弓握箭，側身立在窗邊，目不轉睛地盯著月光籠罩下的朝天門。

這陣金甲之聲漸漸清晰起來，兩列甲士護衛著一頂華貴的轎子出現在了朝天門，隨即不緊不慢地沿御街而來。

彌音認得，這頂轎子前兩夜都出現過，正是韓侂冑的轎子。

轎子的左側，是壯如牛虎的夏震，其人披甲按刀，不時舉目四顧，觀察附近的牆角和屋簷，留意有無潛在的危險。隨行甲士有數十人之多，步伐威武，陣勢嚴整。

彌音的眼中既沒有夏震，也沒有那些披堅執銳的甲士。他屏氣凝神，緩緩挽弓引箭，箭鏃探出窗縫少許，對準了一步步接近望仙客棧的轎子。

待得前列甲士行過，韓侂冑的轎子終於出現在客棧樓下時，彌音扣弦的指尖一鬆，第一箭飛掠而下。一聲慘叫，轎子前方的轎夫一頭栽倒在地，轎子頓時傾斜，重重砸在了地上。彌音手不離弦，接連數箭射出，其他幾個轎夫盡皆中箭，這下轎子完全落地，停在了街道中央。

「有刺客！」夏震手臂一揮，「保護太師！」

眾甲士紛紛拔刀在手，在幾個轎夫剛剛倒下之際，便將轎子團團圍住，另有幾個甲士伸手去抬轎子，想將轎子抬離險地。彌音又是數箭射出，幾個試圖抬轎子的甲士盡皆中箭，剛剛抬起的轎子又砸落在地。

夏震之前見幾個轎夫都是左邊身子中箭，已經盯住了御街左側的望仙客棧，這幾箭射下來，他辨明羽箭來處，指著客棧樓上道：「在上面！」

眾甲士聞聲而動，一部分就地護衛轎子，另一部分撞開望仙客棧的大門，一擁而入。彌音對這批衝入客棧的甲士視而不見，又持一箭扣於弦上，弓彎如滿月，弦驚如霹靂。這一箭用上了最大的勁道，去勢如電，直穿轎窗，一下子透入了轎中。

「太師！」夏震驚叫，一把掀開轎簾，只見韓侂胄側身坐在轎廂一角，穿窗而入的箭就釘在他的身前，相距不過咫尺。韓侂胄神色緊張，渾身發抖，身子一動，似乎想要下轎。夏震手一擺，示意韓侂胄別動。

彌音看不見轎中情形，但沒聽見慘叫聲傳出，便知這勢大力沉的一箭沒能射中韓侂胄。他居高臨下，當即再引一箭，對準轎窗射出，就算射不中韓侂胄，也要將韓侂胄逼出轎子，再伺機射殺。

夏震忽然低聲一吼：「太師坐穩！」

說著，夏震抓住轎杠，奮力一撥，轎子原地轉向，轎尾朝向了客棧。

「咚」的一響，這一箭射在了轎廂壁板上。韓侂冑的這頂轎子壁板極厚，彌音這一箭用上了全力，箭鏃雖然射穿了壁板，但只穿透了些許，便被卡住。

如此一來，彌音無法對準轎窗，箭不能再射入轎中，韓侂冑又躲在裡面不出來，已沒有將之射殺的機會。此時，房門外響起成片的腳步聲，一大批甲士正衝上樓梯，向客房逼近。彌音對此全不理會，用火摺子點燃早就立在地上的蠟燭，抽出油罐裡的一支羽箭湊近燭火點燃，一箭射向轎子。

他早就預想到了各種狀況，這是要以火箭點燃轎子，逼得韓侂冑現身。只要韓侂冑一露頭，他便有將其一擊斃命的機會。

韓侂冑的轎子壁板極厚，裝飾也極為華貴，還特意裹上了一層紅色的布幔，火箭接二連三地射來，布幔很快被點燃，轎子著起了火。彌音拉滿了弓，又一箭對準轎子，只待韓侂冑現身。身後的房門響起了撞擊聲，眾甲士試圖破門而入，但因房門被鐵棍封死，撞擊了好幾下沒能撞開。雖如此，但門板已發出了破裂聲，再有幾下撞擊，房門定然裂開。彌音根本不管身後，只是目不轉睛地盯死了轎子。

轎子上的火勢蔓延極快，韓侂冑不得不在夏震的護衛下逃離轎子。這麼一現身，立刻有箭破空射來。夏震護著韓侂冑飛快奔逃，正好從一個甲士的身後經過，這一箭射中了那甲士，將那甲士的脖子射了個對穿，鮮血濺到了韓侂冑的臉上。

韓侂冑一臉的血汙，看著那甲士在眼前倒下，不禁駭然失色。

「砰」的一聲巨響，房門也在這時被撞破，眾甲士魚貫而入，揮刀殺向彌音，這一下彌音不得不回頭應對。箭只剩下兩支，他一把抓起，弦落箭出，將當先衝入的兩個甲士射翻在地，然後一腳踢倒地上的燈油罐子，旋即將弓往肩上一挎，抓起手刀，一刀透甲而入，刺入了第三個衝上前的甲士的腹部。他握緊刀柄，怒吼聲中，推著這個尚未斷氣的甲士往前衝，將後面一擁而上的甲士擋退了好幾步。

趁此機會，彌音一下子躍回窗邊，將蠟燭踢倒。地上已經淌滿了燈油，大火一點即著，緊跟著衝上來的甲士頓時陷入成片的火海，淒厲的慘叫聲響徹整個客棧。彌音趁勢翻出窗戶，一躍而下，落地時一個翻滾，卸去了下墜之力，剛一直起身，留守在轎子附近的一個甲士已殺奔而至，刀鋒當頭砍來。

彌音側身避開，手刀順勢一拉，從那甲士的脖子上抹過。

轎子的大火照亮了整條街道，他張眼一望，只見韓侂胄在夏震的護衛下，正往朝天門的方向逃跑，已逃出了半條街的距離。在他與韓侂胄之間，除了那二、三十個留守的甲士，還有從客棧裡退出，正從身後殺來的人。

沒有了居高臨下的地利，也不再有客房的掩護，彌音將直接面對所有甲士的包圍和剿殺。他雙臂一抖，揚起手刀，不等眾甲士圍攏，朝著著火的轎子殺奔而去。二、三十個甲士結陣阻攔，他怒吼連連，左衝右突，連殺了數個甲士，自身也被砍傷多處，終於接近了轎子。轎子周圍有倒下的轎夫，轎夫身上還插著箭。他當即拔箭在手，不顧好幾柄同時砍來的刀，張弓引箭，用盡全力，朝韓侂胄一箭射去。

韓侂胄已經逃得足夠遠，至少他自以為是這樣。他立住腳步，想回頭望一眼身後嘶吼搏殺的場面。然而他剛一回頭，一支箭穿破夜幕射來，箭鏃一下子沒入了他的前額。

他瞪大眼睛，叫都沒能叫出一聲，仰天倒在了地上。

方才已被好幾柄刀同時砍中，彌音身上多處劇痛，鮮血長流，但他目睹韓侂胄中箭倒地，心中有說不出的暢快，竟似一點也感覺不到疼痛。可是他剛要舒展開的神色，旋即便凝住了，只因他看見韓侂胄倒地之後，負責護衛的夏震竟對韓侂胄不聞不問，而是獨自向朝天門急奔而去。

又一陣金甲之聲遙遙傳來，只見另一頂華貴至極的轎子穿過朝天門，在另一批甲士的護衛之下，向御街而來。

那頂轎子很快當街落轎，夏震上前撩起轎簾，轎中走下一人，身披朝服，鬢髯花白，竟是韓侂胄。原來之前中箭倒地那人，並非韓侂胄本人，而是由韓府一個身形相似的家丁，黏上鬍鬚，穿上朝服，假扮而成——真正的韓侂胄直到此時方才現身。

彌音看見這一幕，頓時明白過來，自己欲圖刺殺之舉怕是早已洩露，韓侂胄這是早有準備，故意引他動手。此時他與韓侂胄相距太遠，弓箭根本射之不及。他知道已不可能殺得了韓侂胄，但他面色冷峻，還是揮動手刀，朝韓侂胄的方向殺去。

包圍他的甲士越來越多，層層疊疊，密不透風，一陣搏殺下來，他與韓侂胄的距離並不見縮短。雖如此，他仍不知疲倦地砍殺，仍試圖去接近韓侂胄。他一尺一寸地前行，每挪一步，御街上便多灑幾股鮮血，多掉幾塊殘肢，有眾甲士的，也有他自己的。

終於，他的胳膊一涼，右臂連同手刀掉落在地，大腿一冷，左腿永遠地留在了身後。

韓侂胄好整以暇地站在遠處，直至看見彌音斷手斷腳已經倒下，他才吩咐道：「留活口！」

夏震高聲叫道：「太師有令，生擒刺客！」

眾甲士正要對彌音亂刀砍殺，聽得此令，立馬止住刀鋒。

彌音倒在地上，倒在流滿御街的血泊裡，火光映照在他滿是鮮血的臉上，映照出了不甘，映照出了決絕。

他脖子一仰，對天道：「**蟲將軍、太驥！上騏無能，對不住你們了！**」

說完，他左手猛然往腰間一抓，拔出了那柄寒光凜冽的匕首。

眾甲士在經歷了方才那陣慘烈的搏殺後，尚且驚魂未定，見狀急忙握緊了刀，距離最近的幾個甲士，哪怕親眼看見彌音斷手斷腳，竟還是不由自主地後退了兩步。

彌音高舉匕首，忽然一揮而下，刺入了自己的胸膛。

從一開始，這柄匕首便是彌音為自己準備的，無論行刺成功與否，他都不會留在這世上。他仰躺在地，雙目望著將明的夜空，眼中光芒漸漸消散，只餘那一輪月亮留在眸中，仍是那般清冷無瑕。

韓侂胄由夏震護衛著，慢慢走了過來。

眾甲士沒能阻止彌音自盡，未能生擒刺客，紛紛收刀跪地，以示請罪。

韓侂胄看了一眼地上橫七豎八的屍體，還有不少散落的殘肢斷甲，以及已經變成一整團火焰的轎子。他沒理會跪地請罪的眾甲士，走到彌音的屍體前，示意夏震摘掉彌音的頭巾，擦去彌音臉上的鮮血。

他仔細看了看彌音滿是燒傷的臉，並不識得，道：「獨自一人，就敢當街行刺我，算是個壯士。」想到彌音自盡前喊出的「蟲將軍」三字，嘴角冷冷一抽，「蟲達這種人居然有如此忠勇之士，肯死心塌地為他效忠，真是可笑！」

韓侂胄看了一眼彌音剃度過的頭頂，吩咐夏震道：「你帶人去淨慈寺。記住，搜仔細了，別放過任何一個角落。」

夏震領命道：「是，太師！」

# 第六章　主守自盜

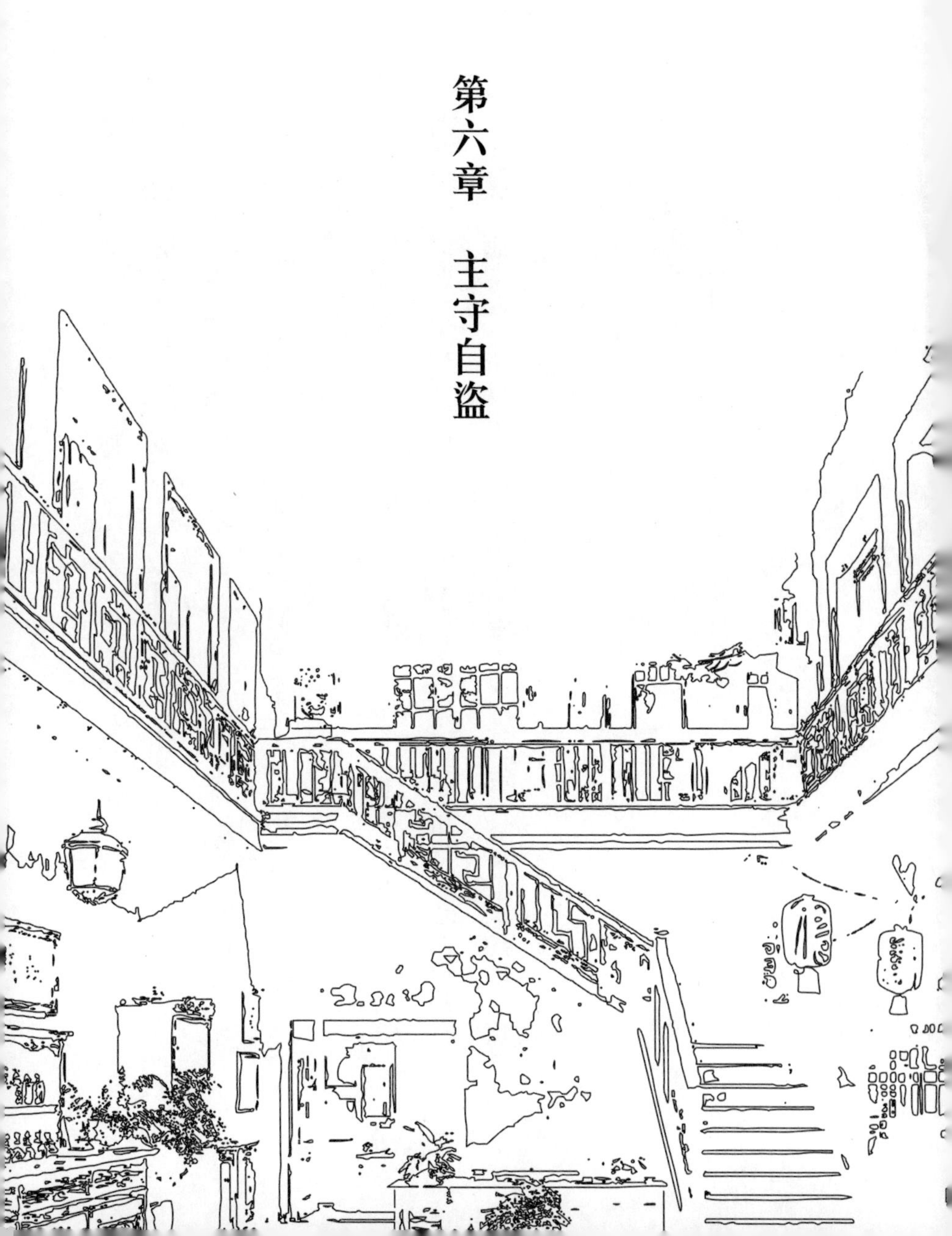

韓侂胄遇刺的消息，在當天上午傳入了太學。宋慈和劉克莊是在等待行課時聽聞了此事。劉克莊叫住衢進學堂傳揚此事的王丹華，問是從何處得來的消息。

王丹華道：「外面人人都在傳，韓太師在上朝途中遇刺。那裡離朝天門很近，有不少賣早點的浮鋪販子，說是親眼看見了，還說刺客只有一人，卻當街殺了不少甲士。」

「刺客有被抓到嗎？」劉克莊急忙追問道。

王丹華道：「聽說刺客深陷重圍，被砍斷了手腳，最後逃脫不出，當街自盡了。」

「朝天門附近的御街」、「刺客只有一人」，宋慈聽得這些便知行刺之人是彌音。他原以為彌音答應給他十天時間查案，便會守此約定，沒想到自己終究還是低估了彌音的求死之心。

『既然知道了一切，那你就不該來這裡。』

『你實在不該來見我。』

彌音昨天說過的這兩句話，一下子出現在宋慈的腦海裡。

彌音一死，韓侂胄定會追查，而他昨天與彌音見過面，有客棧夥計為證，韓侂胄一旦查知，定然不會放過此等對付他的大好機會。

宋慈如此暗想之時，劉克莊眉頭一緊，面有憂色地湊近道：「韓太師遇刺，必會大肆追查。昨天我們去望仙客棧見彌音，客棧那夥計是瞧見了的，韓侂胄這一查，必然查到。他定會借此機會，大做文章。」

劉克莊的擔憂倒是與宋慈一樣。宋慈點了點頭，稍加思索，忽然起身，便往學堂外走。此時堂上坐滿了同齋學子，等待學官前來行課的同時，大都在三三兩兩地議論韓侂胄遇刺的事。宋慈這麼突然地站起往外走，堂上一時安靜，眾同齋都不約而同向他投來目光。

劉克莊笑道：「上茅房有什麼好看？真博士應該快來了，都別說話，好好行課。」說罷，緊跟著宋慈去了。

從學堂裡出來，劉克莊拉住了宋慈的衣袖，小聲道：「彌音已死，無可更改，你可千萬不要亂來。」

昨晚回到齋舍後，他向宋慈說出了吳此仁的下落，宋慈則告訴了他彌音的身分和來歷以及一切來龍去脈。他明白彌音的存在有多麼重要，見宋慈突然離開課堂，以為宋慈是要去追究彌音的死。

「你所言甚是，有遇刺的事在，韓太師隨時可以大做文章，留給我查案的時間只怕不多了。」宋慈道，「吳此仁不是在仁慈裘皮鋪嗎？我想即刻去見他一面。」

劉克莊暗暗鬆了口氣，語氣也變得輕鬆了不少：「那你今天是打算蹺課了？」

宋慈點了點頭。來到太學近一年，他從未告過假缺過課，更別說擅自蹺課，但眼下情勢急迫，顧不上遵規守矩了。

「這等好事，」劉克莊道，「那可不能少了我。」言下之意，是要隨宋慈一起去見吳此仁。

宋慈和劉克莊嘴上說話，腳下一直沒停，忽然斜側傳來聲音，叫住了他們。

二人回過頭去，見是真德秀手持書籍，從不遠處走來。今日這堂課，正是由真德秀來向習是齋的眾學子講授《大學》。

「見過老師。」兩人齊身行禮。

真德秀道：「不必多禮。馬上就要行課了，你們這是去哪兒？」

宋慈沒找藉口，如實答道：「有一起案子急需我去查，未及時告假，還望老師恕罪。」

宋慈提刑幹辦的期限已經到了，按理來講不該再有案子去查。真德秀看了看宋慈，又看了看劉克莊，並未多問，也不為難二人，點頭道：「那你們去吧，早去早回。」

兩人同聲道：「多謝老師！」

將行之時，宋慈忽又道：「老師，不知歐陽先生今日可來了太學？」

「歐陽博士一早便來了，看著病好了不少，但身子突犯不適，又回家去了。」真德秀道，「你們不必太過記掛，趕緊去吧。」

韓侂胄遇刺的消息已經傳開，歐陽嚴語應該是來太學後聽聞了此事，知道彌音最終還是去赴了死，心中難以接受，才會突然又告病回家。他答應了歐陽嚴語去勸阻彌音，最終卻沒能做到，心下甚為愧疚。

他和劉克莊向真德秀行禮告辭，出了太學，劉克莊還不忘去武學叫上正在馬場操練的辛鐵柱，三人一起往仁慈裘皮鋪趕去。

過不多時，三人來到鹽橋東街，來到了仁慈裘皮鋪外。

尚未進入裘皮鋪，昨日那夥計便認出劉克莊，滿臉堆笑地迎了出來：「哎喲，公子您可算來了！昨天您剛走不久，掌櫃便運回來了一批新貨，全都是上等裘皮，您快裡邊請，裡邊看！」

「吳掌櫃在嗎？」劉克莊一邊往裡走，一邊問道。

「掌櫃昨天忙活了一整天，夜裡睡得晚，這會兒還在後堂休息。」那夥計將劉克莊迎至一批新裘皮前，「公子，這些上等裘皮，全臨安城找不出更好的，一大早才擺出來，您可是第一個……」

「你去把吳掌櫃叫來。」劉克莊打斷那夥計的話。

「公子找掌櫃何事？」

「到你這裘皮鋪來，當然是為了裘皮的事。」

「裘皮的事，您問小的便……」

那夥計話未說完，劉克莊已拋出一小吊錢，道：「還不快去？」

那夥計伸手接住，立馬改口道：「公子稍等，小的這便去。」

說完，那夥計一溜煙奔去後堂，片刻之間返回，領來了一個身形偏瘦、鬍子細長、脖子上有一大塊紅斑的中年男人。

那夥計指了一下劉克莊，向那中年男人道：「掌櫃，就是這位公子找你。」

那中年男人走上前來，向劉克莊笑道：「這位公子，聽說咱家的冬裘，你似乎不大滿意。不知你是想要什麼樣的，甭管多麼稀有，只要你開尊口，我吳此仁一定給你弄來！」

宋慈認得來人，正是當年錦繡客舍的吳夥計，十多年過去了，其人身形容貌竟無多大變化，只是鬍子長了不少。

「你就是吳此仁？」劉克莊打量了吳此仁幾眼，忽然身子一讓，朝身後的宋慈抬手道，「宋大人前來查案，要問你一些事情，你可要據實以答。」

「宋大人？」吳此仁眉頭稍皺，兩道精明的目光在宋慈身上打轉，見宋慈如此年輕，實在不像是什麼官員。

劉克莊一臉神氣，道：「前不久連破太學岳祠案和西湖沉屍案的宋提刑宋大人，難道你沒聽說過嗎？」

吳此仁頓時態度一變，笑道：「聽說過，當然聽說過。外面人人都說，太學出了位宋提刑，年紀輕輕，卻是青天在世，我可是久仰大名了啊！」忽然「咦」了一聲，「不知是何等案子，竟能勞動宋大人大駕，查到我這裡來？」

宋慈開口了：「十五年前，你可在錦繡客舍做過大夥計？」

「十五年前？容我想想。」吳此仁掰了掰手指頭，緩緩搖頭道，「我是在錦繡客舍做過大夥計，至於是不是十五年前，我這可記不大清了。」

「你做大夥計期間，錦繡客舍曾發生過一起舉子殺妻案，你可還記得？」

「舉子殺妻案？」吳此仁擠了擠眉頭，「實在太過久遠，當真不大記得起來。」

「當時錦繡客舍的住客當中，是不是有一個右手缺失了末尾二指的人？」

吳此仁無奈地笑了：「我說宋大人，當年的事我實在不記得，你又何必……」

「那偷盜的事，你總記得吧？」宋慈打斷了吳此仁的話。

吳此仁一愣：「什……什麼偷盜的事？」

「你在錦繡客舍做大夥計期間，客舍裡曾發生過多起偷盜案。」

吳此仁面露難色，道：「大人，我都說了好幾遍，錦繡客舍的事，我是真的記不清了，你這麼翻來倒去地問我，我也還是記不起來啊。」

「你自己做下的偷盜案，怎麼會記不起來？」宋慈語氣一變，「錦繡客舍的掌櫃祝學海，當年何等看重你，你不好好做你的大夥計，卻去行那主守自盜之事。」

「我主守自盜？」吳此仁連連擺手，「這可從沒有過啊！」

一旁的劉克莊聽得一怔。他也覺得吳此仁有問題，但不清楚宋慈為何一見吳此仁，便如此斷定對方是當年的偷盜元凶。

「當年錦繡客舍的偷盜案，全都發生在一樓的客房，竊賊趁住客外出時，從窗戶翻入房中行竊，事後歸咎於住客疏忽大意，出門時沒將窗戶關嚴。」宋慈道，「可是住客明明沒有疏忽，明明是將窗戶關嚴了的，窗扣也是扣上了的。若是竊賊從外強行開窗，窗扣必然損壞，但事後窗扣完好無損，那窗戶只可能是從裡面打開的。房門被鑰匙鎖住，鑰匙都交由你這個大夥計保管，除了你之外，還有誰能進房開窗？」

「宋大人，人人都說你是堪比青天的好官，你可不能隨口汙衊人啊！」吳此仁為自己辯白道，「我那時是錦繡客舍的大夥計，住客外出之時，鑰匙是交給我保管的，可客舍裡的大小事情都等著我去管，一會兒有夥計來問我各種雜事，一會兒又有住客來找我要鑰匙，時不時還有新客人來投宿，我忙都忙不過來，哪有工夫溜進房去翻箱倒櫃，行那偷雞摸狗之事？」

「你不是時隔久遠，記不起來了嗎？」劉克莊忽然嗆了吳此仁一句，「怎麼這會兒你又記得清清楚楚了？」

「我……」吳此仁被嗆得無言以對，忽見那夥計正一臉驚詫地在旁看著，沒來由地衝那夥計道，「看什麼看？折銀解庫的鄒員外要了一件冬裘，昨天就該送去的，還不趕緊送去！」

那夥計咽了咽口水，忙拿起一件冬裘，出門送貨去了。劉克莊朝那夥計多瞧了一眼，只因那夥計所拿的冬裘，正是他昨天問過價的一件，他還記得價錢是三十六貫。

「你根本用不著翻箱倒櫃，只需進入客房，撥開窗扣，再鎖好房門離開即可。你只這麼一進一出，然後有同夥在外接應，趁機翻窗，潛入房中，將值錢的東西偷個一乾二淨。」宋慈直視著吳此仁，「你身為大夥計，每天負責迎送客人，可以輕而易舉地物色目標。看準哪個客人有錢，你便安排住在一樓的客房，一旦住客有事外出，你便糾集同夥趁機行竊，事後再進房檢查，指出窗戶沒有關嚴，把錯歸於住客自己，你倒是次次都能逃脫罪責。」

吳此仁爭辯道：「當年那些偷盜案，明明都是錯在住客，是他們自己沒關好窗戶，才讓外賊有機可乘。宋大人，你不能平白無故冤枉我啊！」

「我豈會平白無故冤枉你？只因我便是那個扣好窗扣，關嚴了窗戶的住客。」宋慈說出這話時，不禁回想起去百戲棚觀看幻術的那一晚，禹秋蘭叫他出發時，他正搭著凳子趴在窗邊，看著巷子裡偶爾經過的車馬和行人。

他一聽可以出發了，高興得不得了，但沒有忘記將窗戶拉攏，也沒有忘記將窗扣給扣上。然而觀看幻術歸來，行香子房卻進了賊，窗戶開了一道縫，吳此仁入房查看了一圈，說是禹秋蘭外出時沒有關嚴窗戶。

當時，禹秋蘭還看過宋慈一眼，只因窗戶是宋慈關上的。宋慈記得，自己明明關嚴了窗戶，覺得很委屈，事後向禹秋蘭說了此事，禹秋蘭摸摸他的腦袋，說相信他關好了窗戶。時隔多年，母親的溫言軟語猶在耳畔，使得他始終忘不了這件事。

他長大之後，每每想起此事，都很確信自己當時關嚴了窗戶，但行香子房仍失竊，而且窗戶被打開了，窗扣又沒有損壞，那只可能是有人從房內開窗。他由此懷疑上了保管房門鑰匙的吳此仁，這才讓劉克莊去打聽吳此仁的下落。昨天他從劉克莊那裡得知，吳此仁在錦繡客舍做大夥計期間，客舍被偷盜了很多次，吳此仁一離開，偷盜便跟著絕了跡，他由此更加確信自己的猜想。

吳此仁驚訝地盯著宋慈，見宋慈至多二十出頭，十多年前只怕還是個孩童。他盡力去回想當年遭遇過偷盜並且帶著小孩的住客，忽然想到了那起舉子殺妻案中的舉子。

他不記得那舉子的名字了，但還記得那舉子是姓宋。他一下子明白過來，脫口道：「你是那……」話剛出口，便立即止住，吳此仁心下暗想：『難怪你一見面就問十五年前的舉子殺妻案，原來你是那舉子的兒子。好啊，如今你做了提刑官，這是拿我問罪來了。』

吳此仁雖然欲言又止，但宋慈從其反應可以看出，吳此仁已經知道他是誰。

宋慈問道：「當年你的同夥，那個翻窗入戶的竊賊是誰？」

「宋大人，你這可問住我了。」吳此仁兩手一攤，語氣也不再如先前客氣，「我當年做大夥計時，談不上幹得有多好，但也算是盡心盡力。這種偷盜自家住客的事，我根本就沒有幹過，更沒有什麼同夥……」

吳此仁話音未落，後堂忽然傳來一個聲音道：「吳二哥，一大早鬧什麼呢？吵得人睡覺也不安生……」伴隨著說話聲，一個獐頭鼠目的瘦子一臉不耐煩地從後堂走出來。突然見到宋慈、劉克莊和辛鐵柱，那瘦子話音一頓，整個人僵在了原地。

宋慈認得這聲音，更認得來人面目，竟是之前楊茁失蹤案中，誣陷辛鐵柱攔轎擄人的竊賊吳大六。

吳大六自從出了提刑司大獄，十多天來不知去向，想不到竟會在這裡遇到。

吳此仁眉頭一皺，朝吳大六暗使眼色，示意他趕緊回後堂去。

吳大六曾被宋慈抓起來關入牢獄，也曾在辛鐵柱手裡吃過不少苦頭，一見是這二人，轉身便想走。

辛鐵柱忽然箭步上前，一把抓住吳大六的肩膀。他面帶凶色，兩道刀子般的目光瞪在吳大六身上，喝道：「是你！」

吳大六只不過被辛鐵柱用手抓住，卻如被鐵鉗死死夾住了一般，連連叫痛的同時，不斷拍打辛鐵柱的手，試圖迫使辛鐵柱放手，卻只換來辛鐵柱越來越重的力道，肩膀疼痛加劇。

吳此仁上前阻止道：「有話好好說，你怎能平白無故動手打……哎喲喲！」

辛鐵柱可不是多費唇舌之人，另一隻手倏地探出，一把拿住了吳此仁的手臂。吳此仁的手臂也如被鐵鉗夾住了一般，痛得直叫喚，整個身子都歪斜了過來。

「這位辛兄，那可是武學中拳腳第一、刀劍第一、弓馬第一的大壯士，落在他手裡的滋味可不大好受。」劉克莊笑道，「宋大人問話，你既然不肯老實回答，那只好由辛兄來問上一問了。」

「老實……我一定老實。」吳此仁忙道，「哎喲，壯士快快鬆手，快快鬆手！」

「辛兄，既然他這麼說了，不如你暫且饒他一回。」

辛鐵柱聽劉克莊這麼說，當即鬆開了吳此仁，對吳大六這個曾陷害他入獄的竊賊，卻是將其雙臂反剪過來，令其動彈不得。

宋慈看了一眼吳大六，對吳此仁道：「他叫你吳二哥，又是同姓，這麼說你二人是本家兄弟？」

「我與大六不是兄弟，只是同鄉，打小認識。」吳此仁揉搓著手臂道，「我在自家排行老二，大六比我小兩歲，打小便叫我吳二哥。宋大人，我這說的都是實話，可不敢誆你。」

「既然不是兄弟，那他怎麼住在你這裡？」

「我與大六同在臨安，偶爾碰個頭，一起喝點小酒，聊些故舊。」吳此仁向吳大六看去，「他昨天就是來看看我，夜裡喝多了酒，便在我這裡睡下了。是吧，大六？」

吳大六連連點頭，道：「姓辛的，你輕點！要斷了，要斷了……」他的胳膊被辛鐵柱反剪著，能感覺辛鐵柱的勁力越來越大，胳膊好似快被折斷一般。

宋慈正要繼續問話，裘皮鋪外忽然走進來了一人，搓了搓有些凍僵的手，抬起一張有些青腫、像是挨過打的麻子臉，張口便道：「吳……」看得鋪中情形，不禁一愣。

「喲，這不是賈寶官嗎？」吳此仁忙道，「你怎麼親自來了？你要的冬裘，我早已備好，還說明天得了空，便給你送去櫃坊呢！」又轉頭向宋慈道，「宋大人，客人來了，我得帶他去取一下冬裘，還請你稍等一下。賈寶官，快這邊請。」說著領著來人，快步去了後堂。

劉克莊一眼便瞧出了異樣，只因客人上門拿貨，拿的是冬裘這樣的輕便之物，又不是需要搬搬抬抬的重物，掌櫃通常都會讓客人在鋪面上等候，哪裡會讓客人跟著進入後堂？他以為吳此仁是想找藉口開溜，正打算上前阻攔，宋慈卻衝他微一搖頭，任由吳此仁去了。

吳此仁一入後堂，徑直將來人領進自己的臥室，關起門來，壓低聲音道：「我說賈老弟，叫你在家看著那老不死的，別讓那老不死的報官，你少說看上個三、五天吧。這才半天不到，你怎麼就跑來我這裡了？」

來人是正月十四那晚，與吳大六勾肩搭背醉行街邊，還尾隨韓絮去過錦繡客舍的賈福。他嘴巴向外一努，道：「外面那宋大人是什麼來頭？莫非昨晚的事已經露……」

「露什麼露？他是來查其他案子的。」吳此仁道，「虧得我反應快，把你叫成寶官，說你是來拿冬裘的，不然事情就壞了。」

「昨晚得手的金銀，可是說好了的，我拿七成。」賈福把手一伸。

吳此仁道：「不是說了去解庫換錢之後，再分給你嗎？你怎的這般心急？」

「那些金銀本該全歸我，我分了三成給你們，你們該知足了。」賈福攤開手掌，「快些拿來，我自去解庫換錢。」

「行行行。」吳此仁有些氣惱，從床下拖出一個罐子來，裡面裝了不少金銀珠玉。他從中挑揀了一大堆，取一件冬裘包裹起來，道：「你親眼瞧見了，我可是說到做到，這裡面包的金銀珠玉，怕是不止七成。這下你滿意了吧？」

賈福一把接過冬裘，拍了兩下，聽得裡面各種金銀珠玉嘩啦亂響，這才露出滿意的笑容，道：「這就對了，走了！」話一說完，轉身就走。

賈福背過身去的一瞬間，吳此仁臉上掠過了一絲陰狠之色。他旋即恢復了笑容，隨著賈福走出後堂，又當著宋慈等人的面笑呵呵地將賈福送出了裘皮鋪，這才回到宋慈身邊道：「宋大人，你問話就行，我都老實回答，你就讓這位壯士，先放了大六吧。」

宋慈沒理會吳此仁，而是在劉克莊的耳邊低語了幾句。劉克莊點點頭，快步離開了裘皮鋪。

劉克莊走後，宋慈看向吳大六，並未讓辛鐵柱放人，而是問道：「吳大六，你來臨安多久了？」

吳大六想起當日在提刑司大獄裡的遭遇，哼了一聲，似乎不打算理會宋慈的問話。

辛鐵柱猛地一用力，喝道：「說！」

吳大六痛得齜牙咧嘴，這才開口道：「有十多年了。」

答完話後，辛鐵柱的力道才稍微一鬆。

「十多年是多少年？」

宋慈的問話一出口，辛鐵柱立刻又加大力道。

吳大六忙道：「姓辛的，你輕點！我又沒說不答……我是淳熙十六年到的臨安，算起來有十六、七年了。」

吳此仁的念頭轉得極快，想起方才宋慈問過他同夥是誰，道：「宋大人，你該不是懷疑大六是當年偷盜客舍的竊賊吧？」

吳大六本身就是個竊賊，宋慈正是有此懷疑，才會問吳大六來臨安的時間。他對吳此仁的話不予理會，道：「吳大六，十五年前錦繡客舍的行香子房曾發生過一起舉子殺妻案，你還記得吧？當年你入房行竊曾躲入衣櫥之中，目睹了凶手行凶，是也不是？」

此話一出，吳大六和吳此仁都面露驚色，連平素少有驚訝之色的辛鐵柱也是如此。

「什麼行竊？什麼行凶？我……我不知道你在說什麼。」吳大六說出這話後，能感覺到辛鐵柱的力道驟然加重，但他仍不改口，「姓辛的，你便是擰斷我胳膊，我也是不知道！」

「宋大人，這些根本就沒有的事，你要大六怎麼承認？」吳此仁有些惱怒了，「你這般所為，豈不是用刑逼供，栽贓陷害？我敬你是所謂的青天好官，才一直對你客氣，別以為我是怕了你。你再這樣，休怪我告到官府去！」

宋慈看著吳此仁和吳大六，心中翻湧起一股恨意。

當年禹秋蘭死後，衣櫥裡少了一雙宋鞏的鞋子，其他東西則被翻得很亂，似乎凶手有意將衣櫥翻了個底朝天。祁駝子曾懷疑凶手是為了尋找某樣東西，之前行香子房遭遇行竊，或許也是凶手所為，也是為了尋找這樣東西。但是祁駝子還曾提及了一處不起眼的細節——衣櫥裡的衣物上有一些灰土。

禹秋蘭一向愛乾淨，住進行香子房的頭一天，將衣櫥裡擦拭一新後，才把乾淨的衣物鞋襪疊整齊後放入其中，短短幾天時間，裡面根本不可能出現灰土。他由此想到了另一種情形，衣櫥不但被人翻找過，而且有人曾進入過衣櫥，因為鞋子踩踏了衣物，衣物上才會出現灰土。

宋慈聯想到此前行香子房曾遭遇偷竊，推想會不會是母親遇害那天，竊賊因為上一次沒有偷到值錢的東西，趁著他一家三口外出，大著膽子又進入行香子房行竊，將衣櫥翻得一片狼藉，卻遇到母親突然返回——此前兩天禹秋蘭為了給宋鞏趕製新衣，都是早出晚歸，只有遇害當天是未時返回客舍——竊賊來不及逃走，被迫躲入衣櫥，衣物上才會留下灰土。倘若真是這樣，母親回房後便沒離開過，那竊賊便沒有脫身的機會，只能一直躲在衣櫥裡。凶手若是蟲達，那蟲達入房行凶之時，衣櫥裡的竊賊便算是親眼見證了一切。宋慈正是因為推想出了這種可能，才會尋找與偷盜有關的吳此仁，才會查問吳此仁的同夥是誰。

吳大六的突然出現，其來臨安的時間，以及與吳此仁的關係，正好印證了這個同夥的存在。可是他沒有任何證據，無法證實吳此仁主守自盜，更無法證實吳大六就是那個入房行竊的竊賊。他知道韓侂胄一定會追查與彌音有關聯的人，留給他查案的時間只會越來越少，他太過心急了，以至於見到辛鐵柱動手，他也未加阻止。吳此仁說得不錯，他此舉與用刑逼供沒什麼兩樣，哪怕吳此仁和吳大六真是竊賊，他也不該這麼做。

宋慈深吸了一口氣，道：「辛公子，你放了他吧。」

辛鐵柱對宋慈言聽計從，怒哼一聲，一把將吳大六推開了。

「對不住二位，多有得罪。」宋慈心亂如麻，說完這話，轉身走出了仁慈裘皮鋪。吳此仁跟著走到門口，見宋慈並未走遠，而是站在街邊，似乎還沒有打算離開，辛鐵柱則緊跟在宋慈的身側。

「什麼宋青天，我今天算是長見識了。」吳此仁故意說得很大聲，生怕宋慈聽不見似的，還故意「呸」了一聲，朝外吐了口唾沫。

辛鐵柱回過頭去，怒目瞪視。

「開門便遇鬼，真是晦氣！」吳此仁道，「今天這生意，我看不做也罷！」便搬來門板，準備拼上大門。

正當這時，那去送貨的夥計趕回來了。吳此仁問貨有沒有送到，那夥計說已經送到了鄒員外的手中。吳此仁讓那夥計拼上門板，關了鋪面，又讓那夥計守在門邊，說再有人來，先別開門，到後堂報知於他。

吳此仁和吳大六回了後堂，進入臥室，將房門關了起來。

「這姓宋的，怎麼會突然跑來查錦繡客舍的事？」吳大六詫異道。

「你剛才出來得晚，沒聽到他的來歷。」吳此仁道，「當年錦繡客舍那樁命案，殺妻的舉子姓宋，還帶了一個五、六歲大的兒子，你該不會忘了吧？」

吳大六愣了愣，想到宋慈的年齡，道：「你是說，這姓宋的，就是當年那個五、六歲大的兒子？」

吳此仁點了點頭，手在腰間一比，道：「當年這小子也就這麼點高，想不到如今長這麼大，還成了什麼提刑官。我以為他找上門來，是昨晚的事走漏了風聲，原來他是來查他爹娘的案子。查就查吧，他還繞來繞去，問我是不是主守自盜，又問我有沒有同夥，還問我見沒見過一個斷指的住客……」

「斷指的住客？」吳大六聲音一緊。

「是啊，說什麼右手缺失了末尾二指，問當年錦繡客舍的住客裡，有沒有這麼個人。」吳此仁屈起右手末尾二指，比畫了一下，「怎麼，你知道？」

吳大六搖搖頭，好一陣沒有說話。十多年了，當年錦繡客舍的事，他幾乎都快忘掉了，宋慈這突然上門一查，反倒令他的記憶一下子清晰了起來，當年那一幕幕驚心動魄的畫面，一股腦地躥回到了他的腦海裡。

十五年前，吳大六尚且十六、七歲，捨棄了碼頭上的力氣活，如宋慈推想的那般，與吳此仁一明一暗，裡應外合，在錦繡客舍幹起了主守自盜的勾當。兩人屢屢得手，所得財物都由吳此仁拿去折銀解庫換錢，再與吳大六平分。比起在錦繡客舍掙那一月四、五貫的工錢，以及在碼頭搬搬扛扛地賣苦力，這錢來得可謂是又多又快。

二人最後一次在錦繡客舍中聯手行竊，便是在十五年前紹熙元年的三月間。那時吳此仁利用身為大夥計的便宜，對前來投宿的住客多加留意，暗中物色行竊的目標。宋鞏雖然穿著樸素，但畢竟是進京趕考的舉子，這樣的舉子大多會四處打點關係，往往會隨身攜帶不少錢財，再加上宋鞏入住後的第二天，一口氣買回了六隻肥雞，直接交給火房烹製，分與所有住客享用，出手如此大方，讓吳此仁就此盯上了宋鞏。

就在宋鞏買回六隻雞的當天，趁著入夜後宋鞏外出赴歐陽嚴語之約、禹秋蘭帶著宋慈去百戲棚觀看幻術，負責保管鑰匙的吳此仁偷偷打開房門，溜入行香子房，將宋慈原本關嚴的窗戶打開，隨後鎖好房門，回到櫃檯處繼續迎來送往。與此同時，早已在巷道裡等候多時的吳大六，偷偷翻窗進入行香子房，將房中各處翻找了個遍，卻沒找到任何錢財，最後只偷走了衣櫥裡一些衣物、鞋子。

可這些衣物、鞋子根本換不了幾個錢，吳此仁和吳大六不死心，見宋鞏一家人沒有過多追究，依然時常外出，於是瞅準時機，打算再偷一次。

彼時禹秋蘭為了給宋鞏趕製新衣，一連兩天去玲瓏綢緞莊，直到傍晚才回來，到了第三天，依然一大早便出了門，再加上中午時分，宋鞏又帶著宋慈前去瓊樓赴宴，行香子房空無一人，機會便來了。

雖然是大白天，但吳此仁和吳大六早已輕車熟路，一如既往地裡應外合。吳此仁溜入房中開窗後，回到櫃檯忙活，衝門外經過的吳大六輕輕點頭示意。吳大六得了信號，去到錦繡客舍背面的巷子裡，趁著巷子裡無人之時，他翻窗進入行香子房。然而，這一次出現了意外，他剛開始翻找衣櫥時，禹秋蘭突然回來了。

此前禹秋蘭都是傍晚才回客舍，這一次卻是未時便回。吳此仁剛剛送走了一位看房的客人，才在櫃檯坐下不久，見禹秋蘭回來，驚得一下子站起身來。他拿了鑰匙，往行香子房走去，假意為禹秋蘭開門，嘴上說道：「宋夫人，今天回來得早啊！您住的行香子房，若是需要打掃，隨時招呼一聲就行。」

他故意說得很大聲，還有意提到了房間名字，這是他事先與吳大六定下的暗號，意在提醒房中行竊的吳大六趕緊離開。

正在翻找衣櫥的吳大六聽到提醒，立刻去到窗邊，想要翻窗逃離。然而就在這時，巷道裡忽然有人走來，在窗外站住了。他行竊之時，是將窗戶虛掩上的，此時透過一格格的窗戶紙，能隱約看見一道人影守在窗邊。他不知是何人守在窗外，這一下不敢貿然翻窗出去，又聽得開鎖聲響起，情急之下，只好先躲進了床底下。

吳此仁並沒有就此打開房門，為了給吳大六爭取更多逃離的時間，他故意拿錯了鑰匙，向禹秋蘭連聲道歉，回櫃檯換了鑰匙，一來一去，又是片刻時間過去了。

然而，吳大六躲在床底下，根本不敢逃離，甚至連大氣都不敢喘一口，因為他看見地上的一格格光影在移動，房中的光線明亮了一下，旋即又變暗，與此同時，一雙腳落了地，出現在了窗戶那裡。

他看見這雙腳走向衣櫥，看見衣櫥的門一開一關，看見這雙腳消失在了衣櫥之中。

吳大六很是驚異，一開始以為是有其他竊賊前來行竊，可轉念一想又覺得不對，倘若真是竊賊，怎麼會不翻找東西便躲進衣櫥？聽見房門外有人說話和開鎖，又怎麼會不逃離？他趴在床下不敢動，只聽得「吱嘎」一響，吳此仁已換回鑰匙，打開了房門。

吳此仁站在房門外，望見房中一切還算整齊，知道吳大六還沒來得及大肆翻找財物，又見房中空無一人，以為吳大六已經逃離，於是道一聲「宋夫人請進」，便放心地離開了。

禹秋蘭進了房間，關上房門，在床沿坐了下來。連日趕製衣服，她的身子很是疲憊，但捧著今日為宋慈趕製好的新衣，瞧著那上面的布彩鋪花，摸著那上面的一針一線，想到宋慈穿上這件新衣時高興到蹦跳的模樣，她便欣慰地笑了。

她將這件新衣仔細疊好，起身走向衣櫥，打算將這件新衣先放好，等宋慈回來後，再給宋慈一個驚喜。然而衣櫥的門一打開，出現在衣櫥裡的，竟然是一個人。她的嘴一下子被捂住，隨即腹部一痛，一柄短刀已捅了進去。這一下捅刺得非常用力，她被凶手抵著短刀，推著後退，一直被推到床邊，上半身被壓倒在床上。劇烈的疼痛襲來，她叫喊不出，被捂住的嘴裡只能發出沉悶的嗚嗚聲。

吳大六躲在床底下，只能看見一件布彩鋪花的新衣掉在了衣櫥旁邊，隨即看見兩個人的腳一進一退，從衣櫥來到了床前。因為視線被遮擋，他看不見兩個人在做什麼，但能聽見禹秋蘭驚恐的聲音，能看見禹秋蘭掙扎亂踢的雙腿，能看見順著床沿不斷滴落下來的鮮血，這讓他很清楚地知道正在發生著什麼。他這才明白過來，原來那人進入行香子房躲入衣櫥，不是為了行竊，而是為了行凶殺人。

吳大六的心蹦到了嗓子眼，緊閉著嘴，全身繃住，不敢發出半點聲響。很快，禹秋蘭的嗚嗚聲斷了，雙腳垂著沒了動靜，而行凶之人的雙腳則去到衣櫥前，接著又走回到了床前。

吳大六不知道這人在做什麼，忽然兩隻帶血的手出現在他的眼前。那兩隻手各抓了一隻鞋子，蘸了蘸地上的鮮血，換在了自己的雙腳上。吳大六看得清楚，那兩隻手中的右手，末尾二指已斷，只用剩餘的三指，依然將鞋子抓得很穩。

行凶之人將這雙沾染血的鞋子穿上後，一步步地走到窗邊，似乎是在故意留下帶血的鞋印。隨著房中一格格光影又一次移動，光線再一次一明一暗，那雙腳徹底消失在了窗邊……

此時回想起當年的一切，吳大六的心仍不免一陣狂跳，臉色也有些發白。宋慈推想他入房行竊，目睹行凶，這的確沒有錯，但他不是躲進了衣櫥，而是躲在床底下，躲入衣櫥的則是行凶之人。

「你怎麼了？」吳此仁見吳大六整個人愣住了，推了推吳大六的肩膀。

吳大六回過神來，想了想，道：「這姓宋的查起案來，是出了名的一根筋。上次我被他抓入牢獄，若非那姓元的提刑通融，我怕是至今還沒出來。你我偷盜錦繡客舍的事與這姓宋的爹娘的案子有關，只怕他不查到底，便不會收手。」

吳此仁見吳大六臉色發白，道：「你一向膽大如斗，何時見你怕過？姓宋的是推想出你我偷盜，可那又怎樣？他若是貪官汙吏，我倒要懼他三分，可他被稱作什麼青天好官，這種人查案最講究證據，那還有什麼好怕的？十多年過去了，當年的事，早就沒了證據，只要你我死也不承認，他終歸拿你我沒有法子。你口風緊一點，別因為害怕，便把當年的事抖摟出去。」話音一轉，「眼下之急，是把賈福拿走的錢財弄回來。賈福這狗東西，真是會挑時候，剛才姓宋的在場，我怕他抖出昨晚的事，才把錢財分給了他。那老不死的能交出這筆錢財，都是你我出的力，豈能便宜了他賈福？」

前些日子吳大六去青樓吃酒時，偶遇了賈福，見其打賞陪酒的角妓，出手還挺闊，便有意與之結識。兩人一來二去地喝了幾場花酒，便算相熟了。到了正月十四那晚，賈福在青樓喝得大醉，神色很是愁怨，不住口地唉聲嘆氣。吳大六問賈福為何犯愁，賈福酒後口無遮攔，便向吳大六透露了家底，說自己七、八歲時被一個姓賈的老頭收養，這賈老頭租住在城北報恩坊，一直不事生產，卻總能拿出錢來，他好幾次問過賈老頭哪來的錢，賈老頭卻只是笑笑，從不肯透露究竟。

有一回賈老頭生了重病，似乎怕自己挺不過去，便對賈福交了底，說自己過去在宮裡當差，得了不少打賞，這些年都靠這筆錢財過活。賈福問這筆錢財在何處，賈老頭只說藏了起來，但具體藏在何處，卻不肯說。

賈老頭年紀已大，收養賈福，無非是想留個名義上的香火，盼著自己年老之時，能有個兒子照顧自己，為自己送終。然而賈福一天天長大，卻學會了吃喝嫖賭，尤其愛去青樓廝混，一點也不成器，眼看著這個兒子越來越不待見自己，賈老頭這才故意透露自己私藏了一大筆錢財，還說打算將這筆錢財留給賈福，足夠賈福花銷一輩子，但又不說出藏在何處，好讓這個兒子看在這一大筆錢財的分上，能好好地給他送終。

自從得知了這一大筆錢財的存在，賈福對賈老頭的態度的確好轉了不少，但在其內心深處，實則盼著賈老頭快點死，死前看在他用心照顧的分上，能把這筆錢財的下落告訴他。然而，賈老頭不僅挺過了那場重病，還一天天地越活越精神，賈福看在眼裡，煩在心頭。他背著賈老頭把家裡尋了個遍，沒找到那筆錢財，心裡越加煩躁。就在這時，他結識了吳大六，並在酒後將這些事告訴了對方。

吳大六接近賈福本就沒安什麼好心，立刻便打起了這筆錢財的主意。當晚他與賈福在街邊不歡而散，轉頭便去仁慈裘皮鋪找到了吳此仁。他與吳此仁相識已久，早年一起幹過不少偷雞摸狗的勾當，但最近幾年，吳此仁來了個金盆洗手，開起了裘皮鋪，做起了正當營生，與他之間來往漸少。

他對吳此仁說，賈老頭有一大筆錢財，多到足夠花銷一輩子，想讓吳此仁與他再次聯手，將這筆錢財奪過來，到時兩人平分。吳此仁原本不想再幹這種勾當，但今年這個正月，裘皮生意突然不如往年好做，他年前就訂下的一批裘皮，眼看又要運到，到時又得付一大筆錢，手頭正有些緊，最終被吳大六說動。他說這是最後一次，這一次幹過之後，就當兩人從不認識，讓吳大六再也不要來找他。

吳大六拉攏吳此仁後，隔天便去向賈福賠禮道歉，還說自己有法子，能讓賈老頭把這筆錢財拿出來。賈福問是什麼法子，吳大六便領著賈福去見了吳此仁，說他二人可以與賈福聯手演一齣戲，假裝賈福欠了他二人一大筆賭債，他二人上門討債，各種威逼恐嚇，逼賈老頭拿出錢來了事。只不過事成之後，他二人要從這筆錢財裡分走一半。

賈福覺得這個法子甚好，但提出三七分成，他拿走七成，剩餘的三成留給吳大六和吳此仁。吳大六和吳此仁不大情願，仍要求對半分。賈福便說賈老頭遲早會死，這筆錢早晚是他的，不肯按他說的來分成，那麼這齣戲就不必演了，大不了他再多等幾年。

吳大六和吳此仁生怕賈福反悔，於是答應了下來。其實他二人根本不在乎怎麼分成，只因從一開始，便沒打算將這筆錢財分給賈福。

這場上門討債的好戲定在了昨晚。吳此仁和吳大六氣勢洶洶地去到賈福家中，以賈福欠下巨額賭債為由，逼著賈福還錢，為了演得逼真，把賈福抓了起來，真拳實腳地打了一頓，還拿出刀子威脅，賈福更是哭著跪地討饒。

賈老頭阻止不得，最終回到臥室，取出了一些金銀，用來替賈福還債。吳大六和吳此仁見狀，知道賈老頭的錢財就藏在臥室裡，衝入臥室一通翻找，最終在床底下的最裡側發現了一塊活動的地磚，在地磚下找到個埋起來的罐子，裡面裝滿了各種金銀珠玉。

吳大六和吳此仁不由分說，將床挪開，挖出那個罐子要帶走，賈老頭自然是拚命攔阻。吳此仁惱怒之下，一腳將賈老頭踹翻在地，這一腳用力太狠，直踹得賈老頭半死不活，趴在地上動彈不得。

這一罐金銀珠玉弄到了手，按吳大六和吳此仁的本意，是準備來個假戲真做，到時候一口咬定賈福的欠債是真的，獨吞了這筆錢財。他二人讓賈福先留在家中看著賈老頭，別讓賈老頭報官，等將這些金銀珠玉都換成了錢，再與賈福分成。哪知賈福對他二人不信任，轉過天便找上門來索要錢財，又正好遇到宋慈上門查案，吳此仁怕賈福鬧起來會節外生枝，這才如約將七成金銀珠玉分給了賈福。

此時吳此仁和吳大六一合計，覺得主意是他二人出的，力氣也是他二人出的，到頭來卻是賈福拿大頭，真是豈有此理。吳此仁雖是最後一次做這等勾當，但這樣的虧他可不吃，吳大六自然也不願便宜了賈福，無論如何，他們二人都要把賈福拿走的錢財再奪回來。

# 第七章　被典當的凶器

吳此仁和吳大六關起門來合計之時，宋慈一直等在仁慈裘皮鋪附近的街道上。

辛鐵柱守在宋慈身邊，見宋慈長時間站在原地不動，道：「宋提刑，沒事吧？」

宋慈搖了搖頭，道：「沒事，我在等克莊回來。」

辛鐵柱這才想起，先前那個被喚作賈寶官的客人離開時，宋慈曾在劉克莊耳邊低語了幾句，劉克莊便急匆匆離開了，直到此刻還沒回來。

二人在仁慈裘皮鋪附近等了許久，劉克莊的身影終於出現了，他步履甚急，行過鹽橋而來。

宋慈迎上前去，道：「克莊，怎樣？」

劉克莊勻了一口氣，道：「我照你說的，一路跟著那個賈寶官，見他不是去什麼櫃坊，而是去了北面的折銀解庫。他抱著那件冬裘進了折銀解庫，過了好一陣才出來，先前的冬裘沒了，人倒是欣喜若狂，隨後便去了瓊樓吃酒。」

原來之前吳此仁帶賈寶官去後堂取冬裘時，不但劉克莊看出有蹊蹺，宋慈也看出了不對勁。但當時宋慈並未叫破，而是選擇在賈寶官離開時，叫劉克莊偷偷跟去，看看這賈寶官究竟是不是取貨的客人，是不是要回櫃坊。

「折銀解庫？」宋慈記得這四個字，先前吳此仁吩咐夥計去送冬裘，就是送給折銀解庫的鄒員外。

他神色一凝，像是突然想到了什麼，道：「走，去折銀解庫看看。」

折銀解庫離得不遠，往北行至觀橋，橋西一處懸掛「解」字招牌的店鋪便是。這解庫又喚作質庫，是以物質錢、典當東西的去處，小一些的解庫，可以典當衣冠鞋帽、金銀玉器，大一些的解庫，連牛馬之類的活物，甚至奴婢都能典當。這些解庫大多奉行「值十當五」，客人所當之物會被壓至半價，如期贖回，解庫便賺取高額息錢，過期未取，所當之物便歸解庫所有，是以出入解庫的，要麼是走投無路之人，拿家當去換救命的錢，要麼便是盜賊之流，將所得的贓物拿去換成錢財。

這兩類人前者沒什麼本事，後者見不得光，解庫看準這一點，不但壓低當物價錢，有的還會店大欺客，故意將櫃檯建得很高，意為「高人一等」，還用鐵柵欄圈起來，只留一個腦袋大小的圓洞，每當收進當物時，客人稍不注意，當值的便會將當物調包，以假亂真。客人若是發現了要爭辯，解庫養的一大批護院便會冒出來，一通拳腳招呼，將其趕出。

宋慈、劉克莊和辛鐵柱來到折銀解庫時，卻見這家解庫並未設置鐵柵欄，櫃檯也非高人一等，當值的濃眉大眼，說起話來頗為客氣，先言明自家解庫不當活物，再問三人要當什麼東西。

宋慈向當值的表明身分，說有案子待查，想見一見鄒員外。當值的臉上似有喜色，讓三人稍等，自己則快步入解庫廳通傳。

此時解庫廳內，鄒員外正抓起一件嶄新的冬裘，上上下下看了兩眼。這件冬裘毛色均勻，柔軟順滑，一看便是上品，但他還是把頭一搖，隨手將冬裘丟在了一邊。桌上擺放著茶盞，盞中無熱氣升騰，可見茶水已冷，但他並不在意，拿起來便喝了一口。這時當值的進來通報，說外面來了三人要求見他。

鄒員外隨口問道：「什麼人？」

當值的應道：「來人自稱是前段時間破了好幾起案子的宋提刑。」

「宋提刑？當真是他？」鄒員外忽地將茶盞一擱，臉上大有驚喜之色，「快快，快相請！」

當值的立刻回到櫃檯，將宋慈、劉克莊和辛鐵柱領入解庫廳，與鄒員外相見。

鄒員外儀表堂堂，穿著雖然富貴，卻頗有幾分威武，說起話來也有幾分草莽味道：「你們哪位是宋提刑？」待宋慈表明身分之後，他喜道：「你就是敢把韓珍治罪的宋提刑？」上下打量了宋慈一番，「竟然這等年少，想不到，想不到啊！」哈哈一笑，請宋慈等人坐了，吩咐當值的趕緊擺置熱茶，觀其言行舉止，倒像是與宋慈十分熟絡。

當值的一邊擺置茶盞，一邊添上熱茶，見宋慈等人似有異色，笑道：「我家員外雖然開的是解庫，為人卻是仗義疏財，最好打抱不平，一聽說太師獨子被治罪，那是拍案叫好，就恨自己沒能去到當場，親眼瞧上一瞧，對宋提刑那是整天掛在嘴邊，就想與宋提刑見上一面。」

宋慈聽了這話，想到當值的提起韓珍時還要稱之為「太師獨子」，鄒員外卻是直呼其名，毫無避諱，其人性情之直爽，好惡之分明，由此可見一斑。剛剛坐下的他，當即站起身來，畢恭畢敬地向鄒員外行了一禮。

鄒員外忙道：「宋提刑不用多禮，快快請坐。」

宋慈坐下之時，看了一眼扔在一旁的冬裘，瞧其毛色和大小，應該就是此前吳此仁吩咐夥計送到折銀解庫的那件。

他道：「今日冒昧打擾員外，是想向員外打聽一些事。」

「宋提刑想打聽什麼？」鄒員外手一抬，「但說無妨。」

「不知員外是否認識吳此仁？」

「你是說，仁慈裘皮鋪的吳老二？我認識他。」鄒員外抓起那件丟在一邊的冬裘，「你瞧，這不就是他剛給我送來的裘皮？我又不愛穿這東西，他還每年往我這裡送。」

宋慈原以為這件冬裘是鄒員外買下的，沒想到是吳此仁奉送的，道：「吳此仁每年都給員外送裘皮？」

「是啊，自打這吳老二開了裘皮鋪，每年一到正月，便準時給我送一件裘皮來。今年我還當他不送了，結果還是送來了。」

鄒員外將冬裘丟給當值的：「拿去折了錢，與大夥兒一起分了。」

當值的喜道：「多謝員外。」捧著冬裘，樂呵呵地去了。

當值一走，鄒員外的身子稍稍前傾，道：「宋提刑，吳老二是不是犯了什麼事？」

「員外為何這麼問？」宋慈道。

「你可是提刑官，來我這裡定是為了查案，再說這吳老二本身就不乾淨，犯了事也不稀奇。」

「吳此仁如何本身就不乾淨？」

「不瞞宋提刑，我開設這解庫，平日裡少不了有客人來典當財物，除了那些等錢救急的人，還有什麼樣的人會來典當財物，想必不消我說，宋提刑也能明白。」鄒員外慢慢說道，「這吳老二沒開裘皮鋪前，隔三岔五便來我這裡典當財物，典當的大都是金銀首飾、玉石寶器，每次換了錢就走，從不贖回。他一個窮小子，哪來這麼多值錢貨，不用想也能知道。幾年下來，他從我這裡換走了不少錢，就是用這些錢，他才開得起那裘皮鋪。」

宋慈看著鄒員外，不免有些詫異。解庫常作為賊盜銷贓的去處，各地官府都是睜一隻眼、閉一隻眼，很少插手查處，這是人盡皆知的事，但至於銷贓的賊盜具體姓甚名誰卻是私密，任何一家解庫都不會輕易對外洩露，否則往後的生意便很難做。然而鄒員外不等宋慈問及，便如此輕易地將吳此仁典當各種值錢財物的事抖摟出來，就算鄒員外對他多有仰慕，也應當不至於此。

宋慈道：「所以吳此仁每年送裘皮來，是希望員外替他保守祕密？」

鄒員外道：「這吳老二雖然沒有明說，但料想他是這用意。」

「那員外為何不替他保密，一見面便告訴了我？」宋慈沒有掩飾心中疑慮，直接問出了口。

「換了別人來問，哪怕是高官大員，我也未必會透露一二。」鄒員外看著宋慈，「可你不一樣。」

「有何不一樣？」

鄒員外沒有立刻答話，而是朝劉克莊和辛鐵柱看了看。

「員外只管放心，這位劉克莊，這位辛鐵柱，都不是外人。」宋慈道，「員外有什麼話，直說就行。」

鄒員外此前一直只關心宋慈，這時聽到劉克莊名字，道：「原來你就是劉克莊。」

劉克莊笑道：「我劉克莊就是個無名小輩，想不到鄒員外也知道我。」

「劉公子大名，我鄒某人是聞之已久。」鄒員外說道，「既是宋提刑與劉公子到來，那我還有什麼好顧慮的。二位一定知道葉籟吧？就是前陣子名揚全城的大盜『我來也』。」

宋慈大感意外，與劉克莊對視了一眼，劉克莊同樣面露訝異之色。

「我豈能不知？」宋慈道，「葉籟兄為了助我破案，不避囹圄之禍，挺身做證，指認韓㣉罪行，於我有大恩。」

「不瞞二位，其實我也認識葉籟老弟，我知道他是大盜『我來也』，只怕比二位更早。」鄒員外道，「吳老二之流，充其量就是些偷雞摸狗的毛賊，只有葉籟老弟這般劫富濟貧、行俠仗義之人，那才是真正的大盜。葉籟老弟盜來的錢，大可直接散給窮苦人家，但一些貴重的金銀玉器實在太過招眼，直接散出去只怕會給那些窮苦人家惹來麻煩，是以他每次劫富後，都會把這些金銀玉器拿來我這裡，換成錢後，再拿去濟貧。」

說起葉籟，鄒員外一臉仰慕之色，繼續道：「我在這折銀解庫坐地二十餘年，見過的賊盜實在不少，新賊也好，慣偷也罷，不管是膽小如鼠之輩，還是窮凶極惡之徒，我一眼就能看得出來。當初第一次見到葉籟老弟，我就看出他身有正氣，不是凡俗之輩，這樣的人物行偷盜之事，必定事出有因。

他來過幾次之後，我發現他典當的一些金銀玉器，竟是城中一些高官大戶的失竊之物，這些高官大戶都是被大盜『我來也』所盜，那時我便知道他的身分了。後來他再來質錢，原本該值十當五的，我讓當值的足額給他。如此一來二去，足額的次數多了，他終於難忍好奇，來問我原因。

我說那些金銀玉器都是接濟窮苦人的，我可不能剋扣窮苦人的錢財。他知道我已察覺他的身分，非但沒有為難我，反而直爽地承認他便是『我來也』。此後他每有義舉，都來我這裡質錢，我每次都足額付錢，還提前把錢分裝入袋，方便他散與窮苦人家。」

這番話一說出來，劉克莊頓生敬意，起身道：「原來鄒員外曾助葉籟兄行此義舉，請受劉克莊一拜！」

鄒員外攔住劉克莊，不讓他下拜，道：「劉公子，你是葉籟老弟的故交，這可就見外了。」請劉克莊坐下後，他才接著道，「葉籟老弟最後一次來見我時，提到了劉公子，也提到了宋提刑。他說宋提刑以一人之力查案追凶，哪怕案情牽涉當朝權貴，哪怕遭遇各種阻礙，也沒有絲毫遮掩退避，還說宋提刑為了救朋友，為了救眾多素不相識的武學學子，寧願自己受韓珍誣陷，攬下一切罪責，被官府打入牢獄。

葉籟老弟說，這世上少有他佩服之人，雖然與宋提刑只見了幾面，卻對宋提刑佩服至深，還說無論如何都要助宋提刑一臂之力。當時我還不知道他要做什麼，直到第二天全城人都在談論『我來也』的真名是葉籟，我才知道他去了府衙，自認身分，為宋提刑做證。我只恨沒能親自去到當場，沒能幫上葉籟老弟任何的忙。」說到這裡，他直視著宋慈，「能讓葉籟老弟佩服的人，我鄒某人自然也佩服。宋提刑來查案，我自當知無不言，言無不盡，就算只有一絲遮掩，那都是對不起葉籟老弟！」

宋慈心中激蕩，似有千言萬語，但到了嘴邊，只拱手道：「多謝員外！」

「宋提刑想知道吳老二什麼事，只管問來。」鄒員外道，「我與他打過十多年的交道，也算知道他不少事。」

宋慈問道：「我想知道，紹熙元年，吳此仁有沒有來員外這裡典當過東西？」

「紹熙元年？」鄒員外暗暗一算，說道，「這怕是有十多年了。」

「是有十五年了，不知員外有無留存當年的收解帳本？」宋慈知道時間久遠，鄒員外極大可能不記得，他只寄希望於折銀解庫保有當年的收解帳本，能透過收解帳本看一看吳此仁有沒有來典當過東西，以及典當的東西是什麼。

吳此仁和吳大六怕被追究偷盜之罪，不肯承認當年在錦繡客舍中行竊，他終歸需要自己找出證據來，於是想到偷來的東西必然要銷贓，而銷贓很可能會去解庫，再加上吳此仁正好提到了折銀解庫，以及那個有些古怪的賈寶官也去了折銀解庫，他才想到來折銀解庫尋鄒員外打聽。

「我這解庫做的是贖買贖賣的營生，難免有人過了期限才想起贖回當物，來我這裡追索，」鄒員外道，「所以這白紙黑字的收解帳本最為緊要，每一年的我都留著。」

宋慈眼睛一亮，道：「可否讓我看一看紹熙元年的收解帳本？」

「當然可以。」鄒員外立刻喚入當值的，吩咐將紹熙元年的收解帳本取來，交到了宋慈的手中。

這冊收解帳本很厚，整個用油紙包裹起來，保存得很是完好，雖然紙張變得老舊、泛黃，但沒有蟲蛀、霉變，上面的字跡依然清晰。宋慈一頁頁地翻看，帳本上的字密密麻麻，紹熙元年每一日的收解紀錄，從誰人那裡收取了什麼當物，當物價值多少，有無贖回，到期後是否倒手賣出，賣去了何處，皆有寫明，可謂是翔實有序，一目了然。

這世上的解庫，幹的多是欺壓當客的勾當，帳冊少不了各種塗改和缺失，然而鄒員外開設折銀解庫，卻把帳冊做得如此精細，既沒有缺失任何一頁，也不見一字塗改，可見在收解帳本上沒有任何造假，當真是世所罕見。

宋慈翻看收解帳本之時，心中對鄒員外更增敬意。

過不多時，宋慈翻到了三月和四月的收解紀錄，吳此仁的名字出現了兩次。按照帳本所記，吳此仁前一次來折銀解庫，是在三月二十七，典當的是衣服、鞋子，後一次是在四月初一，也就是禹秋蘭遇害的次日，典當的是一枚玉扣平安符和一支銀簪子。

宋慈從韓絮處得知，母親遇害當天，曾從韓淑那裡獲贈一枚極為貴重的平安符。他也記得父親曾送給母親一支銀簪子，這支銀簪子很可能是殺害母親的凶器之一。這兩樣東西，案發後都不知所終，如今出現在吳此仁的典當紀錄中，可見當年吳此仁的確在錦繡客舍主守自盜，而當母親遇害之時，吳此仁的同夥——他推想極大可能是吳大六——也的確藏身在行香子房中，目擊了凶手行凶，事後極可能見財起意，將值錢的平安符和銀簪子一併順走了。

宋慈想著這些，繼續朝帳本上看去，只見這兩樣當物都注明了過期未贖，被一個叫作「金學士」的人買走了。他將這一頁帳本示與鄒員外，詢問金學士是何人，又問這兩樣當物是否還能追回。

鄒員外看罷帳本所錄，道：「這位金學士，就是個倒賣金銀古玩的本地商人，我也有多年未見此人，不過多找人問問，應該能尋得到他。至於這兩樣當物，金學士買去了定還會倒賣給他人。這平安符是玉質的，按著買主一路追下去，或許還能尋到原物。銀簪子嘛，到底是金銀器物，又過了十多年之久，只怕早就熔了重鑄他物，要想尋得原物怕是有些難。」

這兩樣當物如能尋回，與收解帳本放在一起為證，便可證實吳此仁曾主守自盜，而且那支銀簪子極可能是殺害禹秋蘭的凶器之一，一旦尋得，對破案必有幫助。

宋慈拱手道：「在下有一不情之請，還望員外能施以援手，幫忙追尋這兩樣當物的下落，尤其是那支銀簪子。」

「宋提刑，你是葉籟老弟的朋友，你但有所請，我鄒某人都是在所不辭。」鄒員外拍著胸脯答應下來，「只要這兩樣當物還在這世上，就算是天南海北，我也一定為你尋來。」說完，他立刻喚入當值的，吩咐多派人手，去尋金學士的下落。

「多謝員外相助。」宋慈道，「無論是否追尋得回，在下都將感激萬分！」

鄒員外擺手道：「追尋當物，不過些許小事，宋提刑不必言謝。」

「我還有一事，想向員外打聽。」宋慈道，「不知員外是否認識吳大六？」

「吳大六？」鄒員外搖頭道，「不認識。」

宋慈暗暗心想：『看來當年吳大六只負責行竊，事後來折銀解庫銷贓，都是由吳此仁出面。』又問道：「那員外可識得一個叫賈寶官的人？」

「賈寶官？」鄒員外仍是搖頭，「沒聽說過。」

「這個賈寶官，片刻之前應該來過員外這裡，典當過一件冬裘。」

「宋提刑說的是賈福吧。」鄒員外道，「此人就是個無賴，哪是什麼寶官？他方才是來過我這裡，典當的可不止冬裘，還有一堆金銀珠玉。」

「他典當了金銀珠玉？」

「這賈福鬼鬼祟祟的，把金銀珠玉都裹在冬裘裡一起拿來典當，其中不少做工精細的都是上品。」

「可否取來看看？」

「宋提刑稍等，我這便去取來。」鄒員外立刻去到解庫後廳，親自取來了一件包裹著金銀珠玉的冬裘，擱在宋慈面前。

宋慈對金銀珠玉的瞭解僅限於銀器可用於驗毒，若論金銀珠玉的做工和價值，他是知之甚少，此前關於金箔的事，他都是詢問劉克莊方可得知。

劉克莊在這方面卻是如數家珍，翻看了其中幾樣，道：「的確不是凡品，不似民間器物。」

鄒員外拇指一豎，道：「劉公子好眼力，這些金銀珠玉確非凡品，只怕是達官貴族或宮中用度，才能有此品相。」

宋慈看著這些金銀珠玉，回想方才吳此仁和賈福見面時的場景，思忖了片刻。該問的都已問完，他向鄒員外再次道謝，起身告辭。

鄒員外將他們三人一直送到解庫門口，說追尋當物的事一旦有所進展，會立刻差人去太學告知。

離開了折銀解庫，宋慈等三人往太學而回。

一路上，宋慈一語不發，無論腳下怎麼走，眼睛始終怔怔地望著身前不遠處的地面。劉克莊見他這樣，知他是在推想案情，也不出聲打擾，默默在其身側行走，辛鐵柱則是不時地看看周圍。自打宋慈在泥溪村遇襲之後，辛鐵柱每次護衛宋慈出行，不論身在何處，都會時刻留意四周，以防有任何突發變故。

行至前洋街，太學已遙遙在望，辛鐵柱忽然見太學中門外站了好幾個差役，便出聲提醒了宋慈和劉克莊。

那幾個差役的旁邊，有一人大腹便便，正是韋應奎，劉克莊低聲道了一句：「是府衙的人。」想到韋應奎一向聽命於趙師睪，趙師睪又唯韓侂冑馬首是瞻，眼下韋應奎突然帶著差役守在太學外，很可能是為了今早韓侂冑遇刺的事而來。

劉克莊心下所慮，宋慈也已想到，腳下仍是不停，走了過去。

韋應奎在太學中門外來回走動，顯得甚不耐煩，忽見宋慈出現，立馬迎上前來道：「宋提刑，總算等到你了。知府大人有請，還請你隨我往府衙走一趟吧。」

劉克莊沒好氣地道：「趙知府能有什麼事，要找我家宋大人？」

「宋提刑一向精於驗屍，那是眾所周知。」韋應奎道，「知府大人請宋提刑去，是想請宋提刑驗一具屍體。」

「驗什麼屍體？」宋慈問道。

韋應奎道：「今晨韓太師在御街遇刺，刺客當場受誅，但這刺客的屍體有些古怪，想請宋提刑驗上一驗。」

宋慈知道刺客是彌音，也聽說了彌音死於行刺當場，此非有意遮掩的凶殺，按理說不會有什麼異樣，道：「有何古怪？」

「屍體身上有一些奇怪的血痕，像是刺客生前自己刻上去的。」韋應奎應道，「我身為府衙司理，已盡力查驗，但能力所限，還是驗不明白，知府大人這才命我來請宋提刑。」

「韋司理這麼有自知之明，」劉克莊舉頭朝西邊一望，「這太陽，可不就出來了嗎？」

韋應奎想起上回在蘇堤驗屍時，劉克莊便曾這般譏諷過他。他皮笑肉不笑道：「宋提刑，不知你去還是不去？」

宋慈沒有立刻回答，默然不語，似在考慮。

劉克莊見狀，湊近宋慈耳邊，低聲道：「趙師睪向來與你不和，姓韋的更是記恨於你，突然請你去府衙驗屍，只怕有蹊蹺。」

宋慈點了點頭，但他心中另有一番想法。他與彌音私下見面的事，有望仙客棧的夥計為證，並不難查到，趙師睪若要為難他，大可以此為由，直接將他抓捕，如今卻是請他去府衙驗屍。再說彌音是僅剩的知曉韓侂冑祕密的人，若彌音身上真有血痕，還是彌音自己留下的，必有其用意，倘若他不去，豈不是錯過了這最後的線索？

宋慈向劉克莊低聲道：「縱然有蹊蹺，我也要走這一趟。」遂提高聲音道：「韋司理，走吧。」

劉克莊見宋慈已做出決斷，便不再相勸，眼看宋慈隨韋應奎而去，當即與辛鐵柱一起跟上，隨行左右。

韋應奎瞥了劉克莊和辛鐵柱一眼，道：「劉公子，知府大人只請了宋提刑，你和這位辛公子，我看就不必去了吧。」

「我是宋提刑的書吏，宋提刑驗屍查案，我一向在其身邊，隨行記錄。宋提刑既是去府衙驗屍，怎可少得了我？」劉克莊腳下絲毫不停，「這位辛公子，那是宋提刑雇來的副手，協助宋提刑追查案件，自然也少不了他。你不想讓我二人同行，難不成是心裡有鬼？」

韋應奎撇了撇嘴，道：「你二人既然定要同行，那就請便吧。」

一行人向南而去，抵達臨安府衙時，已是向晚時分。

直入府衙，來到長生房外，趙師睪由幾個差役簇擁著，正等候在此。見宋慈到來，趙師睪笑臉相迎，道：「宋提刑，本府還擔心請不動你，你來了就好。屍體就在裡面，請吧。」

長生房內一片昏暗，能看見正中央停放著一具屍體，但看不清屍體的容貌，不知是不是彌音。

宋慈跨過門檻，踏入了長生房內，劉克莊和辛鐵柱正要緊隨而入，房中忽然點起燈火，門後閃出幾個甲士，將二人擋在門檻之外，為首之人是披甲按刀的夏震。

只聽趙師睪道：「太師今日剛剛遇刺，為免再生不測，你二人不可入內。」

話音未落，只見長生房內昏暗之處，緩步走出一人，出現在燈火之下，其人鬚髯花白，正是韓侂胄。

劉克莊和辛鐵柱知道情況有異，想要強行入內，卻被甲士橫刀攔住。辛鐵柱橫臂一推，夏震抬手抵住，兩人勁力一對，竟是旗鼓相當，彼此定在原地，皆無進退。

宋慈忽然回頭道：「克莊、辛公子，你們在外稍等。」

韓侂胄突然出現，這是他意料之外的事，但他的想法一如先前，韓侂胄若真的要對付他，大可以他與刺客私下見面為由，直接將他抓捕，犯不著請他來驗什麼屍。劉克莊和辛鐵柱若是硬闖，只會落人口實，一旦被安上行刺太師的罪名，到時可就成了俎上之肉，任憑韓侂胄處置了。

隔著一排甲士，劉克莊望著宋慈，神色仍有遲疑。宋慈衝他略微點頭，示意他不必擔心，劉克莊這才叫住辛鐵柱，不再硬闖，一起留守在外。

夏震吩咐那一排甲士退出房外，隨即關上了房門，只留下他、韓侂胄和宋慈在長生房內。

宋慈向韓侂胄行了一禮，道了一聲「見過太師」，便向停放的屍體走去。距離近了，他見屍體的臉上滿是血汙，仔細辨認，的確是彌音，其人衣服破碎，手腳斷裂，身上血跡斑斑，遍布大大小小的傷口，可見彌音行刺之時，經歷了一場多麼慘烈的搏殺。

想到彌音決絕赴死，成仁取義，宋慈不禁心潮起伏。他盡可能地保持冷靜，將手伸向彌音的屍體，打算褪去其衣服，著手查驗。

「你做什麼？」韓侂胄的聲音忽然響起。

宋慈應道：「查驗血痕。」

「什麼血痕？」

「韋司理說刺客身上有血痕，受趙知府吩咐，叫我來驗屍。」

「我只讓趙師睪差人叫你來，可沒說是叫你來驗屍。」

宋慈這才明白過來，所謂血痕云云，大抵是韋應奎怕他不肯前來府衙故意撒的謊。這個韋應奎，欺上瞞下，一貫如此。但宋慈還是褪去彌音的衣服，見其身上除了新受的刀傷，便是一些舊的燒傷，以及一道道早已癒合的疤痕，根本沒有所謂的血痕。

「太師叫我來，」他為彌音合上衣服，轉身面對韓侂冑，「不知所為何事？」

韓侂冑朝彌音的屍體看了一眼，道：「這個刺客，你認識？」

宋慈沒有否認，道：「認識。」

「昨日下午，望仙客棧，你與這刺客見過面？」

宋慈又應道：「見過。」

「我還以為，你不會承認。」韓侂冑道，「既是如此，那我問你，這刺客交給你的東西，現在何處？」

宋慈心下詫異，但未表露在臉上，道：「什麼東西？」

韓侂冑兩道陰冷的目光在宋慈臉上打轉，道：「你與刺客私下會面，有客棧夥計為證，我隨時可以抓你下獄，治你死罪。如今你還能站在我面前，你是個聰明人，應該想得明白。」

宋慈知道韓侂冑既已查知他與彌音見過面，那彌音是淨慈報恩寺的僧人，想必也已被韓侂冑查明，道：「我昨日是去過望仙客棧，也的確見過這刺客。這刺客名叫彌音，乃是淨慈報恩寺的僧人，我此前去淨慈報恩寺時，早與他見過多次。倘若僅憑這一點，便要論治死罪，那望仙客棧裡的夥計與客人，淨慈寺中的僧眾與香客，豈不是都要被治罪？」

「我叫你來，不是為了聽你巧舌如簧。」韓侂胄道，「你把東西交出來，過去的事，我可以既往不咎。」

宋慈從未從彌音處得到過什麼東西，但韓侂胄一再提及，似乎彌音手中握有韓侂胄極為看重的某個東西。他回想一切來龍去脈，蟲達也好，何太驥也罷，他們都知道韓侂胄的一個祕密，且蟲達手握關於這個祕密的證據，何太驥更是假稱從蟲達那裡得到了這個證據，以此來威脅韓侂胄。

「太師想要的東西，」他道，「是蟲達留下的證據吧？」

韓侂胄目中寒光一閃，腦海深處飛快地掠過了一樁往事。

十年前，在位於八字橋韓宅的書房之中，他將一方絹帛揉作一團，丟進了炭盆，正在等待火起，忽然有人敲門，說有急事稟報，聽聲音是蟲達。他打開房門，蟲達報稱劉弼登門拜訪，說有十萬火急之事前來求見，此刻正在大廳等候。

劉弼曾與他同為知閤門事，當時他與趙汝愚交惡，心想劉弼此來，又說有十萬火急之事，必定與趙汝愚有關，連忙去大廳相見。劉弼果然是為趙汝愚的事而來，向他進言趙汝愚如何瞧他不起，已有獨攬定策之功、將他貶黜外放的徵兆，還建言他盡快控制住台諫，否則恐萬劫不復。

他與劉弼密議之後，返回書房。因趙汝愚的事心神不寧的他，無意間朝炭盆看了一眼，卻見盆中除了火炭，便只有一丁點的灰燼。他記得之前離開書房時，曾將那方絹帛丟入炭盆。如今灰燼只有這麼一丁點，豈不是那方絹帛沒有被燒掉？他一下子想到去大廳時走得太急，當時把蟲達留在了書房門口，此刻卻一直不見蟲達的身影。他頓時臉色一變，意識到那方絹帛極可能是被蟲達拿走了。

想起這樁往事，韓侂胄的臉色變得陰沉起來，沒回答宋慈的問話，只吐出三個字：「交出來。」

「這個證據，」宋慈搖頭道，「不在我這裡。」

「你奉聖上口諭，暗中追查蟲達一案，當真以為我不知道？」韓侂胄道，「這刺客行刺時稱蟲達為將軍，可見是蟲達的親信，在沒把東西處理好之前，諒他也不會冒死行刺於我。他行刺前只見過你，你卻說東西不在你手上，以為我會信嗎？」他之前已派夏震去淨慈報恩寺仔細搜過，沒能找到蟲達留下的證據，料想彌音行刺前，只與宋慈見過面，定是把證據交給了宋慈。

「太師信也好，不信也罷。」宋慈緩緩躬身行了一禮，「既然不用驗屍，那我就告辭了。」轉身向外走去。

韓侂胄的聲音在宋慈身後響起：「宋慈，今日你一旦踏出這個門，休怪我翻臉不認人。」

宋慈腳下一頓，道：「我能回答的，都已回答過了，太師想要的東西，我實在無可奉告。」說完，邁步走到門前，見夏震擋在此處，絲毫沒有讓開的意思，他道：「太師既然知道我奉聖上口諭查案，那就請不要阻攔我離開。」

韓侂胄盯著宋慈看了一陣，忽然點頭道了一聲「好」，揮了一下手，夏震這才拔出門閂，拉開了房門。

門一打開，劉克莊和辛鐵柱立刻迎了上來，見宋慈安然無恙，二人懸著的心才算落了地。

宋慈跨過門檻，踏出房門。他向趙師睪和韋應奎各看了一眼，由劉克莊和辛鐵柱陪著向外走去。

韓侂胄走到長生房的門口，趙師睪立馬趨步至韓侂胄身前，躬身請示道：「太師，要不要下官吩咐差役，這就將宋慈拿下？」

「不必了。」韓侂胄望著宋慈走遠的背影，「用不了多久，他自會來求我。」

# 第八章　第三次入獄

這一晚，宋慈徹夜難眠。

離開臨安府衙後，在回太學之前，宋慈去了一趟錦繡客舍的行香子房，與韓絮見了一面。

他奉聖上口諭查蟲達一案的事，能被韓侂胄知道得一清二楚，這令他多少有些意外。他出入淨慈報恩寺，出入歐陽嚴語的住處，出入望仙客棧，這些行程難免被人目擊，韓侂胄一旦細查，或許能知道他在追查蟲達的案子。但他領受皇帝口諭，那是絕密之事，除了韓絮以及劉克莊和辛鐵柱外，再未對任何人透露。可是這等絕密之事，卻被韓侂胄獲知，那必然是有人泄了密。

劉克莊和辛鐵柱自然不會這麼做，而韓絮曾與夏震私下見面，洩密之人，只可能是韓絮，韓絮接近他，興許別有所圖，那麼韓絮所講述的關於他母親禹秋蘭的事，也就有可能不是真的。他要追查母親的死，必須基於實情，所以他要當面向韓絮問個清楚。

得知宋慈的來意後，正在客房裡自斟自酌的韓絮，臉上掠過了一絲失望之色。她有些幽怨地看了一眼自己還纏裹著紗布的手臂，輕聲說了一句：「難怪這兩日宋公子沒來找我，我還當你忙於行課，沒工夫查案。」

她放下酒盞，緩緩地搖了搖頭，說她從沒有洩露過任何關於查案的事，不過夏震的確來找過她，還說韓侂胄知道她那兩天與宋慈待在一起，問宋慈到底查到了些什麼，她一個字也沒回答。至於此前她向宋慈講述的關於禹秋蘭的事，一樁樁、一件件乃至每個細節，都是千真萬確的。

宋慈一向細緻入微，善於察言觀色，他從始至終都在留意韓絮的神情。韓絮沒有表露出絲毫欺瞞的神色，一開始得知宋慈並不信任她時，臉上甚至閃過了一絲失望之色，向自己受傷手臂看去時目光頗有些幽怨，這些根本不可能裝得出來。

宋慈向韓絮道了謝，退出行香子房，叫上等候在房外的劉克莊和辛鐵柱，一起離開了錦繡客舍。

回到前洋街上，三人在太學中門外彼此分別，宋慈和劉克莊回了太學，辛鐵柱則自回武學。

就在宋慈和劉克莊進入太學後不久，前洋街的西側，搖搖晃晃地走來了一人，是滿臉通紅、酩酊大醉的賈福。

賈福時不時地摸一摸胸口，懷中厚厚的一疊行在會子，令他翻起鼻孔，擺出一副趾高氣揚的模樣。時有路人經過，他故意啐出一口唾沫，吐在其腳邊，惹來冷眼，他卻絲毫不懼地瞪了回去。路人見他大醉，不願招惹是非，自行走掉了。他更加得意，嘴裡哼起了淫俗小調，從太學中門外走過，晃悠悠地向東去了。

賈福沿著前洋街走遠後，又有兩人從太學中門外經過，是吳此仁和吳大六。兩人對視一眼，遠遠跟在賈福的身後，也向東去了。

宋慈與劉克莊已經回到了習是齋。時辰已經不早，同齋們大都已經睡下，火爐旁還留了一壺熱水。兩人就著熱水擦臉、洗腳後，回到各自的床鋪睡下。沒過多久，齋舍裡便鼾聲四起。

一眾鼾聲之中，宋慈卻沒有半點睡意。

宋慈思來想去，腦中全是今日見韓侂胄和韓絮時的場景。韓絮倘若沒有洩露他奉旨查案的事，那洩密之人又會是誰？過去那幾起命案當中，是許義對外洩露他查案的事，可追查蟲達一案，追查他母親的案子，許義從始至終都未跟隨。韓侂冑突然見他，提及了蟲達留下的那個證據，倒是提醒了他。

蟲達死後，那個證據若真由彌音得到了，那彌音應該會將這個證據妥善處置好，再選擇去行刺赴死。彌音的確見過他，但別說將這個證據給他，就連韓侂冑的那個祕密，都始終不願說與他知道。除自己外，彌音就只見過歐陽嚴語，他會不會是將這個證據交給了歐陽嚴語？倘若這個證據還在，那就還有查出韓侂冑祕密的一線希望。

宋慈想著這些疑問，時而困惑，時而激動，幾乎徹夜無法入睡，直至五更梆聲響過之後，才迷迷糊糊地睡了片刻。

天剛剛亮，宋慈便起了床。他雖然神色疲倦，但不等水燒熱，用冷水洗了把臉，便決定出門了——他打算立刻去興慶坊，再次拜訪歐陽嚴語，查清楚那個證據的下落。劉克莊見他要出門，立刻披衣穿鞋跟上。

宋慈和劉克莊來到太學中門時，因為時候太早，門還關著，平日裡負責開門的齋僕還沒來。兩人合力抬起沉重的閂木，打開了中門。

門開之後，卻見街邊除了一些早點浮鋪，還候著兩人，其中一人穿著僧服，是淨慈報恩寺的居簡和尚，另一人拄著拐棍，是以燒賣炭墼為生的祁老二。兩人神色都很焦急，似乎在中門外等候已久，一見門開，又見出現在門內的人是宋慈，趕忙迎上前來，一個叫著「宋提刑」，一個喊著「宋大人」，來請宋慈救急。尤其是祁老二，放倒了拐杖，忍著大腿上的疼痛——那是上次泥溪村遇襲時中箭留下的傷——要跪下地去。

宋慈急忙扶住祁老二，問二人出了什麼事。祁老二說，這兩天他哥哥祁駝子回到了泥溪村，陪著他伐木燒炭，沒再去城南義莊，也沒再去櫃坊賭錢，他為此甚是高興。然而昨天夜裡，忽然有一批甲士闖入家中，聲稱祁駝子涉嫌謀刺韓太師，將祁駝子抓走了，又說搜查證據，將家中翻了個遍，但什麼也沒找到。

祁老二驚慌失措，不知祁駝子是不是真犯了什麼事，甚至連祁駝子被抓去了何處都不清楚。他在城中沒什麼認識的官吏，只認識身為提刑官的宋慈，這才想到來太學找宋慈求救。

祁老二趕到太學時，天剛濛濛亮，居簡和尚已經在中門外焦急地等著了。同樣是在昨天夜裡，同樣是一批甲士闖入了淨慈報恩寺，以窩藏刺客、謀刺太師為由，將住持道濟禪師抓走了。居簡和尚憂急萬分，這才來找宋慈救急。

二人拍打了中門好一陣，一直不見人來開門，只好在外等待。

想到彌音曾在淨慈報恩寺出家為僧，以窩藏刺客為由抓走道濟禪師，勉強還能說得過去，可是以謀刺太師為由將祁駝子抓走，那不是故意栽贓、誣陷嗎？宋慈忽然生出了一種不好的預感，先寬慰了居簡和尚和祁老二，說道濟禪師和祁駝子只要沒犯事，他一定盡全力解救，讓二人先回去等待消息。

宋慈帶上劉克莊，又去武學叫上了辛鐵柱，向歐陽嚴語所居住的興慶坊趕去。三人連早飯也不吃，在擺設了不少浮鋪的大街小巷間一路疾行，以最快的速度趕到了歐陽嚴語的住處。

然而一到這裡，那不好的預感立馬應驗。此時還是一大早，歐陽嚴語的住處卻是家門大敞，門閂更是掉落在地上。宋慈急忙走進門內，卻見各處陳設一片狼藉，彷彿被強盜劫掠過一般，那個老僕正彎腰蹲地，默默地收撿著散碎器具。

聽見腳步聲，那老僕抬起頭來，老眼紅腫，竟似不久前才大哭過一場。他認出了宋慈，顫顫巍巍地起身。宋慈忙上去扶住那老僕，問出了什麼事，那老僕流下淚來，說昨天深夜，一群甲士闖入家中，聲稱歐陽嚴語夥同刺客謀刺太師，強行將人抓走，接著又以搜尋謀刺證據為由，將家中各處翻找得一片狼藉。

宋慈環顧各處，問那老僕道：「那些甲士可有找到什麼東西？」

那老僕搖搖頭，說那些甲士裡裡外外地翻找了好幾遍，最後什麼也沒找到。

『宋慈，今日你一旦踏出這個門，休怪我翻臉不認人。』韓侂胄昨日說過的這句話一下子迴響在宋慈的耳邊。

宋慈查案期間，先後與道濟禪師、祁駝子和歐陽嚴語有過接觸，這些甲士聽從韓侂胄的命令，以謀刺太師的罪名將這三人抓走，那是故意抓給他看的，又對三人所在之處大肆搜查，那是怕他與這三人接觸之時，將蟲達留下的證據交給三人保管。韓侂胄這是正式翻臉了，要逼他交出蟲達留下的證據。

宋慈看了看劉克莊，又看了看辛鐵柱，以韓侂胄的手段，只怕接下來就要拿他最為親近的這二位好友開刀了。他忽然眉頭一凝，想起了韓絮。韓絮多次替他解圍，又拒絕向韓侂胄告密，等同於跟韓侂胄公然作對。雖說韓絮是韓家人，又貴為郡主，受到皇帝寵愛，但韓侂胄連楊皇后都不放在眼裡，又何況是一個郡主呢？

錦繡客舍離興慶坊很近，宋慈擔心韓絮出事，立刻叫上劉克莊和辛鐵柱，一起趕去了錦繡客舍。

宋慈一進客舍大門，喚住跑堂夥計詢問，得知昨晚客舍裡一切安好，沒有任何甲士來過。宋慈略微放心，走到行香子房外，叩響了房門。

房中無人應答，宋慈再度叩門，依然如此。

宋慈問跑堂夥計，行香子房的住客是不是外出了。那跑堂夥計記得宋慈昨晚來過，說宋慈昨晚離開之後，行香子房的客人便沒再出來過，又說此刻天時尚早，想來是客人還沒起床吧。

就算沒有起床，但聽見了叩門聲，總該給一、兩聲回應吧。宋慈用力地拍打房門，房中還是沒有任何應答，之前那種不好的預感，一下子又彌漫在宋慈的心頭。

房門是從裡面閂上的，他從房門前讓開，示意辛鐵柱強行破門。

辛鐵柱當即沉肩側身，朝房門用力撞去，只一下，門閂限木脫落，房門「砰」地一聲開了。

宋慈進入房中，抬眼望去，床上桌前皆是空空蕩蕩，不見韓絮人影。他嗅了兩下，皺起眉頭，彷彿嗅到了什麼異味。見房中的屏風展開著，他快步繞到屏風之後，卻見韓絮躺在地上，口鼻出血，腦袋周圍的地磚上，有著一大片血跡。

他驚叫一聲「郡主」，俯身去探韓絮的鼻息和脈搏，觸手冰涼，毫無動靜，其人已然死去。

劉克莊緊跟著來到屏風之後，目睹此狀，驚聲道：「郡主她……」

宋慈搖搖頭，道：「死了……」

他見韓絮衣帶鬆散，裙衫不整，又見窗戶微微開著，窗框上留下了少許血跡，像是鞋子沾了血後踩踏出的鞋印，可以推想曾有人踏窗逃離，韓絮應該是遭人所害。

韓絮口鼻流出的血，以及腦袋周圍的血跡，全都已經乾涸，再加上身子完全涼透，可見韓絮遇害已久。他摸了摸地磚上的血跡，從血跡發乾的程度來推算，只怕韓絮上半夜便已遇害。

一夜之間，歐陽嚴語、祁駝子和道濟禪師相繼被抓捕，韓絮在客房中遇害，宋慈沒想到韓侂胄所謂的翻臉竟會到達如此地步。他看著韓絮的屍體，不久前韓絮闖入劉太丞家為他解圍的場景歷歷在目，韓絮在瓊樓憑欄把酒追憶舊事的場景也躥入腦海，十五年前在百戲棚與韓絮比鄰而坐、韓絮張開雙臂攔在身前阻擋韓㺭施暴的一幕幕場景，更是從記憶深處翻湧而起……他漸漸咬緊了牙關，兩腮鼓脹，雙手緊攥。

「克莊，」宋慈的聲音低沉，「你速去提刑司，請喬大人來，要快！」

他雖然心潮翻湧，但沒有忘記此刻該做什麼。趙師睪一向對韓侂胄言聽計從，府衙只怕很快就會來人接手此案，喬行簡是極少數擁有查案之權又品行正直的官員，郡主遇害乃是大案，提刑司有權繞過府衙，直接接手。

「我這便去！」劉克莊立馬飛奔出了客舍，朝提刑司趕去。

「辛公子，」宋慈又道，「請你守住房門，在喬大人到來之前，不准任何人踏入房中半步，就算是府衙的官吏差役，也不許進！」

辛鐵柱應了，立刻去到房門口，魁梧雄壯的身子往那兒一站，聞訊趕來的客舍夥計和住客圍聚在外，不敢近前一步。

提刑司就在城北，離錦繡客舍不算太遠，沒過多久，劉克莊便帶著喬行簡趕來了。

喬行簡帶來了文修和武偃，以及包括許義在內的十多個差役，一到現場便封鎖了行香子房，又吩咐所有夥計和住客在接受查問之前不得擅自離開，隨後進入行香子房，來到韓絮的屍體前，著手準備驗屍。

宋慈見府衙沒有來人，放心的同時，卻又不免有些奇怪。

韓絮遇害，倘若是韓侂胄指使的，只怕府衙的人早就等在附近，只等韓絮的死被人發現後，便會進入客舍接手此案。他正是有此擔心，才讓劉克莊以最快的速度趕去提刑司請來喬行簡。

然而，錦繡客舍發生命案的消息，在喬行簡到來之前，已經由客舍夥計和住客們傳了出去，但府衙的人並未如他預料的那樣出現，甚至喬行簡已經帶人趕到了，府衙的人還是沒有現身。直到喬行簡初檢完韓絮的屍體，韋應奎才帶著差役來到了錦繡客舍。

當韋應奎出現在行香子房外時，宋慈見其神色不大耐煩，帶來的差役也只有區區幾個，似乎並不知道死的人是身為郡主的韓絮，以為這只是一起普通命案。

韋應奎見行香子房有提刑司的差役把守，又見宋慈出現在這裡，很是吃了一驚。當得知遇害的是新安郡主後，他更是大驚失色，立刻命手下差役趕回府衙通報趙師睪。

喬行簡已經初檢完了屍體，沒有在韓絜身上發現銳器傷，其腦袋周圍的出血，來自腦後的損傷。這處損傷有些許向內凹陷，應該是仰跌倒地，腦後磕在地磚上以致顱骨開裂，至於口鼻出血，應該也是顱骨受損造成。

喬行簡初步推斷，韓絜應該是站在窗邊時，被從窗外闖入的凶手撲倒在地，腦後重磕在地磚上，顱骨裂損致死。而且韓絜裙衫不整，衣帶鬆散，凶手極有可能是想侵犯韓絜。

對於喬行簡的查驗結果，宋慈完全認可。在喬行簡驗屍之時，宋慈已將房中各處仔細查看了一遍，一切陳設與他昨晚來時一模一樣，沒有任何翻找過的痕跡，甚至韓絜的一些首飾還好端端地放在銅鏡旁，由此可見凶手劫財殺人的可能性很低。

喬行簡命武偃將客舍的夥計和住客一個個帶入，由他親自查問各人昨晚身在何處，有沒有見過什麼人出入行香子房，有沒有聽見行香子房中傳出什麼動靜。一番查問之後，得知昨晚只有一人去過行香子房，那就是宋慈，此後房中沒傳出任何動靜，韓絜也未再現身。

喬行簡問宋慈昨晚為何來見韓絜，宋慈據實以答，說他昨晚為了查案，與劉克莊、辛鐵柱一起來錦繡客舍找韓絜，當時他留劉、辛二人在外，獨自進入行香子房與韓絜相見，想向韓絜求證一些事情，至於求證什麼，因韋應奎在場，他沒有細說。喬行簡一聽，便知道宋慈是在追查蟲達的案子，也因為韋應奎就在一旁，便沒再繼續追問。

韋應奎守在旁邊，聽著喬行簡查問各人，心中暗暗焦急。他對宋慈恨之入骨，得知宋慈與新安郡主的死牽扯上了關係，立刻察覺到這是對付宋慈的大好機會，然而他官位低微，不敢當著喬行簡的面造次，唯有盼著趙師睪快些到來。

他不時朝房門外望上一眼，當喬行簡查問完所有人時，終於有成片的腳步聲響起。得知是新安郡主遇害，趙師睪不敢有絲毫怠慢，派人去吳山南園通知韓侂胄的同時，親自率領一大批差役趕來了錦繡客舍。

趙師睪一到場，韋應奎立刻湊近前去，低聲稟報了此案的重要關節。趙師睪一對細眼在宋慈身上打轉，道：「宋提刑，你我昨日才在府衙見過面，想不到今日又見面了。新安郡主一向得聖上恩寵，你牽扯上她的死，可就休怪本府無情了。」

說完，趙師睪吩咐眾差役，上前拿下宋慈。

「此案已由提刑司接手，就算要拿人，恐怕也輪不到趙大人吧？」宋慈是昨晚唯一見過韓絮的人，而且在這次見面之後，韓絮再未現過身，宋慈自然有行凶的嫌疑。但喬行簡知道宋慈絕不可能殺人，不打算坐視宋慈被趙師睪抓走。

「喬大人此言差矣！人人都知道，宋慈是你提刑司的屬官，既是屬官牽連的命案，豈能交由你這位主官來查？我大宋可沒有這等規矩。」趙師睪冷哼了一聲，「上次本府到提刑司移案，喬大人可是按規矩辦事的，難道這一次要逾規越矩不成？」

「宋慈幹辦期限已到，早已不是我提刑司的屬官。」喬行簡朝宋慈看了一眼，「如今他只是太學一學子，我提刑司自然用不著回避。此案死者是新安郡主，乃是重大案件，當由我提刑司查辦。趙知府請回吧。」

「喬大人的規矩，真是又多又活，本府算是長見識了。」趙師睪語氣一變，「宋慈眼下不是提刑幹辦，可前幾日還是，喬大人自當回避。就算鬧到聖上那裡，此案也由不得你提刑司來查。韋司理，還不拿人？」

韋應奎等的就是這句話，立刻招呼眾府衙差役上前。

「文修、武偃！」喬行簡一聲冷喝，文修和武偃立刻帶著眾提刑司差役，擋住了韋應奎的去路。

繼上次在提刑司偏廳對峙之後，這兩撥差役又一次在行香子房裡對峙起來。在十多天前的楊茁失蹤案中，府衙和提刑司的差役還曾聯手追尋楊茁的下落，如今卻勢同水火，彼此手按刀柄，怒目相向。

上一次移案運屍時，趙師睪沒有撕破臉皮，選擇了讓步，回去後便被韓侂胄訓了一頓，這一次他當然不會再退讓。他臉色鐵青，正要吩咐差役強行抓人，忽有金甲之聲傳來，一批甲士來勢洶洶地衝入錦繡客舍，圍住了行香子房。

夏震當先開路，韓侂胄面色冷峻，踏入房中。

一間不大的客房中擠滿了人，兩撥差役更是近在咫尺地劍拔弩張，韓侂胄聲音一沉：「要反了嗎？」

趙師睪忙躬身道：「下官不敢！」

說完，趙師睪忙揮手示意，讓韋應奎招呼眾府衙差役退出房外。

喬行簡向韓侂胄行了一禮，也讓文修和武偃帶領眾提刑司差役暫且退了出去。

「新安郡主何在？」韓侂胄道。

喬行簡答道：「稟太師，在屏風後。」

韓侂冑快步來到屏風之後，朝橫屍在地的韓絮看了幾眼，怒道：「誰人這麼膽大包天，竟敢殺害當朝郡主？」

喬行簡道：「凶手尚不知是誰，下官一定盡快查明。」

「怎麼不知是誰？」趙師睪斜了宋慈一眼，吩咐韋應奎站出來，當著韓侂冑的面，將案情如實講述了一遍。

韓侂冑聽罷，說道：「大宋自有法度，王侯貴冑殺人，當與庶民同罪，況一小小提刑？趙知府，將嫌凶拿下，押回府衙，詳加審問。」

說這話時，宋慈就站在一旁，韓侂冑卻始終沒朝宋慈看去一眼。

喬行簡忙道：「太師，下官查驗過郡主的遺體，也查驗過房中各處痕跡。郡主的致命傷位於腦後，是與地磚大力磕碰所致，窗框上留有帶血的鞋印，凶手應是從窗外闖入，出其不意將郡主撲倒，致郡主腦後遭受重創而死，隨後再從窗戶逃離。宋慈昨晚雖來這裡見過郡主，但他是從房門離開的，而且之後他便回了太學，太學裡的學子應該都能做證。宋慈絕非凶手……」

「絕非？」韓侂冑忽然道，「宋慈曾是提刑幹辦，精於驗屍斷案，他殺人後故意在窗上留下血印，又故意一大早趕來發現屍體，以此誤導查案，難道就沒有這種可能？喬行簡你身為浙西提刑，如此草率定論，難道因為宋慈曾是你下屬，便打算庇護他嗎？」

喬行簡道：「下官不敢。可是宋慈……」

宋慈站在一旁，一如當初太學岳祠案那般，沒有為自己辯白。

「王侯殺人與庶民同罪」云云，那是他治罪韓珍時，曾親口說過的原話，想不到如今被韓侂胄用還在了他的身上。他想到數日之前，也是在這間行香子房裡，他險些被栽贓嫁禍，好在當時韓絮有意幫他，壞了韓侂胄的圖謀。然而數日之後，想不到這一幕還是發生了，只是這一次沒有人引誘他來行香子房，是他自己來的。

他知道韓侂胄所言沒錯，眼下的確不能排除他殺人後偽造現場的嫌疑，而且這一次韓侂胄看起來是鐵了心要將他抓走，他知道再怎麼爭辯都是無用，反而只會連累喬行簡，連累劉克莊和辛鐵柱。

宋慈打斷了喬行簡的話，道：「喬大人，太師所言不錯，我是有行凶嫌疑，該當下獄受審。大人身為浙西提刑，理應回避。」

此言一出，喬行簡為之一驚。劉克莊和辛鐵柱護在宋慈身邊，雙雙轉過頭來，詫異地看著宋慈。

「你瘋了嗎？」劉克莊壓低聲音道，「這次你可不能這樣！」他知道宋慈不可能殺人，就算身背嫌疑要被抓走審問，去到提刑司大獄還好，可一旦被抓去府衙關進了司理獄，以韋應奎的手段，必定對宋慈施加各種酷刑，挾私報復。

宋慈卻向劉克莊和辛鐵柱各看一眼，道：「克莊、辛公子，你二人不可阻攔。」說罷，宋慈從二人之間走出，伸出雙手，等待抓捕。

劉克莊想起上次宋慈在望湖客邸獨自攬下一切罪責的事，一把拉住宋慈，道：「這次說什麼我也不能讓你一個人擔著！」

辛鐵柱則是守在宋慈身邊，怒目瞪視著韓侂冑。

韓侂冑冷冷地看著三人，忽然道：「趙知府，劉克莊和辛鐵柱去望仙客棧私見刺客的事，可有查明？」

「回稟太師，望仙客棧有夥計做證，劉克莊和辛鐵柱前日曾與宋慈一起，去望仙客棧私見刺客彌音，此事下官已派人查實。」趙師睪稟道，「圖謀行刺太師，這二人都有份，該當一併問罪！」

「好，」韓侂胄輕描淡寫道，「那就一併拿下吧。」

此話一出，金甲之聲立刻震徹房中，夏震率領眾甲士上前抓人。

辛鐵柱當即橫跨一步，將宋慈和劉克莊都護在身後。好幾個甲士衝了上來，他拳腳如風，勢大力沉，將幾個甲士撂倒在地。

夏震陰沉著臉，躍步上前，與辛鐵柱動起了手。夏震壯如牛虎，身手了得，辛鐵柱與其拳腳相接，一時間旗鼓相當。其餘甲士紛紛拔刀出鞘，趁勢向辛鐵柱圍攻而去。

辛鐵柱雖然勇武非凡，但畢竟是赤手空拳，面對這麼多人圍攻，難免顧此失彼，不多時便負了傷，點點鮮血灑落在地。

刀劍無眼，再這麼鬥下去，辛鐵柱可能會死在當場，宋慈道：「辛公子，住手！」他連叫了好幾遍，可這一次辛鐵柱卻是紅了眼，絲毫沒有停手的打算。辛鐵柱與眾甲士拚鬥之時，不忘宋慈和劉克莊在自己身後，拚命護住二人，一步一步地後退，直到被逼至牆角，退無可退。

辛鐵柱怒吼一聲，忽然一拳擊中夏震的面門，將夏震擊退了幾步，隨即劈手一抓，抓住右側砍來的刀口，想要奪刀在手。好幾柄刀同時砍來，辛鐵柱縮手不及，手臂鮮血飛濺，牆壁上的「酒花白，眼花亂，燭花紅」等題字被濺上了一絲血線。

劉克莊急叫辛鐵柱住手，辛鐵柱怒喝連連，仍不打算停下。又打倒了好幾個甲士後，辛鐵柱的兩條腿也先後被砍傷。這時，夏震緩過那一拳的勁道，又攻了上來。這一次辛鐵柱再難抵擋，最終被夏震反折了手臂，壓倒在地上，為眾甲士所擒。他渾身血跡斑斑，猶自滿面凶悍之色。

宋慈和劉克莊始終被辛鐵柱護在身後，沒有受一絲半毫的傷，直至辛鐵柱倒下，才有甲士近到宋慈和劉克莊的身前，將二人擒住。

韓侂胄立在房門口，目睹了眾甲士拿人的全過程。他看辛鐵柱的眼神為之一變，想到北伐在即，如此勇武非凡的武學學子，還是辛棄疾的後人，竟與自己公然為敵，心下甚覺可惜。趙師睪陪在韓侂胄的身邊，看得細眼瞇縫，面帶微笑。韋應奎跟在趙師睪的身後，則是嘴角勾起，一臉得意非凡之色。

喬行簡站在另一側，神色從最初見到宋慈等人被甲士圍攻時的憂急，變成了最終見到宋慈等人被擒後的無奈。他非常欣賞宋慈的為人，也一直試圖保救宋慈，可是局勢到了這個地步，他已是束手無策。

短短二十天內，這已是宋慈第三次身陷囹圄了。

第一次他被關進了提刑司大獄，安然無事；第二次他被關進了司理獄，戴了一整天的重枷；這一次他仍是被投入了司理獄，卻不再像前兩次那般輕鬆。入獄的當天，他便被韋應奎以審問為由，押去了刑房。等他重新被押回牢獄時，身上的青衿服多處開裂，一道道帶血的鞭痕觸目驚心。

劉克莊和辛鐵柱也被抓進了司理獄，兩人被關押的牢獄離刑房不遠，都目睹了宋慈出入刑房的全過程。眼見宋慈被鞭打得滿身傷痕，劉克莊抓著牢門，衝韋應奎破口大罵。韋應奎一臉得意地冷笑，指使獄卒將劉克莊拽出牢獄，拖入刑房，同樣打了一頓鞭子。他對宋慈和劉克莊恨入骨髓，如今這兩人總算落入他的手中，當然要好好地折磨一番，方解心頭之恨。趙師睪打過招呼，韓太師留這些人有用，不能傷及性命。韋應奎牢記在心，沒有動用大刑，只拿鞭子鞭打。

司理獄中牢房眾多，不只關押了宋慈、劉克莊和辛鐵柱，此前被捕的歐陽嚴語、祁駝子和道濟禪師等人也被關在這裡，此外還有更早入獄的葉籟，以及被宋慈治罪下獄的韓㺭。

韓㺭雖因殺人入獄，每日卻被好吃好喝地伺候著，有獄卒專門打掃他的那間牢獄，還擺放了桌子和被褥供他起居，他在這地牢之中可謂是賓至如歸。即便如此，他仍是滿心憤恨，對出入的獄卒動輒破口大罵，時刻把宋慈的名字掛在嘴邊，每天都會咒罵上好幾十遍。

如今見宋慈、劉克莊和辛鐵柱都被關了進來，韓㺭大笑起來：「你們幾個驢球的，是怕本公子寂寞，一個個地進來作陪？」

宋慈被關押的牢獄與他相鄰，他對宋慈極盡冷嘲熱諷，吃飯之時拿著酒肉招搖，貼近宋慈的牢獄大吃大喝。自打宋慈等人被關入司理獄，韓㺭反倒沒之前那麼怨恨了，時不時便放聲大笑，就連對待獄卒的態度都好轉了不少。

宋慈對韓㺭卻不予理睬，無論多麼難聽的譏諷和辱罵，他都是置若罔聞，甚至很少向韓㺭看上一眼。

劉克莊被關押得稍遠一些，但韓㺭嗓門大，辱罵宋慈的話，劉克莊聽得一清二楚。

宋慈對韓珍置之不理，劉克莊卻是忍不了，一聽韓珍開罵，立刻反唇相譏。韓珍起初兩天對著宋慈譏諷辱罵，到後面覺得宋慈跟木頭似的，罵得再多再狠，全無反應，實在無趣得很，便轉而與劉克莊隔空對罵。劉克莊遍身都是被鞭打的傷痕，獄中吃食也跟糟糠一般難以下嚥，只被關了幾天，便渾身提不起力氣，但他罵起韓珍來卻是精神百倍，毫不示弱，有時葉籟也會幫腔幾句，辛鐵柱則是躺在牢獄裡默不作聲。每次隔空對罵，都以劉克莊被韋應奎抓去刑房，挨上一頓鞭打收場。但他回到牢獄後，只要稍稍緩過了疼痛，依舊與韓珍對罵不止。

宋慈身在牢獄之中，大多時候都靜靜地坐著，困倦之時便倒頭睡覺，很少開口說話。只有被押入刑房面對韋應奎時，他才會開口相勸，希望韋應奎身為司理參軍，能仔細查驗屍體，多加查訪線索，早日抓到殺害韓絮的真凶。韋應奎只覺得好笑，說他這就是在追查真凶，每日都會鞭打宋慈，逼宋慈承認殺害韓絮的事實。

每當此時，宋慈便不覺想起父親。當年宋鞏也曾身受誣陷，被關押在這司理獄中，時任司理參軍的郭守業同樣不去查案，只顧嚴刑逼迫宋鞏認罪。想不到十五年過去了，司理參軍早已換了人，當年父親遭受的一切，竟還會在他的身上重演。他不肯屈從，哪怕每天身上的舊傷痕還未結痂，便又添加新傷痕。

宋慈在司理獄中一關便是整整半個月。在此期間，除了韋應奎和獄卒外，只有夏震來見過宋慈一次。

當時，夏震獨自等在刑房，當宋慈被押進來後，夏震只問了宋慈一句「肯不肯把東西交出來」，宋慈說東西不在他那裡，夏震也不多言，轉身便離開了。此外沒有任何人來見過宋慈，甚至沒有任何官員來提審過他。

至於劉克莊、辛鐵柱和歐陽嚴語等人，明明是以謀刺太師的罪名被關押進來的，卻同樣不見官員前來提審，劉克莊和辛鐵柱還會時不時地被拉去刑房受那鞭刑。宋慈知道韓侂胄這麼做，無非是想拿這些人的生死來逼他就範，要他自行交出蟲達留下的證據。可他根本就沒有這個證據，如何交得出去？

上次他入獄之時，還有劉克莊在外奔走營救，可這次劉克莊和辛鐵柱都被關進來，已沒人能幫得到他，外面的消息也就澈底斷了。

宋慈不知道自己會被關押多久，以為會是很長一段時間，但到了第十五天，韋應奎忽然陰沉著臉來到司理獄中，命令獄卒打開牢門，將宋慈押往府衙公堂。

來到公堂之上，只見兩排差役分列左右，趙師睪一臉不大情願地升堂入座。喬行簡坐在側首，身後站著文修和武偃，坐在對面側首的則是當朝太尉楊次山。堂下跪了三人，分別是吳此仁、吳大六和賈福。

「宋慈既已帶到，」楊次山看了趙師睪一眼，「趙知府，那就開始審案吧。」

趙師睪應了聲「是」，拿起驚堂木，猶豫了一下，拍落下去，道：「堂下所跪何人？所告何事？」

吳大六向左看了看楊次山，又向右看了看喬行簡，最後看向趙師睪，道：「知府大人在上，小人吳大六，」指著跪在一旁的賈福，「告賈福殺害了新安郡主。」

「賈福如何殺害新安郡主？」趙師睪道，「你從實說來。」

吳大六當堂講述了事情由來。原來那日賈福分走七成金銀珠玉後，吳大六和吳此仁私下合計，要將這筆錢財奪回來。吳大六瞭解賈福的性子，知道賈福得了這麼多錢財，一定會急不可耐地去花天酒地。當時還是大白天，很多青樓還沒開樓，料想賈福一定是去了某家酒樓喝酒，吳大六便尋了幾家賈福常去的酒樓，最後在瓊樓找到了賈福。

吳大六和吳此仁沒有露面，暗中盯著賈福，到了入夜之後，見賈福喝得酩酊大醉，離了瓊樓，一路上哼著小曲，經過太學，又途經錦繡客舍，看樣子是要往熙春樓而去。當時正是熙春樓開樓的時辰，按賈福的性子，應是要去溫柔鄉里好好地享受一番。

吳大六和吳此仁一路尾隨，打算伺機搶奪錢財。當賈福走進錦繡客舍背後的巷子裡時，兩人見這裡昏暗無人，正是動手的好地方。然而就在這時，賈福突然停住了腳步。吳大六和吳此仁嚇了一跳，以為被賈福發現了，急忙在巷口躲了起來。

賈福突然止步，並不是因為發現身後有人跟蹤，而是因為錦繡客舍的一扇窗戶忽然被掀了起來，一個女子出現在了窗邊。賈福瞧得真切，正是正月十四那晚，他喝醉酒後一路尾隨過的那個身姿婀娜的女子。當時那女子走進了錦繡客舍，沒想到，好幾天過去了，還住在這家客舍之中。

賈福不知道那女子是貴為郡主的韓絮，見對方一直住在客舍裡，心想：『良家婦人哪會在外拋頭露面，住在客舍之中？』

他酒勁正足，再加上得了一大筆錢財，懷中揣著厚厚一疊的行在會子，很是志得意滿，走上前去，仰起一張滿是麻子的臉，一臉淫笑地瞧著韓絮，道：「娘子，一個人住在這裡，那不是寂寞得緊？」他已經透過窗戶，瞧見韓絮身後房中似乎沒有其他住客，猜想韓絮應該是孤身一人，「要不妳讓我進來，好生地陪妳解解悶。」

韓絮不久前才送走了宋慈，因為宋慈對她的不信任，讓她心中很不是滋味，打開窗戶只是為了排解煩悶的心情。她冷冷地瞧了賈福一眼，道了一句：「無禮！」伸手便要關窗。

賈福趁機抓住韓絮的手，狠狠地捏了一把，驚得韓絮一下子縮回了手。賈福笑道：「我看娘子也不是十七、八歲的黃花姑娘了，不在自家待著，卻來外面住，那還害什麼臊？」又摸了摸自己的胸口，「我這裡多的是錢，妳讓我進來睡上一晚，要多少錢，我都給你。」

「有錢很了不起？」韓絮冷言冷語道，「也不瞧瞧自己長什麼樣子，把手拿開！」說著，又要關窗。

賈福臉上長了不少麻子，平日裡最恨別人譏諷他的長相，上次吳大六笑話他是癩蛤蟆，他立馬便翻了臉。他一下子惱了，瞅瞅巷子兩頭，見正好沒人，於是猛地跳起身來翻窗而入。

韓絜吃了一驚，正要叫喊，被賈福一把捂住嘴巴，撲倒在地，後腦勺重重地磕在地磚上，很快便沒了動靜。

賈福見韓絜不再掙扎，立刻扯散韓絜的衣帶，又去剝裙衫，急不可耐地在韓絜身上亂摸亂抓。忽然他看見韓絜的口鼻裡有血流出，又見韓絜腦後有大片鮮血淌出，嚇得後背一涼，一下子放開了手。

他用腳踢了踢韓絜，「喂」了兩聲，見韓絜毫無反應，又伸手去探韓絜的鼻息，發現已沒了呼吸，這才知道自己闖了大禍。驚慌之下，他酒醒了大半，慌忙翻窗，逃離了現場，絲毫沒注意到自己腳底沾了血，在窗框上留下了印跡。

吳大六和吳此仁躲在巷口，偷偷探眼窺望，目睹了賈福翻窗出入客房的全過程。眼見賈福跌跌撞撞地倉皇逃離，兩人急忙趕到客房窗外，朝內一望，瞧見了韓絜倒在血泊中的情形。

吳此仁沒想過呼喊救人，只想著趕緊追上賈福，這下有了賈福殺人的把柄，正好威逼賈福交出錢來。吳大六卻是記得這扇窗戶，十五年前他便是在這裡翻窗而入，目睹了那一幕，想不到十五年後，他竟然又在這裡目睹了凶殺案。吳大六尚在恍惚之間，被吳此仁拉拽著追趕賈福。事後二人追上了賈福，以告發殺人為威脅，逼迫賈福交出了用七成金銀珠玉換來的所有錢財。

此時，公堂之上，吳大六將事情經過講了出來，唯獨略去了他和吳此仁追奪錢財的事，只說是與賈福認識，在街上偶然遇見賈福，目睹了賈福殺人的場景。吳此仁也出聲附和，指認賈福殺害了韓絮。賈福跪在一旁，從始至終耷拉著腦袋，面如死灰。

喬行簡起身離座，吩咐文修拿出初檢韓絮屍體時所錄的檢屍格目，以及一雙有些骯髒的鞋子。他當日初檢屍體時，從韓絮腦後的傷痕，以及口鼻出血的死狀，確認韓絮是腦後遭受撞擊、顱骨開裂而死。事後經吳大六告發，他抓獲了賈福，賈福當日所穿的鞋子並未清洗，其鞋後跟殘餘些許血跡。

喬行簡將檢屍格目和鞋子一併呈放在趙師睪的面前。

人證、物證俱在，趙師睪拍響驚堂木，道：「賈福，你可認罪？」

賈福被驚堂木的聲音震得渾身一抖，道：「小人無意殺人，也不知那女人是郡主，酒後失手才鑄成了大錯……」伏身在地，聲音也顫抖了起來，「小人知罪，求大人……

求大人……」想說出「從輕發落」四字，可一想到自己失手殺死的是郡主，死罪難逃，後面的話怎麼也說不出口。

趙師睪朝宋慈看了一眼，眼神中夾雜著怨恨。今日楊次山突然現身府衙，還帶來了喬行簡，聲稱已抓住殺害韓絮的真凶，要趙師睪立刻升堂審案。

楊次山乃是當朝太尉，又是楊皇后的長兄，趙師睪不敢公然得罪，只得吩咐押上宋慈，升堂審理韓絮被殺一案。這一下，人證、物證俱全，真凶又已俯首認罪，他不判也得判，只得吩咐將賈福押下去，打入死牢。

「既然案子已破，真凶也已抓住，」楊次山看向趙師睪，「宋慈就該無罪了吧？」

趙師睪卻道：「郡主遇害一案，眼下看來，宋慈的確無罪。但宋慈曾與行刺太師的刺客私下見面，謀刺太師的罪名尚在，還是當看押在獄中。待日後審問清楚，再……」

楊次山雙手朝天一奉，道：「今日早朝，聖上單獨召見我，當面傳下口諭，著宋慈追查蟲達一案。如今我奉旨行事，要帶宋慈出這臨安府衙，趙知府，你是要阻攔不成？」

涉及聖旨的事，楊次山定然不敢隨口捏造，趙師睪忙道：「下官不敢。」

楊次山病已痊癒，不用再借助拐杖，也不用他人攙扶，袖子一拂，向外走去，幾個隨從帶上吳此仁和吳大六，跟著他離開。趙師睪陰沉著臉，吩咐韋應奎將宋慈身上的鐐銬卸去。文修上前來攙扶著宋慈，跟隨喬行簡離開了公堂。

突然間洗清嫌疑，無罪獲釋，宋慈只覺如在夢中，又覺這一切似乎來得太過輕易。

走出公堂後，宋慈立刻向喬行簡道謝。

喬行簡道：「你不必謝我。今日若非太尉出面，趙師睪豈能這麼容易服軟？」說著向身前的楊次山看了一眼，示意宋慈該去向楊次山道謝。

宋慈稍有遲疑，尚未開口，卻聽楊次山道：「喬提刑，我有些話想單獨與宋慈說，不知可否行個方便？」

他用詞很是客套，語氣卻是一點也不客氣，倒像是命令一般。

此時幾人所站之處，還在府衙之內，離大門不遠。喬行簡遲疑了一下，點了點頭，帶著文修和武偃，先行一步走出了府衙大門。楊次山的幾個隨從將看守大門的兩個府衙差役轟去一邊，將吳此仁和吳大六也帶到遠處，不讓任何人靠近楊次山和宋慈。

「算起來，這是我第二次救你了。不過你用不著謝我，」楊次山看著宋慈，壓低了聲音，「只要你把東西交給我就行。」

宋慈奇道：「什麼東西？」

「我已把話說得這麼明白，你又何必故作不知？」楊次山的聲音更低了，「蟲達留下的證據，是在你手上吧？」

宋慈微露詫異之色，道：「太尉如何知道蟲達留有證據？」

楊次山沒有回答，道：「拿著這個東西，要擔多大的風險，想必你也見識到了。你把它交給我，你想對付的人，我來幫你對付。」

宋慈搖頭道：「太尉想要的東西，不在我手上。」

楊次山盯著宋慈，眼神中透著不信任，道：「你當真以為，憑你一己之力，便能對付得過來？」

「我所做之事，不是為了對付誰。」宋慈道，「東西不在我手上，太尉信與不信，都是如此。」

楊次山已不是第一次見識宋慈的固執了，早就知道宋慈是個榆木疙瘩，但想著宋慈入獄了十多天，又見宋慈滿身都是傷痕，心想吃了這麼多苦頭，再怎麼硬的榆木疙瘩，也該劈得開了吧，沒想到宋慈仍是刀斧不進。

他心下很是氣惱，但未表露在臉上，只點了點頭，道：「好、好。你要做什麼事，只管自己去做。若是想起了我，隨時來太尉府。」

留下這句話，他走出了府衙大門，幾個隨從帶上吳此仁和吳大六，緊隨而去。

宋慈站在原地，想著韓侂胄受過蟲達和何太驥的威脅，自然知道蟲達留有證據，可楊次山又是如何知道的呢？他想了片刻，忽然邁步而行。

他無罪獲釋，沒有立即離開府衙，而是向司理獄走去。

韋應奎押著賈福已經回到了司理獄。他還在為宋慈又一次脫罪而氣憤不已，忽然得到獄卒通報，說宋慈來了。他立刻來到司理獄門口，果然見到了宋慈，冷笑道：「宋提刑，你是在這裡住慣了，還不打算走嗎？」

宋慈道：「韋司理，我奉聖上口諭查案，現要去獄中見幾個人，問一些話。」

韋應奎記得方才楊次山在公堂上說過的話，道：「宋提刑奉旨查案，是很了不得，請吧。」說完，側身一讓。

宋慈不再理會韋應奎，快步走進了司理獄。

劉克莊正在擔心宋慈的安危，在獄中來回踱步，韓𤤽各種譏諷辱罵，甚至罵宋慈這是被拉去殺頭了，他也沒再回應。忽見宋慈回來，他急忙撲到牢門處，卻見宋慈手腳鐐銬已卸，還沒有獄卒看押，看起來已然恢復了自由。

劉克莊既驚且喜，道：「宋慈，你這是……沒事了？」

宋慈衝他輕輕一點頭，快步向內走去。

沿著獄道往裡走了十來步，便是關押韓𤤽的牢獄。韓𤤽正斜躺在獄床上，一邊蹺著腳抖動，一邊笑罵宋慈的腦袋已經掉臭水溝裡了，忽見他所罵之人以自由之身回來，氣得一下子從獄床上跳了起來，叫罵道：「宋慈，你個驢球的！才關進來十幾天，你就想走？等我哪天出去，定要你不得好死……」

宋慈對韓𤤽仍是不予理會，繼續往裡走，直至關押歐陽嚴語的牢獄外。

宋慈問歐陽嚴語，彌音去見他之時，可有留過什麼東西給他。歐陽嚴語有些茫然，說彌音沒留下過任何東西，還說他之前被甲士抓捕時，那些甲士也問過同樣的問題。歐陽嚴語的風寒本就沒有痊癒，又在這陰冷潮濕的牢獄中被關了十多天，說話之時，咳嗽得更加厲害了。

宋慈轉而又去見了被關押在相鄰牢獄中的道濟禪師，問彌音捨戒離寺時，可有留下過什麼東西。道濟禪師想了一陣，回以搖頭。他雖然身陷囹圄，神色倒是坦然，回答宋慈問話時，臉上仍是帶著笑容。

歐陽嚴語和道濟禪師都沒有從彌音那裡得到過任何東西，宋慈不禁生出一絲懷疑。蟲達手中的那個證據，會不會早就隨著淨慈報恩寺的那場大火灰飛煙滅了？何太驥只是謊稱這個證據還在，以此來威脅韓侂胄，彌音也是因為沒有這個證據，才會那麼輕易地選擇赴死。

帶著這一絲疑惑，宋慈掉頭行過獄道，回到了關押劉克莊的牢獄外。

宋慈將喬行簡查明賈福殺害韓絮、楊次山帶來聖上口諭的事對劉克莊簡單地說了。他看著劉克莊滿身的傷痕，道：「為了我，你受了此般牢獄之苦。我一定盡快查明蟲達一案，救你出去。你會沒事的，辛公子也會沒事的，大家都會沒事的。」

劉克莊笑道：「有你這話，我定然沒事！」朝所在牢獄環顧一眼，「蒼鷹搏攫，丹棘崔嵬，我雖縶夏台，卻甘之如薺。出得外面，你只管安心查案，只可惜我這個書吏，暫時幫不到你了。」

隔著牢門，兩人執手分別。宋慈轉身走出司理獄，快步離開了府衙。

一出府衙大門，宋慈便看見了等在街邊的喬行簡。他在司理獄中耽擱了這麼久，喬行簡也沒有離開，而是帶著文修和武偃，一直在府衙外等著他。除了文修和武偃，喬行簡的身邊還站著兩人，一人是凝望著宋慈、滿臉關切之色的桑榆，另一人則是個兩鬢斑白、滿面風霜的老者。

宋慈一呆，凝望著那老者，道：「爹？」

那老者便是宋鞏。

望著宋慈開裂的青衿服，和那滿身的鞭痕，宋鞏不禁老眼含淚。聽見宋慈那一聲「爹」，他的嘴唇動了動，想叫出宋慈的名字，然而「慈兒」二字到了嘴邊，卻終究沒能出口，他只是對宋慈輕輕點了點頭。

「我方才不是說過嗎？你不必謝我，」喬行簡向身邊的桑榆和宋鞏看了一眼，對宋慈道，「你該謝謝桑姑娘，是她千里奔波，請來了你父親。你更要謝謝你父親，若不是他，只怕郡主一案沒那麼快告破。」

桑榆一直凝望著宋慈，見宋慈得以走出府衙，關切的同時，臉上不覺露出了笑容。聽得喬行簡所言，她想起過去十幾天裡發生的事，不禁紅了臉頰，微微低頭，偏開了目光。

原來正月十四那晚，在劉太丞家與宋慈分別之後，桑榆並未趕著離開臨安城。她仍認為蟲達藏身於報恩光孝禪寺，想親自去探個究竟，但她受了宋慈的大恩，若非宋慈查明劉太丞一案的真相，她和桑老丈只怕還身陷獄中。

知恩當圖報，她想著應該好好地謝過宋慈，再離開臨安。她想過請宋慈吃一頓飯，或是請宋慈去哪裡遊玩，可又覺得這樣的舉動太過唐突，思來想去，自己與宋慈是因木作相識，不如親手雕刻一件木作，送與宋慈以表謝意。

她在臨安城裡多留了幾天，白日裡仍是四處售賣木作，能多賺幾個錢總是好的，深夜回到梅氏榻房，便在孤燈之下精雕細刻。就在木作快雕好時，她卻聽說宋慈因為在錦繡客舍殺害了新安郡主，被抓入府衙關押了起來。

桑榆趕去太學打聽，證實傳言是真的，連與宋慈交好的劉克莊也一併入了獄。她在臨安人生地不熟，不知道能找誰幫忙，心急之下，只想到了浙西提點刑獄喬行簡。她趕去了提刑司，跪求喬行簡救宋慈。喬行簡扶起桑榆，說他已上奏皇帝，奏明新安郡主遇害一案的案情，希望能爭取來辦案之權，還說太學的真德秀也在為宋慈上書辯白，讓桑榆安心回住處等著。

桑榆看喬行簡面有愁容，知道宋慈並不好救，憂心忡忡地回了梅氏榻房。她愁了一夜，心想與其留在臨安空自等待，不如趕回建陽縣去。宋慈家在建陽，她想盡快將此事告知宋慈的家人，讓宋慈的家人想辦法救宋慈。

從臨安到建陽縣，有九百多里路程，馬車和牛車都太慢，唯有騎馬最快。桑老丈年事已高，又大病初癒，經不起馬背上的顛簸，桑榆便打算獨自一人趕回建陽。她將這一決定告訴了桑老丈，桑老丈擔心她一個人路上出事，本不願答應，但見她如此堅決，又想到是為了救宋慈，最終答允下來，只是叮囑她路上一定要多加小心。

桑榆在車馬行雇了一匹馬，因她不會騎馬，還雇了馬夫。臨安城內雇一匹馬，一天需花費百餘錢，若是出城去郊外，一天近兩百錢，若是走遠路，一天則要三百錢以上，還要負責馬匹的草料，以及馬夫一路上吃喝住宿的花銷。

桑榆本可以捎信，但她怕車馬行的夥計怠慢，又怕萬一沒有送到，最終還是決定親自趕這一趟。她所有的盤纏，還有這段時間在臨安賺到的錢，幾乎用了個精光。馬匹馱著馬夫和她，盡可能快地趕路，到達建陽縣時，已是第七天。她一刻也不停歇地尋去，最終見到了宋鞏。

得知宋慈入獄，宋鞏一刻也不敢耽擱，當天便拿出家中全部積蓄，又將家裡值錢的東西都拿去城中解庫典當成了錢財。他不願桑榆花錢，支付了馬夫和馬匹的費用，又另外雇了兩匹快馬，一路上換著騎行，帶著桑榆加急往臨安趕，只用了五天，便抵達了臨安城。

宋鞏是從清波門進入的臨安城。入城之時，他仰頭望了一眼高聳的城門。十五年前，他便是從這裡扶著亡妻靈柩，攜著年幼的宋慈離開的，他曾以為這輩子不會再踏足此地，想不到視茫髮蒼之年，竟又重回這裡。

入清波門不遠，便是臨安府衙，他當年曾被抓入府衙關押在司理獄中，如今宋慈也被關押在此，但他過府衙而不入，而是往城北的提刑司趕去。

他從桑榆那裡得知，臨安府衙的大小官吏沆瀣一氣，宋慈便是遭受了這些官吏的誣陷才會身陷牢獄，而宋慈曾出任提刑幹辦，是浙西提點刑獄喬行簡的屬官，與府衙官吏比起來，喬行簡卻是個正直的好官。於是他第一件事便是去拜見喬行簡，從喬行簡那裡瞭解清楚了案情，得知無論是喬行簡的奏請，還是真德秀的上書都已石沉大海後，他開始在臨安城中奔走。

桑榆只知道宋鞏請喬行簡以提刑司的名義張貼懸賞，但凡為韓絮一案提供有用線索之人，都可得到多達百貫的賞錢。此外，宋鞏奔走了什麼地方、見過什麼人、用過什麼法子，桑榆不得而知，總之短短三天時間，宋慈便獲釋出獄，從府衙裡走了出來。往返千里奔波，接連十多天的擔憂，在見到宋慈的這一刻，都化作了桑榆臉上的那一抹笑容。

宋鞏聽了喬行簡的話，當即轉身，行禮道：「宋鞏人微言輕，百無一能，都是仰仗喬大人，犬子才得保平安。」

喬行簡淡淡一笑道：「不管怎樣，平安了就好。你們父子久別重逢，多親近親近。提刑司事務繁多，喬某這便告辭了。」說完，向宋鞏一抱拳，又向宋慈一點頭，帶上文修和武偃離開了。

宋慈從沒想過父親會來到臨安，自己入獄的經過，還有出任提刑、追查凶案的事，想必父親都已經知道了。他叫了那一聲「爹」後，面對著宋鞏，竟不知如何開口是好。

「出來了就好。」宋鞏對宋慈並無過多表示，語氣也顯得有些冷淡，「其他的事，先回榻房再說吧。」

宋鞏來到臨安後，一直在梅氏榻房落腳，與眾多腳夫小販擠在大通鋪上。他知道京城官吏眾多，人情龐雜，救宋慈少不了用錢，所以出發時才典當家財，到了臨安則是能省則省。

他原本是個從不打點關係的人，但如今落難的是宋慈，他從一開始便做好了違背原則的打算。如今宋慈獲釋出獄，宋鞏不必再那麼節省，回到梅氏榻房後，便另要了一間單獨的客房，先讓宋慈安頓下來，隨後請來大夫，為宋慈治傷上藥。

送走大夫後，宋鞏拿出自己的乾淨衣服，讓宋慈換上了。看著從宋慈身上脫下來的那件不成樣子的青衿服，他沉著一張臉，嘆了口氣，道：「我當初就不該答允你去什麼太學。」

「爹，」宋慈微低著頭，「對不起。」

桑榆本以為宋鞏與宋慈父子相見，那是劫後之喜，說不定還會喜極而泣，哪知父子二人一見面，宋鞏卻滿臉冰霜。她覺察到氣氛不對，比畫手勢告辭，退出了房間。

「你當初答應過我，來臨安只為求學，可如今呢？」桑榆走後，宋鞏向窗戶一指，「外面人人都說你是宋提刑，叫你宋青天。你查其他案子倒罷了，竟還去了錦繡客舍，去了那間行香子房。你說，你是不是在查當年那起案子？」

宋慈沒有否認，點了一下頭。

「我還聽說，不止你，與你交好的兩個學子，還有你歐陽伯父，也被抓入了牢獄，是也不是？」

宋慈又點了一下頭。

宋鞏閉上了眼睛，搖著頭坐了下來，好一陣沒有說話。宋慈則是站在原地，一直埋著頭。房間裡一片沉寂，連窗外的些許風聲都變得無比刺耳。

良久，宋鞏忽然長嘆一口氣，打破了這份沉寂：「我已去見過韓太師了。」

宋慈一下子抬起了臉，不無詫異地望著宋鞏。

宋鞏道：「喬大人什麼都對我說了，你入獄不全是因為郡主被害一案，主要是因為得罪了韓太師。」

他三天前去拜見喬行簡時，喬行簡把所知的一切告訴了他。韓侂胄權傾天下，宋慈既然得罪了韓侂胄，只怕找誰打點關係都沒用，於是他當天便趕去了吳山南園，求見韓侂胄，希望能救得宋慈。

韓侂胄說，宋慈拿了他家中一樣東西，把這樣東西交回去，便可饒宋慈性命。宋鞏當場便答應下來，說宋慈是他的兒子，別人的話宋慈未必肯聽，他的話宋慈卻不敢不從，只要能讓宋慈平安出獄，給他一天時間，他一定勸得宋慈交出這樣東西。韓侂胄不置可否，只說殺害韓絮的真凶若被抓到，宋慈或可出獄。

從吳山南園回來後，宋鞏便請喬行簡幫忙張貼懸賞，希望能尋得為韓絮一案提供線索之人。懸賞張貼後的第二天，果然有人來到提刑司，竟是太尉楊次山的弟弟楊岐山。

楊岐山說，太尉已經抓到了殺害韓絮的凶手，並送來了一雙鞋子，說是凶手殺人的罪證，還說喬行簡若想救宋慈，就帶上這雙鞋子，翌日上午去府衙公堂等候。喬行簡今日一早如約而去，楊次山帶來了吳此仁和吳大六這兩個證人，以及賈福這個殺人凶手，這才有了今日宋慈無罪獲釋的事。

喬行簡並不清楚楊次山為何要救宋慈，甚至不惜搬出聖上口諭，也要在公堂上力保宋慈。他也不知道宋鞏曾去見過韓侂胄，還以為趙師睪是因為畏懼楊次山，才會這麼輕易就將宋慈釋放。

宋鞏同樣不知道楊次山為何對宋慈施以援手，但他知道宋慈能輕易獲釋，定然是韓侂胄私下對趙師睪打過招呼。他看著宋慈的眼睛，道：「你老老實實告訴我，你是不是拿了韓太師的某樣東西？」

宋慈道：「韓太師想要的東西，不在我手上。」說完之後，見宋鞏仍舊盯著自己，「爹，連你也不信我嗎？」

宋鞏沒有說話，忽然起身拉開房門，朝外面看了一眼，確認過道裡無人，重又關上房門。他把自己去見韓侂胄的經過對宋慈說了：「慈兒，我不知道這樣東西是什麼，倘若在你手上，你寧願身陷牢獄，也不肯交出這東西，我又豈能強逼你交出去？倘若不在你手上，韓侂胄既已認定是你拿了，無論你如何辯解，他也不會相信你。」

宋鞏壓低了聲音，不再以太師稱呼韓侂胄，而是直呼其名：「你只有這一天時間，趁此機會，趕緊離開臨安。韓侂胄不會放心讓你出獄，只怕會派人暗中盯著你。桑姑娘會一些易容的法子，她已答應幫你改換行頭，盡可能不讓人認出你來，再讓你挑上貨擔扮作貨郎，帶你出臨安城。出了臨安，你別回建陽，有多遠走多遠。桑姑娘雖不能言語，卻是個好姑娘，我能看出她是真心待你好。你若覺得自己能保護她一輩子，那便不要辜負她；若是覺得保護不了，那你離開臨安後便與她斷了往來，不要誤了她一生。」

宋慈這才明白過來，原來宋鞏在府衙見到他時一臉冷漠，回到梅氏榻房又責備於他，那是怕有人盯梢，擔心其真實意圖被人察覺。

宋慈大受觸動，道：「爹，那你怎麼辦？」

宋慈這短短一句問話，卻是飽含關切。

宋鞏老懷大慰，道：「你不必擔心我。我只是幫你逃走，這點罪遠不至死，過得幾年便沒事了。」

「為人子女，焉能獨自逃生，坐視父母受罪？」宋慈搖起了頭，「況且司理獄還關押著其他人，他們都在等我回去相救，我不能一走了之。我要留下來查明一切。」

「你只有這一天時間，能查明什麼？」宋鞏道，「你怎的就不明白？」

「爹，我什麼都明白。逃得一時，未必能逃得一世。我不能連累桑姑娘，更不能留你獨自受罪。」宋慈說這話時，心中主意已決——韓侂胄那麼忌憚自己的祕密為人所知，此祕密定然對其極為不利，那他偏要將這祕密查明，並公之於天下。

韓侂胄雖是權臣，可畢竟是臣子，朝堂上還有以楊皇后和楊次山為首的一干政敵，這些政敵勢必不會放過打壓韓侂胄的機會，到時候群起而攻之，皇帝也未必肯保他，劉克莊、辛鐵柱和其他被關押的人，自然也就有救了。若能得到蟲達留下的證據，自然不難查明韓侂胄的祕密是什麼，但這個證據是否還存在於世上，宋慈不得而知，更別說僅用一天時間去找出這個證據了，他只能另想辦法。

自從出任提刑幹辦以來，他查案之時，常有一些異於常人的直覺，如今這樣的直覺又出現了。他隱隱覺得，十五年前母親遇害的案子，與韓侂胄的祕密似乎有所關聯。既然找不到蟲達留下的證據，那他就查明母親遇害一案，也許能觸及韓侂胄的祕密。

他凝望著宋鞏，道：「爹，你當真想幫我，那就請你告訴我，十五年前到底發生了什麼？當年出獄之後，你為何那麼急著離開臨安？十五年來，你又為何一直對娘親的案子絕口不提？」

宋鞏本想繼續勸宋慈出逃，突然聽到宋慈提起禹秋蘭的案子，張開的嘴合上了，原本看著宋慈的目光也偏了開去。

「娘親的案子，我能查到的，都已盡力去查過了。可此案太過久遠，當年瞭解案情的人，大都已經找尋不到。爹，你一定比誰都瞭解此案。你告訴我，你是不是……是不是知道凶手是誰？」宋慈知道父親對此案緘口不言，必定是因為知道了什麼內情。

宋鞏慢慢地轉回了目光。自從禹秋蘭去世之後，他獨自養育了宋慈十多年，卻從未在宋慈的眼中，見到過如此堅決的眼神。宋慈離開他身邊不過短短一年，卻變得他幾乎不認識了。一瞬間，他明白了過來，宋慈已經長大了，是真真正正地長大成人了。他就那樣看了宋慈好一陣子，最終點下了頭。

宋鞏的確知道殺害禹秋蘭的凶手是誰。

當年他得祁駝子相助，洗清冤屈，得以出獄。原本他想追查殺害妻子的凶手，然而他出獄當天，剛走出府衙大門，便見到了站在街邊的蟲達。蟲達似乎知道他會出獄，早就在那裡等著他了，一見到他，便說出了一番令他意想不到，也令他終生難忘的話。

就在府衙大門外，當著宋鞏的面，蟲達竟然直接承認，他就是殺害禹秋蘭的凶手，說這就是得罪他家公子的下場。他似乎絲毫不怕被官府治罪，還口出惡言，威脅宋鞏當天立馬離開臨安，倘若第二天發現宋鞏還沒走，那他便殺了宋鞏，連五歲的宋慈也照殺不誤。他還叫宋鞏永遠不要追查此案，否則一旦讓他知道，無論宋鞏父子身在何處，他都不會放過二人。他還說宋鞏若是不信，儘管去報官試試，就算他被官府抓了，甚至他被判死罪處以極刑，也照樣會有其他人找上門去，取宋鞏父子二人的性命。

蟲達一身匪氣，凶悍至極，說完這番話轉身就走，留下宋鞏攥緊雙拳、咬牙切齒地定在原地。

宋鞏很想立刻回入府衙，擊鼓鳴冤，狀告蟲達。他若是孤身一人，豁出性命也不能讓妻子枉死，可是他還有宋慈，宋慈才只有五歲，他若一死，宋慈在這世上再無依靠，他更不能拿宋慈的性命去冒險。

他在街邊站了許久，淚水無聲而下，久握成拳的雙手，最終還是鬆開了。他買了棺材，帶著妻子的遺體，去歐陽嚴語家中接上宋慈，離開了臨安城。從那以後，他對妻子的案子再不提及，但在其內心深處，卻彌漫著無盡的悔恨和愧疚。

他學刑獄，任推官，為無辜之人洗刷冤屈，不僅是因為親身入獄後深感刑獄黑暗，希望世上像他那樣蒙受冤屈的人能少一些，更是想以此來彌補他當年做過的選擇，可無論他怎麼做，無論他做多少事，心中對妻子的悔恨和愧疚始終與日俱增。他背負著這一切，不讓宋慈接觸禹秋蘭的案子，甚至一個字都不許提起，十五年來始終如此，直到今時今刻，他才終於說了出來。

宋慈沒有想到，父親多年來所隱瞞的內情，竟會是如此簡單。然而對宋鞏而言，當時宋慈已是他的全部，他做出這樣的選擇，背負對亡妻的愧疚，一點也不容易，一點也不簡單。

「所以……蟲達就是殺害娘親的凶手？」宋慈嘴唇顫抖，「就為了替韓珍出氣，就為了報復私怨？」

當年與韓珍的私怨，源起於那場破雞辨食，說到底是因宋慈出頭而起，宋鞏這些年不肯把真相告訴宋慈，也是不想宋慈為母親的死負疚一生。

宋鞏神色苦楚，閉上雙眼，點了點頭。

宋慈眉頭驟然凝起，道：「倘若是為報復私怨，蟲達該來殺我才是，為何卻去殺害娘親？」他的思緒轉得飛快，不等宋鞏回過神來，繼續往下道，「若真是為了報復，那蟲達為何要選擇大白天，在人流眾多的錦繡客舍裡動手？他大可不必冒這麼大的風險，可以選擇其他更為穩妥的時辰，比如夜半無人之時或娘親外出之時，又或是等爹你去參加殿試，根本不可能回客舍的時候。」說到這裡，連連搖頭，「不對，根本不對……」

宋鞏聽著宋慈所言，不禁皺起了眉頭道：「什麼不對？難道凶手……不是蟲達？」

宋慈沒有回答，想了一下，忽然道：「爹，我要出去一趟。」

「你身上還有傷，才剛剛上了藥，你要去哪裡？」宋鞏說出這話時，宋慈已向房門走去。

「我的傷已無大礙。爹你留在這裡，我去去便回。」宋慈留下這話，拉開房門，快步走出。

宋鞏站起了身，本想跟著宋慈前去，聽得這話，不覺一呆。

十五年前妻子遇害那天，他曾去瓊樓赴歐陽嚴語之約，席間離開過一段時間，去找韓珍討要說法，當時他將宋慈留在瓊樓，曾說過讓宋慈稍等，他去去便回的話。如今相似的話從宋慈口中說出，他一下子想起了當年的場景，緊跟著又想起了妻子遇害的那一幕，心神恍惚之間，淚水默默流下。

宋慈離開梅氏榻房，一路疾行，沒用多久，便趕到了折銀解庫。當值的仍是上次那個濃眉大眼之人，一見宋慈，頓時面露喜色，趕忙入廳通報了鄒員外。

鄒員外親自迎了出來，喜道：「宋提刑，你這是沒事了？我派人去太學尋過你，聽說你被府衙差役抓走了，我還以為……嗨，不說這些觸霉頭的事了，快些請進！」

宋慈站在原地沒動，道：「員外，不知托你尋找的兩樣當物，眼下可有消息？」他一路趕得太急，說話之時喘著粗氣。

鄒員外道：「尋得了一樣。」

「可是銀簪子？」宋慈的聲音透著急切。

鄒員外把頭一搖：「銀簪子早已熔作他物，只尋得了平安符，而且符早就沒了，只剩下玉扣。」

宋慈的臉上掠過了一抹失望之色。與平安符比起來，銀簪子重要得多，那極可能是殺害他母親的凶器之一。

宋慈道：「當真已熔作他物？」

「我派人找到了金學士，當年他買去那支銀簪子後，轉手便賣去了洪福橋銀鋪，早就熔掉了。我也派人去洪福橋銀鋪問過了，他家收來的銀器，都會熔了另鑄他物，此事千真萬確，錯不了的。那玉扣被倒賣了多位買主，很是找尋了一番，才尋了回來。」

「不知玉扣何在？」宋慈問道。

鄒員外立刻吩咐當值的去解庫廳將玉扣取來，交給了宋慈。

宋慈接過一看，那是一枚圓環狀的玉扣，至於用料如何、做工怎樣，他是不太懂。

鄒員外見宋慈怔怔地看著玉扣，道：「濃郁幽深，碧綠無瑕，這玉扣乃是玉中之上品，富貴人家才能見得著，亦有可能是宮中之物。」

宋慈忽然眉心一動，似乎想起了什麼，道：「上次賈福典當的那批金銀珠玉，可還在員外這裡？」

「當然在。」鄒員外應道，「這賈福雖說是個無賴，可我鄒某人不能失信於人，定好了當期一月，期限未過，不得變賣，那是白紙黑字寫明瞭的。」

宋慈道：「可否再讓我看看那批金銀珠玉？」

鄒員外當即應允，叫當值的取來了那批仍舊包裹在冬裘裡的金銀珠玉。宋慈立刻翻找起來，不看金銀，只看珠玉，很快找到了一枚玉扣。他將這枚玉扣拿了起來，與鄒員外尋回來的那枚玉扣一比對，兩枚玉扣無論是材質、形狀還是色澤，幾乎如出一轍。他繼續在那批金銀珠玉裡翻找，最終找出了三枚相似的玉扣。

宋慈看著這四枚玉扣，一時陷入了沉思。

鄒員外見宋慈沉思默想，道：「宋提刑，你沒事吧？」

宋慈回過神來，將三枚玉扣放回冬裘裡，只將那一枚尋回來的玉扣拿在手中，道：「這批金銀玉器，還請員外妥善保管。至於這枚尋回來的玉扣，我想暫借一用。」

鄒員外花了很大一筆錢才從買主手中將這枚玉扣買回。但他絕口不提錢，道：「宋提刑說這種話，那可就見外了。這玉扣本就是為你所尋，你只管拿去便是。」

「那就多謝員外了。」宋慈拱手道，「我還想請員外帶上紹熙元年的收解帳本隨我去一趟提刑司，不知可否？」

「去提刑司？」鄒員外奇道，「去做什麼？」

宋慈應道：「我想請員外當堂做證。」

「可是要破什麼案子？」鄒員外眼中放光，竟隱隱似有興奮之意。

宋慈倒是一臉沉靜，道：「此事說來話長，一時難以說清，員外去了便知。」

「好說。」鄒員外不再多問，當即叫當值的取來紹熙元年的收解帳本，又吩咐馬夫去解庫後院，將自家馬車趕了出來。「宋提刑，請吧。」他抬手請宋慈上車。

宋慈只剩一天時間，做什麼事都須抓緊，能有車馬代步自然更好，當下毫不猶豫地登上了車。但在去提刑司之前，他還要回一趟梅氏榻房。

宋鞏在梅氏榻房焦急地等待著。宋慈說是去去便回，這一去卻花了不少時間，宋鞏難免擔心，以至於離開了房間，來到梅氏榻房的大門口等著。他朝門外張望了許久，直到時近正午，看見一輛掛有「解」字牌飾的馬車駛至榻房外停住，宋慈從馬車上下來，他心中才算稍稍安定。他望了一眼馬車裡坐著的鄒員外，見其人衣著華貴，不知是誰，也不多看，問宋慈：「你去哪裡了？這麼久才回來。」

去了哪裡並不重要，宋慈沒有回答，問道：「爹，十五年前的案子，你一定也想知道凶手是誰吧？」

宋鞏此前已把話說開，也就不再掩飾，道：「想，如何能不想？」

「既是如此，那就請爹幫忙做一件事。」

「什麼事？」

「當年在臨安，你曾買過一支銀簪子送給娘親，可還記得？」

「記得，那是初到臨安當日，在夜市上買的。」

宋慈看了看榻房內走動的夥計，以及時不時出入的腳夫販子，似乎怕人多耳雜，挨近宋鞏耳邊，低聲細語了一番，最後道：「爹，到時你直接到提刑司去，我會在那裡等你。」說罷，轉身登上馬車，請車夫往提刑司而去。

# 第九章　真凶落網

對吳此仁而言，今天真可謂是人逢喜事精神爽。他聽領路的許義說，正因為他和吳大六為郡主一案提供了線索，最終才得以將真凶緝拿歸案，喬行簡要當面感謝，還要將一百貫懸賞給他二人。這麼一大筆橫財，當真是天上掉下了餡餅，他此前連想都不敢想。要知道他和吳大六以目睹賈福殺人為威脅，奪了賈福分走的七成錢財，這種見不得人的勾當，自然不能聲張，所以他二人沒想過告發賈福，還想著以後以此為威脅，能不斷地逼迫賈福拿錢。

然而就在昨天，突然有一大批家丁打扮的人闖進了仁慈裘皮鋪，不由分說，將他請去了里仁坊的楊宅，在那裡他見到了楊岐山，以及早就被抓到那裡的吳大六和賈福。楊岐山說他已派人查問過錦繡客舍附近的浮鋪販子，新安郡主遇害當晚，一浮鋪販子曾看見有兩人鬼鬼祟祟地躲在通往錦繡客舍背面的巷子口，其中一人生得獐頭鼠目，很像之前在前洋街上因為擄劫孩童而被抓走的賊人——那浮鋪販子正月裡曾在前洋街出過攤，恰巧目睹了吳大六被宋慈當街捉拿的一幕。當初吳大六能出司理獄，明面上是靠著元欽的通融，實則背後卻有楊次山的授意。楊次山身為太尉，有些事不便親自出面，都是私下授意楊岐山去做的，比如買通熙春樓的鴇母雲媽媽，讓其做證吳大六曾去過熙春樓，又比如吳大六出獄之後，給吳大六一筆錢封口，讓其永遠不許提陷害辛鐵柱一事……因此楊岐山知道這個「因為擄劫孩童而被抓的賊人」就是吳大六。於是，楊岐山吩咐家丁將吳大六抓來楊宅，當面問起郡主遇害當晚的事，吳大六可不敢隱瞞，承認那晚躲在巷子口的是他和吳此仁，還如實交代了賈福殺人的事。楊岐山這才派家丁把賈福和吳此仁抓來。

宋慈因郡主一案入獄，楊岐山抓住殺害郡主的真凶，正是為了救宋慈。他對宋慈很是嫉恨，巴不得宋慈早點去死，更別說救宋慈的性命，但楊次山要救，還說宋慈的存在至關重要。他雖然不理解楊次山的決定，但對這位官居太尉的長兄，卻向來不敢違逆，這才有了楊岐山去提刑司通知喬行簡，以及今早楊次山出面，帶著吳大六、吳此仁和賈福去往府衙公堂，保救宋慈出獄的事。

吳此仁今早為郡主一案做證，那是被迫所為，他和吳大六回到仁慈裘皮鋪後，仍有些驚魂未定，但想到賈福殺害郡主，死罪難逃，從此不用再防備賈福的報復，從賈福那裡奪來的錢財就此安生落袋，再無後患，這結局倒也不壞。緊接著中午剛過，提刑司突然來了一個叫許義的差役，請他二人前去提刑司領取懸賞，還說喬行簡要當面感謝他二人。整整一百貫的懸賞，他二人被迫做證，竟還有這麼一大筆懸賞可拿，真可謂是意外之喜。

吳此仁很是高興，這是他第一次來提刑司，進了大門之後，便左看看右瞧瞧，覺得什麼都很新鮮。吳大六卻是第二次來了，上次他被宋慈抓來這裡，嘗過了牢獄的滋味，一想起這段經歷，心裡不甚痛快。

二人在許義的帶領下，踏入了提刑司大堂，原本很是輕快的腳步，一下子定在了當地。

只見大堂之上，眾差役威風凜凜地分列左右，文修和武偃立在兩列差役之首，喬行簡則端坐於中堂案桌之後，堂下候著三人，一個是宋慈，另一個是鄒員外，還有一個是宋鞏。眾人的目光都盯在他二人身上，每個人都不苟言笑，一股肅殺之氣彌漫其間，哪裡像是為了賞錢道謝，倒有幾分今早府衙公堂的陣仗，更像是要審案一般。

吳此仁認得鄒員外，那是打過十多年交道的老相識了。至於宋鞏，吳此仁記得今早走出府衙大門時，曾看見此人站在街邊，當時他覺得有些面熟，但一時之間沒想起是誰。此時見宋鞏與宋慈站在一起，他一下子想起了十五年前錦繡客舍的事，想起這人就是當年那個妻子被殺的舉子，也就是宋慈的父親宋鞏。他原本臉上掛著笑，這一下臉色發僵，忽聽見身後有腳步聲，回頭看去，只見許義不知何時已繞到身後，手按捕刀，看住了大堂入口。吳大六也注意到了，咽了咽口水，臉色有些發白。

「吳此仁。」喬行簡嚴肅的聲音忽然響起。

吳此仁忙回過頭來，看向喬行簡。

只聽喬行簡道：「你為新安郡主遇害一案做證，指認元凶賈福殺人，原該稱謝於你，但有人告你十五年前在錦繡客舍利用身為夥計之便，盜竊住客財物，你可認罪？」

吳此仁一下子明白過來，宋慈這是請動了喬行簡，興師動眾地又來問他的罪了。好在他之前向吳大六交代過，無論如何不能承認，想到這裡，吳此仁忙將身子一躬，腦袋一埋，道：「回大人的話，小人過去是在錦繡客舍做過夥計，如今開了一家裘皮鋪，一直是良民一個，從沒做過不義之事，還望大人明察。」

「那你可認得此物？」

吳此仁抬起頭來，只見喬行簡手中拿著一枚玉扣，應道：「小人離得遠，看不大清。」

喬行簡向文修看了一眼。文修上前接過玉扣，拿到吳此仁的面前。

吳此仁仔細看了兩眼，想起從賈老頭那裡奪來的金銀珠玉裡，便有這樣的玉扣，心想喬行簡難道不是問罪他在錦繡客舍主守自盜之事，而是追究他搶奪了賈老頭的錢財？他不敢承認，搖頭道：「小人不認識。」

「那這上面的典當記錄，你可認識？」喬行簡拿起案桌上一冊收解帳本，翻開其中一頁，讓文修示與吳此仁。

吳此仁只見帳本上的那頁記錄著「紹熙元年四月初一，折銀解庫收入吳此仁所當銀簪子一支、玉扣平安符一枚」。他稍稍皺眉，這才明白剛才那枚玉扣原來是他當年所當之物。他當年在折銀解庫典當的東西，都是偷來的贓物，心想原來還是在問罪他主守自盜之事。他朝鄒員外看了一眼，原本還奇怪為何折銀解庫的鄒員外會出現在提刑司，這下算是恍然大悟了，道：「大人，紹熙元年，這不十多年了嗎？小人記不得了。」

「吳老二，白紙黑字，你卻說記不得，難道我鄒某人還能冤枉你不成？」鄒員外忽然插話道，「那你親筆畫押的當票，總該認得吧？」說著伸手入懷，摸出一張有些破舊的當票。之前宋慈托他尋找兩樣當物，他吩咐當值的從一大堆陳年舊票中，翻找出了當年吳此仁典當這兩樣當物的當票。今日宋慈讓他帶著收解帳本來提刑司，說是當堂做證，他想著這張當票或許用得著，便一併帶上了。

宋慈當即接過來一看，只見當票雖然破舊，上面的字還算清楚，寫明瞭鋪名、地址、當物、當期和利錢，正是吳此仁典當銀簪子和玉扣平安符的當票，上面還有吳此仁的親筆畫押。宋慈道一聲：「多謝員外。」便將當票呈與喬行簡過目。

喬行簡看罷當票，吩咐文修示與吳此仁，道：「這當票上的畫押，你敢說不認得？」

吳此仁當然認得自己的親筆畫押，盯著當票不說話，暗暗想著如何為自己狡辯開脫。

鄒員外見了吳此仁這般模樣，知道他還不打算承認，道：「吳老二，你可別說不認得。我那裡還有一大堆你親筆畫押的當票，要不要我叫人盡數取來，與這張當票上的畫押仔細比對比對？」

吳此仁心裡一驚，每張當票都代表了一次銷贓，過去他與吳大六不只在錦繡客舍行竊，還在其他不少地方偷盜過，在折銀解庫銷贓了數十次，要不然他開了仁慈裘皮鋪後，也不會每年給鄒員外送裘皮等貴重禮物，就怕鄒員外對外泄他的老底。他可沒想到鄒員外每年都收了他的禮，如今竟一點也不留情面，在提刑司大堂上當眾說出這樣的話來。倘若那一大堆當票都拿出來，他這偷盜之罪可就太重了，想到這裡，吳此仁忙道：「員外說的什麼話？你是守信之人，當然不會冤枉了小人。小人也是個守信之人，自己的親筆畫押，自然是認得的。」

言外之意，是提醒鄒員外要守信，要按約定俗成的來，他好歹算是折銀解庫的常客，不能把他銷贓的事拿到公堂上來說。

鄒員外聽懂了這番話的言外之意，但他看著吳此仁，眼中卻有輕蔑之色。他開設解庫這麼多年，之所以將收解帳本和當票留存得如此仔細，一來是不欺壓當客，避免收解糾紛；二來是當客中不乏銷贓之人，難免會牽涉大案，比如達官貴族失竊案，又比如人命官司，一旦官府追查起來，他能拿得出憑據，助官府查案，為自家解庫免禍。賊盜之中，如葉籟這般行俠仗義的大盜，他是極為敬重的，至於吳此仁這等偷雞摸狗的竊賊，尤其敢做還不敢認，他向來看不起。他知道今日當堂做證，將吳此仁銷贓的事抖摟出來，往後自家解庫的生意必定會變差。但他答應來提刑司時便已想好，無論如何都要幫宋慈這一回，一來敬佩宋慈的為人，二來也算彌補之前葉籟出事時，自己沒能幫到葉籟的遺憾。至於自家解庫的生意，又不是全指望這些銷贓的竊賊，只要自己一如既往不欺壓當客，他不怕生意做不回來。

鄒員外沒有再插話。

喬行簡盯著吳此仁，道：「那你就是承認當年典當過帳本上這兩樣當物了？」

吳此仁只得應道：「既有當票在，小人自然是認的。只是此事太過久遠，小人是當真記不清了。」

宋慈最初去仁慈裘皮鋪查問時，吳此仁便是以記不清來推脫，如今收解帳本和當票明明白白地擺在眼前，吳此仁還是這般說辭。

「記不清？」宋慈忽然踏步走出，「那讓我來幫你記上一記。」

喬行簡派許義以懸賞之名去請吳此仁和吳大六，那是出自宋慈的請求。宋慈將收解帳本和玉扣交給了喬行簡，也簡單說了十五年前吳此仁和吳大六偷盜之事，但具體宋慈要查問什麼，又為何要查問偷盜之事，喬行簡並不清楚。此時見宋慈踏步而出，喬行簡適時應道：「既然如此，宋慈，接下來如何查問，便交給你了。」

「宋慈領命。」宋慈朝喬行簡躬身一禮，從文修那裡接過那枚玉扣，轉身面向吳此仁，「吳此仁，這枚玉扣用料如何，做工怎樣？」

「宋大人，小人是做裘皮營生的，你問冬裘皮帽，小人是懂的，」吳此仁搖頭道，「你問起這玉器，小人可是半點不知。」

「你不知道，那也不怪你。這枚玉扣濃郁幽深，碧綠無瑕，乃是玉中上品。」宋慈不懂珠玉，這是照著鄒員外的原話在說，還不忘朝鄒員外看去一眼，微微點頭示意，隨即拿起玉扣，示與眾人，「此玉扣曾是先帝當朝之時，賜給恭淑皇后的御賜之物，當時恭淑皇后還是嘉王妃，她將這枚玉扣繫在平安符上，在紹熙元年三月二十九日那天，轉贈給了我娘親。」

宋鞏從來不知禹秋蘭與嘉王妃打過交道，更不知禹秋蘭獲贈平安符一事，聽得此話，不禁望著宋慈，滿目皆是驚訝。

只聽宋慈繼續道：「我娘親拿著這枚玉扣平安符，回到了當時投宿的錦繡客舍，隨後在行香子房中遇害，這枚玉扣平安符不知所終，一同不見了的，還有我娘親頭上的銀簪子。」說著走到宋鞏身前，伸出了手，「爹，娘親的那枚銀簪子，還請你拿給我一下。」

宋鞏從懷中摸出了一枚用手帕包裹著的銀簪子。之前宋慈乘坐馬車離開梅氏榻房時，曾在他耳邊低語一番，囑咐他去買一支銀簪子，其長短尺寸、做工外形要與當年禹秋蘭的那支銀簪子相似。他記得十五年前買給禹秋蘭的銀簪子是何模樣，那是他難得買給禹秋蘭的首飾，他永遠也忘不了。雖不知宋慈要做什麼，但他還是去尋了兩家銀鋪，找到了一枚外形和尺寸都相似的銀簪子，買了下來，帶到了提刑司。他聽得宋慈所言，當即將這支銀簪子取出，交給了宋慈。直到此刻，他仍不明白宋慈要做什麼，但他沒有說破，只是好奇地看著宋慈。

宋慈所說的銀簪子，應該就是吳此仁典當的那支，鄒員外此前已派人查找過，確認已熔作他物。忽然聽得宋慈這麼說，還當眾拿出了這支銀簪子，他不禁皺起了眉頭。

「我查問過紹熙元年臨安府衙的仵作行人祁駝子，他當年查驗過我娘親的屍體。我娘親遇害之後，右腹有一道刀傷，長約一寸，深入腹部，將腸子割斷成了幾截，乃是短刀捅刺所致。此外還有三處銳器傷，都位於身體的左側，分別在左臂、左肩以及頸部，其中頸部那一處為致命傷。這三處銳器傷都只有黃豆大小，是由尖銳細長的利器扎刺所致，凶器正是這支當時不見了的銀簪子。」宋慈盯著吳此仁，「這支銀簪子連同這枚玉扣，都出現在第二天，也就是四月初一，你去折銀解庫典當的當物之中。吳此仁，殺害我娘親的凶器，為何會在你的手上？你當時是錦繡客舍的大夥計，掌管著行香子房的鑰匙，你說，是不是你潛入行香子房，為謀錢財，害了我娘親的性命？」他目光如刀，說到最後，聲音嚴厲可怖。

「凶……凶器？」吳此仁一驚之下，忽然轉過頭去，看向站在身旁的吳大六。吳大六低著頭，不敢與他對上目光。

吳此仁腦筋轉得極快，霎時間明白過來自己的處境。他原以為宋慈只是追查他偷盜之事，沒想到竟把他追查成了殺人凶手。他當年與吳大六聯手在錦繡客舍偷盜，他只負責偷開窗戶以及事後銷贓，至於入房行竊，那都是吳大六的事。禹秋蘭回房之時，他給吳大六打過信號，還故意拿錯鑰匙，給吳大六逃離爭取時間，自己打開房門時，見行香子房中空無一人，以為吳大六已經得手了。事後也確實如此，當晚他回到住處時，吳大六將盜得的一支銀簪子和一枚玉扣平安符交給了他，他第二天便拿去折銀解庫典當成了錢財。他一直以為禹秋蘭遇害，是吳大六離開行香子房之後的事，從沒想過吳大六偷來的銀簪子竟會是凶器。他想起吳大六把銀簪子和玉扣平安符交給他時，整個人看起來驚魂不定，當時他還以為吳大六是因為險些被禹秋蘭撞見而後怕。如今見吳大六低頭不語，甚至不敢與他對上目光，他才明白過來，或許當時吳大六並沒有逃離行香子房，而是躲在房中某個地方。難道是吳大六殺害了禹秋蘭？否則作為凶器的銀簪子如何會出現在吳大六的手中？自己只參與了偷盜，而且只偷盜了一些無權無勢的尋常住客，這樣的小罪，只要死不承認，官府沒有證據，通常不會為難他，就算有證據定他的罪，只要他多花些錢打點，那也不會受到多大的懲處。可若是殺了人，這可是殺頭的大罪，他又不是皇親國戚、達官貴胄，官府定然不會通融，哪怕沾上一丁點嫌疑，都會被抓入牢獄，嚴刑拷打下屈打成招也是常有的事。他與吳大六本就多年不怎麼來往，只因奪占賈福錢財一事才再次聯手，他本就打算這次聯手之後，再不與吳大六來往。他盯著吳大六，心中暗道：『好你個吳大六，難怪一進了這提刑司，你便低著個頭，一句話也不說，原來你心裡還藏著這等事，你倒好，把頭一縮，悶在一旁做王八，卻讓我來替你擋罪！我可不是冤大頭，殺人這種重罪，我才不會幫你擔著，要盡可能撇清一切關係才行……』他想到這裡，當即指著吳大六，大聲道：「大人，這銀簪子和玉扣，都是吳大六從行香子房偷出來的，與小人可沒有半點干係啊！」

吳大六抬起頭來，吃驚地看著吳此仁。吳此仁此前對他千叮嚀萬囑咐，說死也不能承認偷盜之事，沒想到宋慈一問起殺人之罪，吳此仁立刻便把他賣了。眼見大堂裡所有官吏和差役的目光都朝自己射來，一直不發一言的他趕忙開口：「小人……小人沒殺過人……」一邊說話，一邊連連擺手。

宋慈此前只是對著吳此仁查問，從始至終沒朝吳大六看過一眼，直到此時，方才將目光轉至吳大六身上。他早就推斷出當年吳此仁和吳大六聯手偷盜，吳此仁負責事前開窗和事後銷贓，吳大六則負責入房行竊。他還推斷出吳大六進入行香子房行竊時，極可能曾藏身於衣櫥之中，親眼看見了凶手對禹秋蘭行凶的過程，所以他真正要查問的對象是吳大六。然而折銀解庫的收解帳本上只有吳此仁的名字，並沒有吳大六的名字，鄒員外也不認識吳大六，可以說沒有任何人證物證指向吳大六。

十五年前的這起案子太過久遠，案卷和檢屍格目都沒留下，當年官府也沒認真查案，甚至極可能身為凶手的蟲達也已死去，宋慈幾乎是無從可查。他好不容易才查到了吳此仁和吳大六的身上，可這兩人一個鼻孔出氣，死活不肯承認。但這種偷雞摸狗之人，都是見錢眼開之輩，能為利而聚，也能為利而散，哪裡會講什麼真正的義氣？吳此仁和吳大六看似一個鼻孔出氣，但吳大六一直是個竊賊，吳此仁卻是做起了正當營生，兩人並沒有走上一條路子，可見關係並非那麼緊密。所以宋慈才讓宋鞏買來一支相似的銀簪子，冒充當年禹秋蘭的那支，料想吳此仁也不可能將當年那支銀簪子是何模樣記得那麼清楚。有收解帳本和當票在，吳此仁與當年的偷盜脫不了干係，所以他拿出這支作為凶器的銀簪子，先從吳此仁開始詐起，要用重罪來逼吳此仁承認輕罪。他與吳此仁接觸過，此人很是精明，善於掂量，這種人一旦遇到對自己不利的情況，定然會先保自己。一切正如他所料想的那樣，吳此仁急於撇清自己與殺人重罪的關係，當堂指認吳大六才是入行香子房偷盜之人。

「吳大六，」宋慈盯著吳大六，「你沒殺害我娘親，那為何這支凶器會出現在你的手中？」

吳大六不敢看宋慈，低下了頭，沒有說話。

「不招？來人！」喬行簡見狀，喝道，「訊杖伺候！」他審問普通犯人時，向來只是口頭訊問，不會動用訊杖，但對窮凶極惡之徒，那是從不客氣。

武偃立刻從差役手中拿過訊杖，大步走到吳大六的身前，另有兩個差役上前，要將吳大六按倒在地。

那訊杖長三尺五寸，握在鐵面厲色的武偃手中，只瞧得吳大六背脊發涼。有了吳此仁的指認，吳大六知道自己已無法隱瞞入房偷盜之事，眼看兩個差役抓住了自己的左右胳膊，急忙一跪在地，道：「大人，小人說，小人這就說……」

當下他將當年潛入行香子房行竊，被迫躲入床底，目睹凶手翻窗入戶，又目睹凶手殺害禹秋蘭，以及凶手換鞋踩出鞋印逃離的事，原原本本地講了出來。

宋鞏站在一旁，聽得這番講述，雙手緊攥成拳，尤其當聽到禹秋蘭被凶手捂住嘴巴，壓在床上，亂踢的雙腳垂下來，嗚嗚聲中斷之時，他臉上皺紋顫動，淚水無聲而下。

宋慈聽到母親遇害的這一段經過時，長時間閉著眼睛，淚水才沒有奪眶而出。聽完吳大六所述，宋慈才知道自己推斷的方向沒錯，但細節上有誤。因為衣櫥裡的衣物上有灰土，他推斷曾有人躲入衣櫥，這的確沒有錯，但他原以為躲入衣櫥的是吳大六，沒想到竟是殺人凶手。這一下算是誤打誤撞，才推斷出了吳大六曾藏身房中目睹行凶的事。

他心裡暗想，也許冥冥之中，當真是有天意在吧，又或是母親的在天之靈在相助於他。

他雙目通紅，道：「吳大六，你剛才所講之事，可有遺漏？」

吳大六應道：「此事雖久，小人卻一直忘不了，不敢有任何遺漏。」

宋慈道：「你當真看清楚了，凶手的右手少了末尾二指，只有三根手指？」

吳大六道：「小人看得清楚，那凶手抓著鞋子去蘸地上的血，右手是斷了末尾二指，只剩三根指頭。」

「吳大六，」宋慈聲音顫抖，「事到如今，你還要隱瞞？」

吳大六忙道：「小人不敢隱瞞，當真是三根指頭……」

「我不是說凶手的指頭。」宋慈道，「殺害我娘親的凶手，分明是你！」

宋鞏方才聽得凶手右手斷指，更加確定殺害禹秋蘭的就是蟲達，他到臨安後向喬行簡詢問案情時，得知蟲達的屍骨在淨慈報恩寺後山被發現，其人早已死去，可他心中仍不可避免地翻湧起對蟲達的深深恨意。然而宋慈突然說吳大六才是殺害禹秋蘭的凶手，他不禁一呆，詫異地看向吳大六。

「小人……」吳大六忙搖頭道，「小人沒有殺人……」

「還敢說沒有？」宋慈道，「那為何銀簪子會在你的手上？」

「小人從床底下爬出時，本想趕緊逃走的，可見那銀簪子值些錢，又見了那平安符上的玉扣，一時鬼迷心竅，便把這兩樣東西順走了。小人只是貪財，沒有殺人……」

「那我問你，凶手行凶之時，你只聽到我娘親的嗚嗚聲，是也不是？」

「是……」

「你可記清楚了，我娘親沒有叫喊過？」

吳大六道：「記……記清楚了，沒有叫喊過……」

吳大六不知宋慈為何會突然問起此事，但他確定自己沒有記錯，倘若當時禹秋蘭有叫喊出聲，只怕房外早有夥計聽見，衝進房中來了。

「我最初也以為你是見財起意，目睹行凶之後，順走了銀簪子和玉扣。可你剛才所講之事，分明告訴我，你才是凶手！」宋慈道，「我方才提到過，我娘親身上共有四處傷口，一處位於右腹，是短刀捅刺所致，另外三處在左臂、左肩和頸部，都位於身體左側，是銀簪子扎刺所致。我娘親從始至終只能嗚嗚作聲，那就是說，凶手從衝出衣櫥的那一刻，便已將我娘親的嘴捂住，並且一直捂到了最後，那在此期間，凶手只可能有一隻手來抓握凶器行凶。然而我娘親的身上，分明有兩種凶器留下的傷口。凶手從衣櫥到床前，一直是與我娘親正面相對，那麼右腹部的刀傷，便是凶手左手持刀捅入，身子左側的扎刺傷，則是右手持銀簪子扎入。你說了凶手只有一人，那他哪裡多出來的第三隻手，用來捂住我娘親的嘴？」

吳大六目光躲閃，道：「凶……凶手可以換手捂嘴，可以換……換凶器行凶……」

「凶手為何要換手？又為何要換凶器？」宋慈道，「是覺得一隻手不順手，非要改換另一隻手？還是覺得一種凶器殺不死我娘親，非要改換另一種凶器？他若是一下刺不死我娘親，大不了拔出來再刺，再刺，再刺……你告訴我，他到底為何要換手？他換手捂嘴的瞬間，難道我娘親就發不出叫喊聲嗎？」說到最後，他的聲音幾近嘶啞，卻響徹整個大堂。

堂上一片死寂，人人屏氣凝息。吳大六臉色發白，沒再吱聲。

「凶手根本沒有必要換凶器，也不可能換手捂嘴，他從始至終，只用了一種凶器行凶。」宋慈的聲音稍有平緩，「凶手翻窗潛入行香子房，聽得房門外有吳此仁和我娘親的聲音，卻既不逃走，又不翻找財物，而是直接躲進了衣櫥，事後還翻找出我爹的鞋子，蘸了血留下鞋印，可見凶手從一開始的圖謀便是殺害我娘親，並嫁禍給我爹。既然是有預謀而來，那凶手自然會提前備好凶器，根本用不著臨時起意，從我娘親頭上拔下銀簪子行凶。由此可見，凶手是用短刀行凶，因其右手只有三根手指，所以是用五指俱全的左手持刀，這樣與我娘親正面相對時，短刀才會刺入她的右腹。我娘親被壓倒在床上，沒有了掙扎之後，凶手以為我娘親已死，拔出短刀，又從衣櫥裡翻找出我爹的鞋子，故意留下帶血的鞋印，從床前延伸至窗邊，意圖嫁禍給我爹，然後逃離了行香子房。」講到這裡，宋慈盯著吳大六，道：「然而我娘親並沒有死，或者說，她只是瀕死，還沒有斷氣。吳大六，我一再問你，是否記得清楚，是否有所遺漏，你已經清楚明白地回答過我。你說凶手是隻身一人，那凶手逃走之後，房中除了我娘親，便只剩下了你一人，作為凶器的銀簪子最後也是你拿走的，那麼用銀簪子殺害我娘親的，不可能再有別人，只可能是你！」

吳大六低埋著頭，聽著宋慈所說，腦海裡記憶翻湧，不斷地出現當年凶手離開行香子房後的場景。

當時從床底下爬出來後，驚魂未定的他向床上的禹秋蘭看去，見禹秋蘭腹部裙衫被鮮血染紅了一大片。就是這一眼，讓他看見禹秋蘭的腰間繫著一個小巧的荷包，荷包裡露出了半截碧綠之物，像是某種玉飾。他明明知道房中只有自己，但還是忍不住看了看周圍，隨後才伸出手去，將那碧綠之物從荷包裡取了出來，見是一枚繫著玉扣的平安符。那玉扣碧綠無瑕，一看便知曉其價值不菲，他不由得見財起意，心想自己潛入行香子房兩次，什麼值錢的東西都沒偷著，那豈不是白忙活了？反正又沒人知道他偷盜，不拿白不拿，於是將玉扣平安符收入了懷中。他又見禹秋蘭的頭上插著一支銀簪子，心想拿都拿了，乾脆把值錢的東西都拿走，於是他搆著身子，伸手將其拔出。

就在這時，他胸前衣襟忽然一緊，竟被一隻手抓住了。他看見禹秋蘭睜開了眼睛，嘴唇微張，奄奄一息地發出了聲音：「救……救我……」原來方才禹秋蘭被捂死了嘴巴，求救不得，掙扎不脫，竟是忍痛假裝死去，只盼凶手誤以為真，能騙得凶手離開。凶手雖然離開了，但她腹部受了那一刀，已經活不成了，只剩這最後一口將斷未斷的氣。可是她不想死，她還有宋慈，宋慈才只有五歲，她如何捨得離去……

吳大六潛入房中本就是為了偷盜行竊，霎時間心驚肉跳，根本沒想過救人，只想著禹秋蘭聲音一大，萬一招來其他人，一見房中情形，自己可就完了。他掙了兩下，哪知禹秋蘭用最後的力氣，死死拽著他不放。情急之下，他只想趕緊擺脫禹秋蘭，於是抄起手中的銀簪子，對著禹秋蘭猛扎了三下，先是左臂，再是左胸，最後是頸部。禹秋蘭的手終於鬆開了，吳大六拔出銀簪子，鮮血從禹秋蘭的頸部噴濺而出。見銀簪子上沾滿了血，吳大六忙在禹秋蘭的裙襖上連揩了兩下，見還有血，又揩拭了一下，確定銀簪子上沒了血，這才揣入懷中，從窗戶逃了出去，而禹秋蘭本就被鮮血染紅一大片的裙襖上，由此留下了三道血痕……

此後多年，每每回想起這幕場景，吳大六便會禁不住臉色發白，心驚肉跳。此刻，這種心驚肉跳的感覺又回來了，他不敢再想，道：「我……我記不清了……對，是我記錯了……」他語無倫次起來，「你娘叫喊過……對，她是叫喊過的……」

「事到如今，你還要狡辯？」宋慈盯著吳大六，眼中滿含恨意。

吳此仁在旁聽到這裡，才知道當年吳大六竟隱瞞了這麼多事。他心驚之餘，想到賈福剛剛因殺人獲罪，眼下吳大六也因殺人獲罪，一天之內，兩個分錢的人都死罪難逃，這下從賈老頭那裡奪來的錢財，可全都歸了自己。他不禁暗喜起來，道：「吳大六，原來殺害宋大人娘親的，竟然是你這個天殺的！你倒是藏得很深啊，這麼多年來，一直把我蒙在鼓裡。上次宋大人來裘皮鋪查過案後，你便成天臉色發白、憂心忡忡的，我還覺得奇怪呢，原來是因為你殺了宋大人的娘親啊！」

他有意與吳大六殺人一事撇清干係，心想自己頂多被治個偷盜之罪，到時候拿錢開道，用不了多久便可恢復自由之身，重歸逍遙自在。

吳此仁的這番話，大有事不關己、幸災樂禍的味道。吳大六原本心驚肉跳，語無倫次，這一下怒從心起，想到正是吳此仁不守信義，當堂出賣了他，才害得他殺人的事被查出來，叫道：「吳老二，當年偷盜錦繡客舍，都是你指使的，房間的窗戶也是你打開的，我是殺了人，難道你便脫得了干係？」

此話一出，便算是承認了殺人。他鼓著一對鼠眼，瞪著吳此仁道：「就算你脫得了干係，可你別忘了賈老頭，你搶奪錢財之時，一腳把人踹個半死，至今還躺在床上，眼看是活不長了。等賈老頭一死，你便也是殺人凶手，休想逃掉！」

吳此仁臉色大變，沒想到吳大六竟把賈老頭的事抖出，忙當堂一跪，道：「小人當年在錦繡客舍做夥計時，手腳是不乾淨，還請大人治罪。但吳大六殺人一事，小人當真是毫不知情，還望大人明察啊！」

宋慈正因母親之死憤恨萬分，吳此仁可不會去招惹宋慈，所以他是朝著喬行簡下跪的，話也是向喬行簡說的。

喬行簡知道吳此仁是想岔開話題，喝問道：「賈老頭是誰？」

吳此仁沒答話，一旁的吳大六道：「報恩坊的賈老頭，賈福的爹！」

自己已然脫不了罪，豈能就這麼便宜了吳此仁？吳大六當下便將二人與賈福聯手，搶奪賈老頭一大罐金銀珠玉，吳此仁飛踹賈老頭致其重傷的事說了出來。

喬行簡立刻吩咐守在大堂門口的許義，去報恩坊找這個賈老頭，查清楚吳此仁搶奪錢財致人重傷之事。許義當即領命而去。

吩咐完許義後，喬行簡看向宋慈。他知道禹秋蘭遇害一案尚未完結，道：「宋慈，在吳大六之前，不是還有一個用短刀行凶的凶手嗎？不知這前一個凶手是誰？」

他親自查驗過蟲達的屍骨，蟲達右手末尾二指已斷，很可能就是躲入衣櫥對禹秋蘭行凶的凶手，但他還是希望宋慈能給出一個明確的答案。

宋慈沒有回答，最後看了一眼吳大六，向喬行簡道：「宋慈本無查案之權，因娘親枉死，斗膽越權查案，望喬大人恕罪。吳大六論罪之事，還請喬大人處置。」

他臉上的恨意漸漸隱去，向喬行簡行了一禮，轉身向宋鞏道：「爹，當年你親歷娘親遇害一案，還曾蒙冤入獄，喬大人處置此案，想必會有不少細節需向你查問明白。還請爹留在提刑司，幫忙論處此案。」說罷，他向宋鞏拜別，轉身走向堂外。

「你去哪裡？」宋鞏叫住宋慈。

宋慈在門檻前頓住了腳步，抬頭望著大堂外陰沉沉的天色。此時下午已過去大半，不出一個時辰，天便要昏黑了。

他沒有回頭，留下一句：「案子尚未澈底告破，還差一點，我去去便回。」便跨過門檻，走出了提刑司大堂。

從提刑司出來，宋慈疾步朝報恩坊而去。

吳大六已經當堂認罪，然而宋慈沒有絲毫為母親討回公道的喜悅，心中反而盡是蒼涼。過去這些時間裡，他其實和宋鞏一樣，一直認為蟲達是殺害母親的凶手，也曾一度認為是韓珍為了報復私怨，這才指使蟲達殺害了他母親。他最初在折銀解庫看到收解帳本時，見吳此仁當年所當之物中有銀簪子，依然認為蟲達才是凶手，吳大六不過是在行香子房中目睹行凶後，見財起意順走了銀簪子。他今日原本是想逼吳大六承認當年入房行竊的事實，再讓吳大六講出當年目睹凶手行凶的過程，由此來證明蟲達就是殺人凶手。然而吳大六講出來的事情經過，卻讓他推斷出蟲達不可能用兩種凶器行凶，由此倒把吳大六這個漏網之魚抓了出來。回想當初第一次見吳大六時的場景，他為了替辛鐵柱查證清白，在前洋街上將吳大六擒住，彼時的他怎麼也不會想到，這個生得獐頭鼠目的竊賊，竟會是他苦尋多年的殺害他母親的真凶。

然而如喬行簡所言，此案尚未完結，還有不少疑問尚未解開。宋慈伸手入懷，摸出那枚平安符上的玉扣看了一眼。這枚玉扣是重要物證，但他離開提刑司大堂時，並未將這玉扣留下，因為他還別有用處。

宋慈以最快的速度趕到了報恩坊，追上了先一步趕到此處打聽賈老頭住處的許義。許義已問得賈老頭住在坊間的東北角，得知宋慈也是來見賈老頭的，兩人便一起趕到了賈老頭的住處。

如吳大六所言，賈老頭自從挨了吳此仁那一腳後，十多天來一直臥床不起，連下地都很困難，留在其身邊照看的，是一個年邁的街坊鄰居。自打那一大罐金銀珠玉被搶走之後，賈福再沒有回過家，若非有這個鄰居前來串門，發現了臥床不起的賈老頭，只怕賈老頭早已餓死在了床上。

宋慈讓許義把那鄰居先請出房外，只留下他與賈老頭在房中。他表明了自己的身分，再用三言兩語將賈福假裝欠債謀奪錢財，後又殺害郡主被打入死牢的事說了。

賈老頭聽得老淚長流，道：「都說養兒防老……養了他整整十年啊，卻是養了頭白眼狼……」

賈老頭想到自己收養了賈福這麼久，讓其吃飽穿暖，從未虧待過分毫，哪怕賈福長大後不成器，他也沒有抱怨太多，哪知到了最後，賈福竟然是如此報答他的。他這一下澈底死了心，說話之時，咳嗽不斷，床都晃得吱嘎作響。

宋慈神色如常，沒有流露出絲毫憐憫之色。他拿出那枚玉扣，問賈老頭道：「你可認識這玉扣？」

賈老頭道：「這是我的玉扣，那晚被他們搶去……」

這枚玉扣與他罐子裡那幾枚玉扣很是相似，他乍看一眼，誤以為是自己的東西。想到那晚賈福聯手外人搶走自己的金銀珠玉，他一時氣急，又咳嗽了好幾聲。

宋慈也不說破，道：「這玉扣不是凡品，你是從何處得來的？」

賈老頭好不容易才緩過了氣，道：「我過去在大內當差，是別人……賞給我的。」

宋慈手中的這枚玉扣，是韓淑從光宗皇帝那裡得來的御賞。賈老頭卻擁有相似的玉扣，還有一大罐金銀珠玉，用鄒員外的話說，那些金銀珠玉都非凡品，只怕是達官貴族或宮中用度才有這等品相，宋慈因此懷疑賈老頭的那罐子金銀珠玉是從宮中得來，如今趕來報恩坊當面一問，果然如此。他追問道：「是誰賞給你的？」

「是一位公……公公。」

「哪位公公？」

「一位姓……姓古的公公……」

宋慈猛然想起韓絮曾提到過一位名叫古晟的公公，道：「你說的可是曾經的御藥院奉御，後來晉升為入內內侍省都都知的古晟？」

賈老頭有些驚訝地點了點頭，要知道古公公早在七、八年前便已去世，如今知曉其名號的人已然不多，更別說宋慈如此年輕，竟能一語道出古公公的官職和本名。

「你那一大罐金銀珠玉，我都親眼見過了，那都是古公公賞給你的？」宋慈盯著賈老頭，「他為何要賞你？」

賈老頭支支吾吾地道：「我過去是內侍黃門……是古公公的下屬……古公公念我苦勞……常給我一些打賞……」

「從來只聽說下屬為了討好主官進獻錢財，沒聽說過主官念下屬苦勞，賞給那麼多金銀珠玉。」宋慈加重了語氣，「古公公到底為何賞你？」

賈老頭搖搖頭，沒有再回答。

宋慈盯著賈老頭，忽然道：「是不是因為紹熙內禪？」

賈老頭如同喝水突然嗆到了一般，劇烈咳嗽起來，最後閉上了眼睛，把頭往枕頭內側一偏，說什麼也不肯吱聲了。

宋慈沒有再繼續追問。賈老頭雖然不肯再回答，但方才的隻言片語已足夠宋慈推想出答案。賈老頭過去是內侍黃門，也就是宦官，常年待在宮中，不可能有經常出宮的機會，他能收養賈福十年，讓其吃飽穿暖不說，還能做到從未虧待過分毫，可見十年前他便已離開了皇宮，那就是說，古公公賞給賈老頭金銀珠玉，至少也是十年前的事了。古公公十年前就能賞出這麼多金銀珠玉，這些金銀珠玉不可能憑空而來，尤其是那幾枚玉扣，與韓淑獲賜的御賞是同等品相，可見都是御用之物，只怕都是從皇帝那裡得來的御賞。不僅得到了御賞，古公公還在當時升任都都知，從御藥院的奉御，一躍成為宦官之首。彼時當今聖上剛剛登基，可謂是剛一繼位掌權，便給了古公公高官厚祿，可見古公公一定立下了什麼大功。當時能有什麼大功可立？屈指數來，便只有從龍之功，也就是紹熙內禪。

大宋自建炎南渡以來，從高宗皇帝到孝宗皇帝，從孝宗皇帝到光宗皇帝，再從光宗皇帝到當今聖上，都是皇帝在世時傳位，有著「三朝內禪」之美譽。但前兩次內禪，都是皇帝主動禪讓皇位，第三次內禪，也就是紹熙內禪，卻瞞著當時還在位的光宗皇帝，由以趙汝愚和韓侂胄為首的群臣借太皇太后吳氏之名推行。彼時光宗皇帝在位僅僅五年，他本是孝宗皇帝第三子，孝宗皇帝因其英武才能很像自己，這才禪位於他。然而即位之後，光宗皇帝便開始常年患病，病情時好時壞，反復無常。

光宗皇帝之所以患病，與其皇后李鳳娘大有關聯。李鳳娘貴為皇后，卻生性善妒。

有一次光宗皇帝洗手之時，見端盆宮女的雙手白如凝脂，嫩似柔荑，大為愉悅。李鳳娘聽聞此事，不久便給光宗皇帝送來一食盒，裡面裝的竟是那宮女的一對纖手，令光宗皇帝深受驚嚇。當時光宗皇帝對一位姓黃的貴妃寵愛有加，李鳳娘不能容忍，便趁光宗皇帝出宮祭天之時，派人殺害了黃貴妃，對外稱黃貴妃是暴病而亡。光宗皇帝得知黃貴妃的死訊，為之傷心落淚。加之這次祭天極不順利，一整天都是風雨大作，黃壇燭火盡滅，以至於祭天大禮無法舉行。諸多變故交織在一起，光宗皇帝自認為獲罪於天，內心驚懼，就此一病不起，雖然能勉強上殿聽政，人卻是目光呆滯，言行乖張。光宗皇帝無法正常處理朝政，大權逐漸旁落李鳳娘之手。李鳳娘趁機濫權，封自家李氏三代為王，李氏一門獲得顯赫權勢，上至親族，下到門客，盡皆推恩為官，李氏家廟更是明目張膽地僭越規制，守護的衛兵竟比太廟的還多。

彼時孝宗皇帝為太上皇，居於重華宮。眼見光宗皇帝常年患病，再無半點英武之氣，再加上光宗皇帝唯一的嫡子趙擴又不聰慧，太上皇頗覺後悔。當年太上皇選擇儲君之時，因其長子趙愭已經去世，理當立次子趙愷為儲君，但因三子趙惇英武類己，最終越次立了趙惇，也就是後來的光宗皇帝。太上皇的長子趙愭無後，次子趙愷不久後也病逝，但留下了一子趙抦，時封許國公。太上皇本就覺得對次子趙愷有所虧欠，趙抦又極為聰慧，便希望光宗皇帝將來能把皇位傳給趙抦。光宗皇帝想立自己的嫡子、當時已獲封嘉王的趙擴為太子，太上皇不許，父子之間就此失和。李鳳娘得知此事，在宮廷內宴上借機發作，當著太上皇的面直言：「嘉王是我親生，為何不能立為太子？」太上皇勃然大怒，光宗皇帝則是默不作聲。此後李鳳娘搬弄是非，挑撥光宗皇帝和太上皇之間的關係，說探知太上皇備好了毒藥丸，要趁光宗皇帝過宮問安之時，將光宗皇帝毒殺廢黜，叫光宗皇帝不要再去重華宮。光宗皇帝本就因為立儲一事對太上皇生出嫌隙，擔心太上皇當真會廢黜甚至加害自己，從此把原定的一月四朝太上皇的規約拋諸腦後，不再去重華宮朝拜問安，就連太上皇過壽，光宗皇帝也拒絕過宮上壽。

大宋一向以孝治天下，天子孝行有虧，就此引發了歷時數年之久的過宮風波。朝臣們因為光宗皇帝拒絕過宮，不斷進諫，數百太學生聯名投匭上書，上至官員士紳，下至販夫走卒，談論此事時都搖頭嘆息，民間更是滋生謠言，說光宗皇帝深居後宮飲酒宴遊，卻堅決不過宮向太上皇問安，有太學生甚至為此散布文章，說「周公欺我，願焚《酒誥》於康衢；孔子空言，請束《孝經》於高閣」，諷刺光宗皇帝無德不孝。即便如此，光宗皇帝受制於李鳳娘，仍不肯過宮侍奉太上皇，甚至好幾次答應過宮，臨出發時卻又反悔，可謂是反復無常。

後來太上皇病重，直至駕崩，光宗皇帝也沒去重華宮問疾，甚至拒不執喪，引發朝野動盪。當時民間私相傳言，說大宋出了個瘋子皇帝，這是亂世亡國之兆，以至於許多人都覺得天下將亂，臨安城內不少市井百姓舉家遷徙，居城內者移居村落，居城郊者移居旁郡，富戶之家紛紛私藏金銀，以至於市價為之倍長，就連後宮妃嬪們都悄悄打點細軟送回娘家，應付即將可能發生的動亂。這樣的擔心並非空穴來風，實則當時京口諸軍訛言洶洶，已經躍躍欲動，襄陽歸正人陳應祥準備了數千縞巾，誘聚亡命，以替太上皇發喪為名，圖謀變亂，可以說種種禍變已在醞釀之中。

在此局面下，宰相留正在眾朝臣的建言下，反復上書光宗皇帝，請早立嘉王為太子，以安定人心。光宗皇帝先是許之，後又御批八字：「歷事歲久，念欲退閑」。皇帝剛剛答應立太子，突然又說「退閑」，留正揣測不透聖意，心中懼怕，上表乞請致仕。工部尚書趙彥逾向時任知樞密院事的趙汝愚進言：「聽說皇帝有御筆，何不就立嘉王？」功莫大於從龍，趙汝愚遂決定行內禪之事，以安天下。因知閤門事韓侂胄是太皇太后吳氏的侄女婿，趙汝愚於是透過韓侂胄取得了太皇太后吳氏的支持，將嘉王趙擴和許國公趙抦一起召入重華宮，以光宗皇帝患病不能執喪為由，當著趙抦的面，擁立趙擴即皇帝位，尊光宗皇帝為太上皇，皇后李鳳娘為太上皇后。當時趙抦被召入重華宮，因為重華宮本是太上皇的寢宮，太上皇生前又有意立他為儲君，他以為自己有可能位登九五，想到大宋一貫的掃閣傳統——新君一旦即位，市井百姓可進入其舊邸，拾取剩遺之物，謂之掃閣——是以入宮之前，他還專門做了準備，以免掃閣時損失太多。哪知到頭來，竟是趙擴即位，之所以召他入宮，是為了當面斷絕他做皇帝的念頭。內禪消息傳出，嘉王府被臨安百姓掃閣一空，趙抦最終只被晉封為吳興郡王。

對於這場內禪，光宗皇帝一直被蒙在鼓裡，當得知自己成為太上皇後，他長期拒絕接受趙擴的朝見，不肯搬往為太上皇準備的寢宮。他本就擔心失去皇位，如今終於應驗，病情因此越發嚴重。李鳳娘失勢之後，對光宗皇帝反倒不再像以前那般咄咄相逼，常以杯中之物來寬解光宗皇帝的心情，還反復叮囑內侍和宮女，不要在光宗皇帝面前提起「太上皇」和「內禪」等字。六年之後，二人於同一年崩逝。

這場紹熙內禪，因為此前持續數年之久的過宮風波，可謂鬧得天下皆知。人人都知道光宗皇帝體弱多病，反復無常，知道趙汝愚和韓侂胄立下了從龍之功，共掌權柄，韓侂胄更是在一年之後扳倒趙汝愚，借理學之禁打壓異己，從此獨攬朝政達十年之久。

宋慈也知道這些事。從賈老頭聽到「紹熙內禪」四個字後的反應來看，他便知道自己沒有猜錯，古公公之所以賞給賈老頭那麼多金銀珠玉，就是因為紹熙內禪。一瞬間，諸多疑惑豁然而解，他一下子想明白了韓侂胄的祕密是什麼。

在賈老頭的床前站了許久，宋慈轉過身去，將那枚玉扣揣入懷中，離開了賈老頭的住處，向許義告了別，一步步地走出報恩坊，一步步地向太學走去。不再似先前那般著急趕路，他這一路上走得很慢，對周遭的人與物全不理會，只是時不時地抬起頭來，朝陰沉沉的天空望上一眼。

宋慈慢慢地走回了太學，走回了習是齋。

就在習是齋外，一聲尖聲細氣的「宋公子」忽然傳來。

宋慈循聲望去，看見了站在不遠處、穿著一身青衿服的史寬之。

宋慈沒理會史寬之，徑直走進了齋舍，片刻之後又出來，卻見史寬之已經來到了齋舍門外。宋慈仍不理睬史寬之，打算從其身邊走過。

史寬之橫手一攔，笑道：「宋公子，我可是在太學閒逛了大半個時辰。」

「有勞你久等。」宋慈道，「上次泥溪村的事，是你救了我一命，不管你為何救我，總之多謝你。但你想要的東西，不在我手上，你請回吧。」

史寬之道：「我還沒開口，宋公子便知道我為何而來？」

宋慈看了史寬之一眼，道：「你非太學學子，卻身穿青衿服來此，手不拿摺扇，那是不想惹人注目。你是史大人的公子，時下來見我，無非是為了所有人都想要的東西。」

史寬之來見他，定是史彌遠吩咐的。此前已有楊次山為蟲達留下的證據而來，史彌遠授意史寬之來此，想來也是為了這一證據。

「既然宋公子知道，那不如便把東西給我。」史寬之道，「宋公子只管放心，劉公子和辛公子身陷牢獄，我定會想辦法救他們出來。如此宋公子不擔風險，可謂坐享其成，何樂而不為？」

「我已說過，東西不在我這裡。」宋慈道，「我也很想要這東西，但我不知它在何處。」

「我說宋兄，」史寬之湊近道，「人活在這世上，那就得活起來，倘若處處那麼認死理，到頭來也就沒法活，只剩個死了。」

「是死是活，宋慈自有命定。」說完這話，宋慈推開了史寬之的手，向外走去。

宋慈沒有離開太學，而是去見了真德秀。

真德秀早已聽說宋慈獲釋出獄，但宋慈一直沒回太學，他不免擔心，直至見到本人，才算安了心。

然而不等真德秀寒暄上兩句，宋慈忽從懷中取出學牒，雙手遞至他身前，道：「老師，我無意繼續求學，還請老師將此學牒轉交給祭酒大人。」

此時天色向晚，太學祭酒湯顯政早已歸家，只有包括真德秀在內的少數學官還未離開。宋慈之前回習是齋，就是為了取來學牒，請真德秀代為轉交。當時王丹華、陸輕侯、寇有功等同齋都在齋舍裡，見到宋慈歸來，甚是欣喜，說宋慈和劉克莊入獄那天，一群甲士闖入太學，將習是齋翻了個底朝天，似乎在尋找什麼東西，但最終一無所獲。眾同齋為了救宋慈和劉克莊，打算聯名上書為二人訴冤，湯顯政卻傳下學令，不准任何學官和學子參與此事。眾同齋冒著違反學令的風險，仍是聯名上書，眾學官之中，真德秀是唯一參與之人，只可惜這次上書最終石沉大海。

「你要退學？」真德秀大吃一驚，「為何？」

宋慈不答，只是淡淡一笑，道：「過往一年，承蒙老師授業解惑，學生獲益良多。此番恩德，宋慈今生不敢忘。」向真德秀行禮告辭，放下學牒，轉身離開。

暮色四合，黑夜將至，四下裡那些流光溢彩的燈籠早已撤去，宋慈獨自走在薄暮冥冥的太學之中。他已回過了習是齋，見過了諸位朝夕相處的同齋，也見過了最為敬重的老師。他打算再去看一眼學堂，看一眼射圃，看一眼岳祠，看看所有他足跡踏過之處。今日一別，他知道自己恐怕再也沒有機會回來。

宋慈先是去了學堂，那裡是他平日裡行課之處。剛到學堂外，卻見道旁有幾個齋僕趁著最後一點天光，正在忙活著挖地種樹，其中便有孫老頭。之前與劉克莊行經此地時，包括孫老頭在內的幾個齋僕在此挖掉桃樹，說是過段時間改種成松柏。原有的桃樹早已不見蹤影，一株株松柏苗相間而種，已經種到了最後一株，幾個齋僕眼看便要忙活完了。

孫老頭看見了宋慈，將鋤頭拄在地上，一邊擦著滿頭的汗水，一邊笑著衝他打招呼。

宋慈想起上次行經這裡時，劉克莊還在他的身邊，如今劉克莊卻被關在司理獄中，他心裡更增失落。上次劉克莊曾提到，以後要看桃花，只能去城北郊外，他不免又想起無法與母親觀賞桃花的遺憾。時下已是二月，用不了多久，母親墳墓旁的那株桃樹就該開花了吧，只可惜他今年無法回去，往後只怕也再沒機會回去了。他心中黯然，向孫老頭點了一下頭，算是回應了孫老頭的招呼，便打算往學堂而去。

然而沒走出幾步，宋慈突然停住，猛地回過頭去，望著孫老頭。孫老頭重新拿起鋤頭，朝地上挖了下去，很快挖好了一個坑，其他幾個齋僕移來最後一株柏樹，填土的填土，澆水的澆水。

宋慈看到這裡，眉頭一凝，站在原地想了一陣，似乎想到了什麼。

他不再去往學堂，也不再去看射圃和岳祠，而是掉頭向外，疾行出了太學。

# 第十章 萬事皆休

宋鞏不知宋慈去了何處，自打宋慈離開提刑司後，他便開始忐忑不安地等待。宋慈叫他留在提刑司，還說去去便回，可他在提刑司等了足足一個時辰，仍不見宋慈歸來。他怕宋慈回了梅氏榻房，於是又趕回梅氏榻房詢問桑榆，得知宋慈沒有回來過。他心裡隱隱生出不安，擔心宋慈會做什麼傻事，會一去不回。

正當宋鞏這樣擔心時，宋慈回來了。這一次「去去便回」，卻是直到天色黑盡，宋慈才回到了梅氏榻房。

「爹，我想明白了，我要即刻出城。」宋慈突如其來的一句話，令宋鞏又驚又喜。宋鞏生怕宋慈反悔，立馬請來桑榆，為宋慈改換了一身行頭。宋慈的臉被塗黑了不少，又穿上桑老丈的舊衣服，戴上草帽，挑上貨擔，混在桑榆、桑老丈和幾個貨郎之中，走出了梅氏榻房。

宋鞏擔心韓侂胄派人盯梢，怕宋慈被人認出，臨別之際，他不敢隨行相送，只能走出榻房大門，假裝到附近浮鋪買些吃食，時不時地轉頭望上一眼，老眼含淚，偷偷地目送宋慈遠去。

等到宋慈的背影澈底消失在街道盡頭，宋鞏才默默回到榻房，靜靜地等待明天的到來。他曾寬慰宋慈，他助其出逃遠非死罪，過得幾年便會沒事，可他心知肚明，韓侂冑是不會放過他的。但他沒有一絲懼怕，反而因為宋慈的離開，長久以來忐忑不安的心，總算歸於平靜。

在宋鞏於黑夜中寂靜等待之時，史寬之已悻悻然回到自己家中，見到了等在花廳裡的史彌遠。得知宋慈不願交出蟲達留下的證據，史彌遠冷哼了一聲，道：「這個宋慈，真就是糞坑裡的石頭，又臭又硬。韓侂冑將他打入牢獄，嚴刑拷打，他不肯屈從，倒還可以說他硬氣。可楊太尉不計前嫌，先後救他兩次，你也曾向他通風報信，救過他一命，他仍是不懂規矩，那可就是冥頑不化了。威逼不從，收買不得，感化不動，世上竟有此等人物？」

「宋慈只說，東西不在他的手上。日間太尉救他出獄之時，他也是這麼答覆太尉的。」史寬之道，「會不會他當真沒有那個證據？」

史彌遠想了一想，道：「不管他有沒有，總之這東西落不到楊太尉手裡，楊太尉和楊皇后便不會公然向韓侂胄翻臉，扳倒韓侂胄也就時機未到。眼下就要看宋慈敢不敢去捅破當年的這層窗戶紙了。」

「宋慈向來不知天高地厚，」史寬之道，「倘若他不去捅破，那就不是宋慈了。」

史彌遠點了點頭，道：「此事一旦被捅破，韓侂胄定然威信掃地，聖上只怕再也不會信任他。到時他為了重樹威望，勢必急於北伐，倉促之間豈能成功？北伐一旦受挫，他可就萬劫不復了。」說到這裡，嘴角微起，「光而不耀，靜水流深。寬兒，該做的都已做了，眼下無須多動，靜觀其變即可。」

史寬之躬身應道：「爹所言極是，寬兒拜服。」

黑夜過去，天色漸明，吳山霧靄氤氳，南園一片迷濛。

韓侂胄今日稱病在家，沒有去上早朝。他答應宋鞏的請求，默許了宋慈出獄，隨即便派出眼線盯著這對父子的一舉一動。過去這段日子，宋慈實在令他有些頭疼——要其交出蟲達留下的證據，不肯交出；關入牢獄嚴刑拷打，不為所動；將其交好之人盡皆下獄，仍是不受威脅；關了十多日，居然一直沉得住氣，似乎真打算經年累月地待在牢獄之中。如今他倒要看看，有了其父宋鞏的勸說，宋慈會不會妥協。他根本不怕宋慈逃走，就算宋鞏別有所圖，可劉克莊和辛鐵柱等人還被關在牢獄之中，以宋慈的為人，定然不會獨自逃生。一日之限已到，他就在歸耕之莊，等著宋慈親自把那證據送上門來。

莊內四角都擺放了取暖的炭盆，偶爾會有些許火光閃動。韓侂冑坐在正中的椅子上，握著一隻精緻的手爐，靜靜地等待著。

一陣腳步聲響起，打破了莊內的寂靜。

韓侂冑抬眼看去，見是夏震領著一人快步從莊外走入。領來之人一身商旅打扮，是喬裝之後負責盯住宋慈的眼線，一入莊內，這人當即跪到地上。那眼線的聲音聽起來有些畏懼，向韓侂冑回稟說，昨天宋慈出獄之後，四處奔走，一會兒去折銀解庫，一會兒去提刑司，一會兒去報恩坊，一會兒去太學，他和幾個眼線一直交替跟隨，直到入夜之後，見宋慈回到了梅氏榻房，此後再也沒有出來過。可是今日一早，卻只看見宋鞏獨自一人走出梅氏榻房，不見宋慈出來，於是那眼線進入榻房尋找，哪知竟不見了宋慈的蹤影。回想昨晚宋慈進入榻房後，只有一些貨郎進進出出，那眼線懷疑宋慈是喬裝打扮，混在貨郎之中，已於昨晚離開了，急忙趕來稟報。

「這點小事都辦不好！」韓侂胄臉色不悅。

那眼線是甲士出身，是夏震的下屬，慌忙伏地請罪。

韓侂胄手一揮，示意那眼線退下。那眼線沒領到責罰，惶恐不安，小心翼翼地退出了歸耕之莊。

「太師，一夜之間，宋慈應該走不了太遠，要不要屬下加派人手，即刻追他回來？」夏震請示道。

韓侂胄卻把手一擺。他知道宋慈不會逃走。倘若宋慈是那種拋棄親生父親和至交好友的貪生之人，早就把蟲達留下的證據交了出來，向他換取榮華富貴了。他心知宋慈離開，必有其因，但以防萬一，他還是吩咐夏震道：「你去把宋鞏帶來。」只要宋鞏在，不怕宋慈不回來。

夏震立刻領命而去，從歸耕之莊出來，找到了那等在莊外的眼線。據那眼線所言，宋犟今日一早離開了梅氏榻房，一路沿御街南下，瞧其所行方向應是吳山南園，那眼線為了稟報宋慈消失不見的事，趕在了宋犟的前面，其他幾個眼線留在後面，一路上盯著宋犟。

夏震吩咐那眼線速去把宋犟抓來，他本人則在甲士看守的南園大門前等候。

宋犟本就是來見韓侂胄的，剛到吳山腳下，便被幾個攤販、商人、乞丐打扮的人抓住，強行帶來了南園。看來自己沒有猜錯，韓侂胄果然派了人盯梢。想到宋慈昨晚已喬裝打扮出城，他只盼宋慈能盡量走遠，不要被韓侂胄的人追回。至於他自己，早把生死置之度外，任由幾個眼線抓著，隨夏震進入南園。

就在宋犟即將踏入南園之時，一聲「爹」忽然從身後傳來。

宋犟聽得真切，那是宋慈的聲音。他急忙回頭，只見迷濛霧氣之中，一道人影走來，正是宋慈。

「慈兒……」他原以為宋慈昨晚便已逃離臨安，哪知這時竟會在南園外見到，一時驚在了原地。

夏震一揮手，看守大門的幾個甲士立刻衝上前去，將宋慈拿下。

宋慈鎮定如常，聲音平靜：「夏虞候，韓太師想見的是我，還請不要為難我爹。」

「你來了就好，太師已等你多時。」夏震吩咐那幾個眼線，將宋鞏帶到許閒堂看管起來，再讓甲士押著宋慈，隨他前去歸耕之莊見韓侂胄。

「慈兒……你怎麼回來了？」宋鞏被強行帶入許閒堂時，詫異不解地望著宋慈。

「爹，你安心在此等候，不必擔憂。」宋慈不做解釋，留下這句話，由甲士押行而去。

韓侂胄吩咐完夏震後，只不過一盞茶的工夫，就見夏震返回，帶來的卻不是宋鞏，而是宋慈。他心知自己沒有料錯，宋慈到底不肯貪生舍義，冷淡地笑了一下，道：「你昨晚既已離開，為何又要回來？」

「宋慈特來謝過太師。」宋慈被帶到離韓侂胄一丈開外，站定在那裡。夏震吩咐押行宋慈的甲士退出歸耕之莊，只他一人留守於韓侂胄身邊。

「謝我？」韓侂胄將手爐放在一邊，身子稍向後仰，靠在了椅背上。

「謝太師許我出獄一日，讓我得有機會，查破亡母一案。」宋慈說這話時，向韓侂胄行了一禮。

此事早有眼線來稟報過，韓侂胄昨天便已知曉。

「你這人很有意思。」韓侂胄道，「好言相勸時，你目中無人，以為你傲骨錚錚，卻又如此恭敬端正。」

宋慈一禮行畢，道：「亡母一案雖破，但仍有不少存疑之處，須向太師言明。」他目光直直地看向韓侂胄，「這起案子並不複雜，現場留下了不少痕跡，可以輕易查出真凶是竊賊吳大六，然而當年府衙遮遮掩掩，不是查不清楚，而是根本沒去查，使吳大六得以逍遙法外十五年。吳大六無權無勢，一個外來之人，在臨安城中沒有任何根基，何以府衙卻要替他遮掩？只因此案凶手不止一人，在吳大六之前，還有一人曾潛入客房對我娘親行凶，被吳大六瞧見。府衙要掩護的，其實是這前一個行凶之人。此人姓蟲名達，是後來的池州御前諸軍副都統制，當年則是太師的下屬。」

韓侂胄臉色一沉，道：「你來見我，是為了你娘的案子？」

「慈孝之心，人皆有之，母親枉死，不敢不查。」宋慈說道，「吳大六雖未目睹蟲達的容貌，但看見其右手斷去末尾二指，加之當時仵作祁駝子驗得我娘親右腹遭短刀捅刺，傷口長約一寸，而蟲達正好隨身攜帶有短刀一柄，我曾親眼看見過，其刀寬正在一寸左右，且事後蟲達威脅家父離開臨安時，承認他自己便是凶手，可見前一個闖入客房對我娘親行凶之人，正是蟲達。」

他繼續道：「可蟲達何以要對我娘親行凶？當年我隨父母來到臨安，曾與太師的公子韓㺭結過怨，蟲達若是為了替韓㺭報復私怨，該來殺我才是，不該對我娘親下手，而且他有的是機會動手，大可不必選擇大白天裡，在人流甚多的錦繡客舍裡殺人。」

說到這裡，宋慈語氣起疑：「更讓我奇怪的是，蟲達怎會在我娘親回房之前，就提前躲入行香子房？或者該這麼問，蟲達如何知道我娘親住在行香子房，提前便去藏身？直到新安郡主告訴我，當年我娘親遇害之前，曾為了我在百戲棚被韓㺭欺辱一事，跟隨後來的恭淑皇后去過太師家中，想當面討個說法，只可惜韓㺭不在家中。當時太師曾向我娘親道歉，還問明我娘親的住處，說等韓㺭回家之後，便帶上韓㺭親自登門道歉。所以太師你，當年知道我娘親的確切住處。」

韓侂胄聽到這裡，臉色陰沉，向夏震看了一眼，示意其退下。

夏震湊近前去，小聲道：「太師，屬下若是離開，只怕……」

韓侂胄只冷冷地吐出兩個字：「出去。」

夏震不敢違抗，當即領命，躬身退出了歸耕之莊。

韓侂胄本就是武官出身，平日閒暇之時不忘舞刀弄劍，年逾五十仍是身子強健，根本不把宋慈這個文弱書生放在眼裡。更何況就在他觸手可及的地方，還放置著一柄劍，正是當日宋慈去韓府花廳見他時，他曾舞弄過的那柄寶劍。宋慈距他一丈之外，但凡有任何異動，他可立即拔劍斬之，是以根本不懼與宋慈單獨相處。

支走夏震後，韓侂胄冷眼瞧著宋慈，道：「你既然想說，那就接著往下說。」

宋慈看了一眼韓侂胄的右手。韓侂胄說話之時，右手有意無意地輕撫劍柄。宋慈看在眼中，不為所動，道：「我娘親登門討要說法之時，韓珍不在家中，說是隨其母親去城北郊外觀賞桃花。後來我父親在瓊樓見到了賞花歸來的韓珍，其身邊有多個僕從，卻沒有蟲達。由此可見，蟲達當時應該留在了太師家中。蟲達能趕在我娘親回住處之前，搶先一步趕到錦繡客舍，翻窗潛入行香子房，只怕是太師將這一住處告知了蟲達。所以蟲達急著殺害我娘親，極可能是出自太師的授意。」

韓侂胄聽到這裡，冷笑了一下，頗有不屑之意。

宋慈搖了搖頭，道：「可我娘親如何得罪了太師，令太師驟起殺意，而且那麼著急要將我娘親殺害？我一直想不明白。直到昨日，新安郡主遇害一案告破，凶手賈福被抓獲。賈福有一大罐金銀珠玉，是從其養父那裡得來的，其中有幾枚玉扣，與先帝賜給恭淑皇后的玉扣相似，其來源極可能是皇宮大內。我去報恩坊查問賈福的養父，竟意外得知他在宮中做過內侍，曾是古公公的下屬，那一大罐金銀珠玉，都是古公公所賞。這位古公公名叫古晟，新安郡主曾對我提起過，說當年我娘親去太師家中時，剛到大門外，看見兩人從太師家中出來，其中一人是時任太醫丞的劉扁，另一人便是這位古公公。

劉扁曾在十年前獲賜一座宅子，開設成了醫館，也就是如今的劉太丞家。據其弟子白首烏所言，這座宅子是劉扁為當今聖上治病所受的御賞。這位古公公，大約也是同一時期，從御藥院的奉御，被聖上提拔為都都知，一躍成為宦官之首，至於他給賈福養父的那一大罐金銀珠玉，想必也是從聖上那裡得來的御賞。此二人，一個只是翰林醫官局的太醫丞，一個只是御藥院的奉御，有何大功，能受此厚賞？劉扁獲賜那麼大一座宅子，想必定是治好了什麼疑難雜症，然而當時聖上即位不久，正值春秋鼎盛，沒聽說患過什麼病。治病受賞云云，不過是劉扁的托詞而已。當時朝局已安，四海承平，劉扁和古公公身在宮中，唯一能立大功的機會，只有不久之前的紹熙內禪。」

宋慈看了看四周，看了看這丹楹刻桷的歸耕之莊，道：「功莫大於從龍，這南園本是高宗皇帝的別館，太師能從太皇太后那裡獲賜此館，究其根源，也是當年在紹熙內禪中立下定策之功。十五年前，聖上還是嘉王，劉扁和古公公出現在太師家中，二人離開時戴著帽子，有意將帽子壓低，遮住了大半邊臉，似乎不想被人認出。可當時為我娘親領路的恭淑皇后還是認出了二人，叫破了二人的名字。二人沒有說話，只是匆忙行了一下禮，便匆匆離去。這一幕正好被隨後出現的太師瞧見。這二人為何要與太師私下相見？若是上門看診，大可不必遮遮掩掩，而且只需劉扁一人即可，古公公為何要一起去？」略微一頓，語氣微變，「翰林醫官局掌入宮診治，對症出方，御藥院掌按驗祕方，修合藥劑，二者合在一處，便可為聖上施藥越疾。彼時先帝即位不久，卻時常患病，正需進藥診治，然而數年下來，先帝病情非但不見好轉，反而越發嚴重，以至於無法處理朝政。傳言先帝病情時好時壞，反復無常，就算勉強上殿聽政，也是目光呆滯，言行乖張。都說先帝患病，是受李皇后所迫，可一個即位之前被孝宗皇帝譽為『英武類己』的帝王，能在短短三五年間，僅僅因為皇后所迫，便變成這般模樣嗎？」

宋慈話音一轉，道：「劉扁後來死於牽機藥中毒，此藥相傳是宮廷御用毒藥。十年之前，劉鵲的女兒劉知母，剛住進劉太丞家不久，便無意在醫館中翻找出一瓶牽機藥，誤食而亡。白首烏又曾提及，劉扁在宮中做太丞時，知曉了牽機藥的煉製之法，私下煉製了此藥。由此可見，早在十年甚至更早之前，劉扁便已擁有牽機藥。劉太丞家的二大夫羌獨活，鑽研毒物藥用之法，私下配成了牽機藥，長時間以家養之犬試藥，發現牽機藥雖是致死劇毒，但若少量服用，並不會致命，只會致使頭目不清，出現瘋癲之狀。劉扁與古公公合在一處，正好可以為先帝治病進藥，倘若每次進藥之時，都偷偷加入少量的牽機藥……」

「宋慈！」韓侂胄忽然喝道，「你可知自己在說什麼？」

「我當然知道，我方才所言，便是太師千方百計想要掩蓋的祕密。」宋慈環顧左右道，「此間乃太師住處，別無他人，太師又何必懼之？」

韓侂冑臉色陰沉，道：「我堂堂正正，何懼之有？只不過你娘的案子，我毫無興趣。」身子稍稍前傾，「我只問你，東西呢？」

「太師想要的東西，昨晚之前，還不在我的手上。」宋慈道，「也是要謝太師許我出獄一日，讓我得以有機會，找到蟲達留下的證據。」

韓侂冑神色一緊，之前他便想過宋慈昨晚離開，必有其因，原來是找蟲達留下的證據去了。他掌心一翻，道：「交出來。」

宋慈看著韓侂冑攤開的手，立在原地，不為所動。為了這個證據，他苦思冥想了許久，尤其是被關押在司理獄的半個月裡，他常常在牢獄之中靜坐，不知多少次思考這個證據會在何處。他一度有過懷疑，彌音之所以決絕赴死，是不是因為這個證據早已隨著淨慈報恩寺的大火灰飛煙滅，並沒有落在彌音手中？然而他想了許久，忽然想到了一事，當初淨慈報恩寺起火之時，彌音先是衝入禪房去救蟲達，後又衝回寮房去救巫易。彌音死心塌地追隨蟲達，冒死衝入火海相救，宋慈想得明白，可彌音當真會為了救巫易，甘願去冒被大火燒死的風險嗎？巫易雖是何太驥的至交好友，但彌音與之並無深交，似乎不至於冒這麼大的險。宋慈轉念一想，巫易所住的那間寮房，正好也是彌音的住處，倘若彌音衝回寮房不是為了救人，而是為了救出某樣東西呢？當時蟲達已被劉扁認出，知道自己的身分已經暴露，會不會為了以防萬一，將那個至關重要的證據交給尚未暴露身分的彌音保管呢？倘若真是這樣，那彌音冒死衝回寮房，也就解釋得通了。

宋慈不知道自己的猜想究竟對不對，即便是對的，可彌音已經死了，既沒有將證據交給他，也沒有交給歐陽嚴語，如今這個證據落在何處，根本不得而知。他昨天去見過賈老頭後，將紹熙內禪、古公公、劉扁和韋機藥聯繫在一起，推想出了韓侂胄想要遮掩的祕密是什麼。至於賈老頭，作為古公公曾經的下屬，能從古公公那裡得到那麼多金銀珠玉，又對紹熙內禪諱莫如深，想來要麼是參與了其中，要麼便是知道這祕密後威脅了古公公。宋慈原本不再對找到那個證據抱有任何希望，打算昨晚就去見韓侂胄，甚至為此交還學牒退了學，去見了同齋和真德秀最後一面，已做好了有去無回的準備。然而昨晚回到太學後，目睹孫老頭和幾個齋僕為了栽種松柏而挖地，他突然想到了最後一次在望仙客棧見彌音時，彌音曾對他說過的一句話：「我能告訴你的，都已經告訴你了，你真有查案之心，那這個祕密，你就自己去挖出來吧。」

他當初在望仙客棧裡聽到這話時，便覺得彌音這話聽起來有些怪怪的，至於怪在哪裡，他一時沒有想明白。直到昨晚看見孫老頭挖地，他忽然想起了這句話，倘若彌音所說的這個「挖」字，不是追查的意思，而就是挖掘的本意呢？會不會彌音早就告訴過他某個地點，暗示他去挖掘呢？他想了一陣，最終想起了彌音說過的一句話：「狐死首丘，入土為安，只可惜我和太驥再也不能歸葬故里。」

狐死首丘，是傳言狐狸將死之時，會把頭朝向狐穴所在的山丘，意即思念故鄉。彌音的這句話，似乎是在說自己決意赴死，只可惜他和何太驥一樣，不能歸葬故鄉。彌音的屍體最終會葬在何處，宋慈不得而知，彌音自己更不可能知道，但何太驥葬在何地，彌音和宋慈卻都是知道的。何太驥正是因為拿蟲達留下的證據去威脅韓侂胄，最終丟掉了性命，那彌音會不會將這個證據與何太驥埋在了一起呢？這個念頭一冒出來，宋慈當即決定，去何太驥的墓地尋個究竟。

這個證據極為重要，宋慈也擔心韓侂胄派了盯梢之人，生怕自己直接去淨慈報恩寺後山尋找證據，會被人跟蹤發現，他可不想剛找出這個證據，便被韓侂胄得到。所以他回了一趟梅氏榻房，說他想明白了要出城，讓桑榆幫他喬裝打扮，並混在桑氏父女和幾個貨郎之中，成功避過了韓侂胄派來的眼線，離開了榻房，從錢塘門出了城。

出城之後，宋慈讓桑榆和桑老丈回去，但桑榆不放心，要多送他一程，竟一路送過了整個西湖，來到了淨慈報恩寺腳下。宋慈請桑榆和桑老丈止步，隨即提著一盞燈籠，捨棄大道，往淨慈報恩寺旁邊的山路走去。桑榆本以為宋慈是要離開臨安，可那條山路通往淨慈報恩寺後山，根本不是離開臨安的道路。桑榆急忙追上，比畫手勢，問宋慈要去哪裡。宋慈這才道出實情，說他為了查案，要連夜去一趟淨慈報恩寺後山。

桑榆本來因為離別在即，心頭失落，這一下又是驚訝，又是擔心。她望了一眼後山，黑漆漆的，宋慈獨自一人前去，萬一遇到什麼危險，如何是好？夜裡山路不好走，她讓年事已高的桑老丈留在淨慈報恩寺外等待，她則跟著宋慈走上了那條山路。宋慈知道桑榆的心意，沒有加以阻止。

來到後山之上，在距離原來巫易的墳墓不遠之處，宋慈找到了何太驥的墓地。宋慈從懷中取出了一柄很小的鏟子，那是他之前在太學回梅氏榻房的路上買來的，比他上次墓土驗毒時所用的鏟子還要小上一截。他圍著墓地走了一圈，何太驥是一個月前下葬的，墳墓周圍留有不少挖掘取土的痕跡，不可能把每一處痕跡都挖開尋找。

宋慈的目光最後落在了何太驥的墓碑上，碑前插著不少燃盡的香燭頭。他不知道彌音有沒有來埋過證據，就算有，他也不知埋在何處，但料想彌音與何太驥的關係那麼親近，不大可能直接挖開這位侄子的墳堆，也不可能隨便找個地方埋下，最有可能埋在刻有何太驥名字的墓碑之下，而且彌音來過這裡，想必不會忘了祭拜這位侄子，墓碑前的那些香燭頭，說不定其中就有彌音留下的。於是他俯下身子，在何太驥的墓碑前挖了起來。

桑榆站在一旁，提著燈籠照明，見宋慈一來便挖掘墓地，難免為之驚訝。這墓地位於密林之中，透著陰森，時有陣陣冷風吹過，冰寒刺骨。但桑榆並不害怕，只要宋慈平安無事地在她身邊，哪怕身處黑暗陰森的墓地，她也覺得心中甚安，只是不知宋慈在挖什麼，驚訝之餘，又有些好奇。

宋慈挖了好一陣，挖了大約一尺見方的一個坑，鏟子忽然發出了沉悶的聲響，像是碰到了什麼東西。他急忙將泥土刨開，一個書本大小的木盒子露了出來。他將木盒子挖出，見上面掛著一把鎖，於是先用鏟子敲打，後又撿來石頭砸擊，最終將鎖砸掉了。將盒蓋掀起來，裡面是一團裹得方方正正的油紙，他將油紙拆開，最終看見了包裹在裡面的東西——一方折疊起來的絹帛。

宋慈拿起這方絹帛，展開來，見左下角有所缺失，帶有些許焦痕，似乎是被燒掉了一角。絹帛上有不少墨跡，宋慈挨近燈籠，見上面寫著：「**庚戌三月廿九日，會於八字橋韓宅，共扶嘉王，同保富貴，違誓背盟，不得其死。劉扁，古晟，韋……**」

宋慈依著字跡看下來，絹帛上所寫的是共扶嘉王的盟誓，其中庚戌年是十五年前的紹熙元年，三月廿九日則是禹秋蘭遇害的日子，也就是劉扁和古公公去韓家密會韓侂冑的那天。他看至絹帛的左下方，見到了兩處字跡不同、按壓了指印的署名，分別是劉扁和古晟。在這兩處署名的旁邊，還有一個「韋」字，上面也有些許指印，看起來應是第三處署名，只是正好位於缺失的左下角，署名也殘缺了大半。

雖只剩一個「韋」字，但宋慈一下子便想到了韓侂冑，那是「韓」字的右半邊。雖然絹帛上沒有寫明，但劉扁與古公公身分特殊，一個身在翰林醫官局，一個身在御藥院，韓侂冑私底下與這二人密會盟誓，還寫明是為了共扶嘉王，不難想像這背後存在多大的問題。宋慈知道，這便是蟲達用來威脅韓侂冑的證據。然而這方絹帛被燒掉了一角，且燒掉的正好是韓侂冑的署名，單憑一個「韋」字，根本無法指認韓侂冑。

宋慈想到了淨慈報恩寺的那場大火，以為這方絹帛是在那場大火中被燒去了一角。

他當然不會知道，這方絹帛的左下角，其實是被韓侂胄自己燒掉的。當年韓侂胄收買了劉扁和古公公，因為擔心二人背叛，於是用這一方絹帛，澈底斷絕了二人的退路。但在借助紹熙內禪扶嘉王趙擴登基之後，這一方用來約束劉扁和古公公的絹帛，便已經用不上了，留著反而成為後患，於是韓侂胄打算將之燒掉，但因為劉弼的突然登門造訪，這一方原本已經扔進炭盆的絹帛，最終被留守書房的蟲達得到了。

當時蟲達看見炭盆中冒起一絲火光，只走近瞧了一眼，便趕緊拿起來拍滅火焰，這方絹帛的左下角，連同韓侂胄的大半署名，便是在那時被燒掉的。後來韓侂胄發現炭盆裡沒有絹帛的灰燼，猜到這方絹帛落入了蟲達手中，去讓蟲達交出來時，反而受到了蟲達的威脅。蟲達因為韓侂胄得勢之後只讓他做了一個小小的虞候，早就心懷不滿，有了這方絹帛，當然要利用起來。彼時韓侂胄還在與趙汝愚爭權，不得不選擇隱忍，蟲達後來能手握兵權，不斷獲得提拔，短短三、四年間，成為外鎮一方的統兵大將，便是由此而始。

但蟲達從始至終沒有將這方絹帛拿出來過，因為韓侂胄署名的缺失使得這方絹帛一旦拿出，便會失去對韓侂胄的牽制作用，反倒是不拿出來，韓侂胄並不知署名已毀，這才會處處受制。只不過蟲達成為外鎮一方的統兵大將時，韓侂胄也早已扳倒了趙汝愚，並利用理學之禁打壓異己，牢固了自己的權位，不願長久受此脅迫，決定召蟲達入京，除掉蟲達這個禍患，這才有了後來的事。

宋慈雖然不知道韓侂胄署名被燒掉的實情，但他念頭轉得極快，想到韓侂胄對這方絹帛如此看重，可見並不知曉絹帛上的署名缺失，只要他不拿出來，這方絹帛便依然有用。然而這個念頭只是在他腦海中一閃而過，他想得更多的則是彌音留下證據的舉動。

彌音並不知道宋慈會找去望仙客棧，他之所以將這方絹帛埋在何太驥的墓地，是因為真的打算就這樣決絕赴死，但宋慈的一再堅持，最終還是觸動了他。他並不瞭解宋慈查案的決心能堅定到何種程度，所以沒有將韓侂胄的祕密直接告訴宋慈，也沒有直接告知這方絹帛的下落，若宋慈的決心不堅定，貿然將這些事告知宋慈，只會害了宋慈的性命。於是他留下了暗示，倘若宋慈連這個暗示都猜解不透，也就沒有查破此案的能力，若宋慈果真有查案的決心和能力，那就一定能把這一切挖出來。他這是要讓宋慈有選擇的餘地，讓宋慈自己去決定要走的路。

站在何太驥的墳墓前，手捧著彌音埋下的絹帛，想到彌音赴死之前還能如此用心良苦，想到這對叔侄一文一武，卻都選擇用自己的方式，去挑戰韓侂胄的權威，想到騏驥一躍，明知不能十步，卻還是躍了出去，宋慈內心陡然生出一股莫大的敬意。

如今這方絹帛握在了他的手中，該輪到他去抉擇了。

宋慈將絹帛折疊起來，揣入懷中，在墓碑前坐了下來，一動不動。桑榆知道宋慈在想事情，靜靜地候在一旁。些許輕細的腳步聲響起，是桑老丈見宋慈和桑榆長時間沒回去，擔心出事，尋上山來。桑榆輕輕豎指在唇，示意桑老丈不要出聲。父女二人沒有打擾宋慈，就安安靜靜地等在一旁，後來等得太久，便靠著一株大樹坐下，裹緊衣襖，竟迷迷糊糊地一直等到了天明。

山中霧氣彌漫，於一片迷濛之中，宋慈站起身來——他已做出了決定。

下了淨慈報恩寺後山，來到西湖邊上，宋慈說什麼也不再讓桑榆跟著了。他向桑榆深深一禮，轉過身去，獨自走入了白茫茫的迷霧。桑榆立在道旁，望著宋慈遠去的背影，眼圈微紅。其時西湖水霧縹緲，似籠輕紗，如詩如畫。

宋慈懷揣著那一方絹帛，獨自一人來到了吳山南園。面對韓侂胄攤開的手掌，宋慈沒有將絹帛拿出，而是嘆道：「為了得到這個證據，太師真可謂煞費苦心。新安郡主多次替我解圍，還從聖上那裡為我求來口諭，讓我有權追查蟲達一案，可我因為太師知道我奉旨查案一事，竟懷疑郡主暗中向太師告密。直到我找到了這個證據，證實了關於太師祕密的猜想，才知道告密之人是有的，但這人並非郡主。」他搖了搖頭，「向太師告密的，想必是聖上吧。我原以為聖上許可我查案，還要我保守祕密，是有打壓太師之意。可我查案那幾日，太師一直未加干涉，甚至什麼都沒做，似乎有意放任我查案。其實太師也想讓我去查，正好借我之手，將蟲達留下的證據找出來，我說的對吧？」

韓侂胄不置可否，只是原本攤開的手掌慢慢收了回去。

「自紹熙內禪以來，十年有餘，聖上一直對太師信任有加。趙汝愚身為宗室之首和文臣之首，太師能輕而易舉將之扳倒；天下讀書人都推崇理學，太師說封禁便封禁；北伐未得其時，太師想北伐便可舉國備戰。無論太師做什麼，聖上始終站在太師這一邊。」宋慈繼續說道，「太師想讓我去查案，聖上自然會許可。上元節視學那天，即便沒有郡主去求旨意，我想聖上最終也會准我聯名所奏，許我查案之權。蟲達手中的證據，不僅對太師重要，對聖上也同樣重要，要知道吳興郡王趙抦尚在人世，倘若這個證據一直留在世上，對聖上恐怕也會有所不利。既然我有意查案，那正好順水推舟，只需暗中派人盯著我，便知道我去過什麼地方，查問過什麼人，所以後來太師才能一下子將道濟禪師、祁駝子、歐陽博士等人全都抓走下獄，只怕連彌音冒死行刺，太師也是事前便已知曉。自始至終，我在太師眼中，在聖上那裡，不過只是一顆棋子而已。」

「聖上對此事全不知曉。」韓侂胄忽然道，「宋慈，你不要胡言亂語。」

宋慈嘆道：「那就當我是胡言亂語吧。」伸手入懷，取出了那一方絹帛，並當著韓侂胄的面徐徐展開。

韓侂胄眉心一緊，那絹帛上的字跡，他認得無比清楚，正是他處心積慮想要尋找的證據。他本以為宋慈敢隻身前來，必定將這證據放在了別處，哪知宋慈竟會隨身帶著，不免暗暗吃驚。

宋慈手持絹帛，有意捏住了左下角，不讓韓侂胄看見缺失的署名，說道：「新安郡主曾對我提及，恭淑皇后一直對我娘親的死耿耿於懷。」向手中的絹帛看了一眼，「是啊，庚戌三月廿九日，八字橋韓宅門前，若非恭淑皇后叫破劉扁和古公公的名字，我娘親也不至於無辜枉死。我娘親不認識劉扁和古公公，不知道這二人出入韓宅意味著什麼，可一旦將此事說了出去，知道的人多了，總有人能想明白其中問題所在。

太師為了這次密會盟誓，甚至讓夫人和韓珍攜僕從出城賞花，那是連至親之人都要瞞著，哪知卻被恭淑皇后、新安郡主和我娘親撞見。恭淑皇后本就是嘉王妃，就算知道了個中原委，也不可能說出去。新安郡主彼時尚年幼，又是恭淑皇后的親妹妹，太師不可能對她下殺手，加之又是太師的親族，只需安排人盯著就行。至於我娘親，一個非親非故的外人，隨時可能將此事說出去，自然不能留著。蟲達之所以在我娘親與恭淑皇后分開後，剛回到錦繡客舍之時，便潛入行香子房行凶，正是為了趕在我娘親有機會接觸其他人說出此事之前，將我娘親殺害滅口。恭淑皇后後來應該是想明白了這些事，知道是因為她叫破了劉扁和古公公的名字，才害得我娘親被害。可她又不能將此事說出來，連妹妹新安郡主都不能告訴，這才會對我娘親的死心懷愧疚，一直耿耿於懷。」

聽著宋慈所述，當年那一幕幕往事盡皆浮現在眼前。韓侂胄當年的確擔心禹秋蘭洩露祕密，這才問明禹秋蘭的住處，授意蟲達跟去，先摸清楚禹秋蘭的來歷再做打算。然而不久後蟲達返回，竟說他已除掉了禹秋蘭，並留下痕跡嫁禍給宋鞏。韓侂胄是有殺人滅口之心，但何時動手、如何動手，他還未有定奪。蟲達此舉，雖說是為了替他除掉後患，卻實在太過自作主張，可是木已成舟，他只能買通府衙，想方設法遮掩此案，順著蟲達留下的痕跡，要將宋鞏定為凶手。但宋鞏得祁駝子相助，最終洗清了嫌疑，韓侂胄擔心宋鞏會追查真相，這才讓蟲達威脅宋鞏離開，並讓蟲達自認殺害禹秋蘭是為了報復私怨，哪怕宋鞏真不怕死去追查真相，到時候也可以讓蟲達去頂罪。韓侂胄嫌蟲達擅作主張，從此漸漸開始疏遠蟲達，蟲達對韓侂胄暗懷不滿，生出異心，也是源於這件事。

但韓侂胄沒有向宋慈解釋什麼，也沒必要找藉口為自己開脫，他只道：「你到底想做什麼？」

他盯著宋慈，心想宋慈敢直截了當拿出那方絹帛，還敢肆無忌憚地說出一切，想必早就留了後手。他想到了楊皇后，想到了楊次山，想到了朝堂上的一干政敵，甚至想到了聖上。環顧整個歸耕之莊，四下裡空無一人，忽然之間，他竟生出了一絲如芒在背之感，彷彿有萬千刀斧手正埋伏於四面八方。他的手向外伸出，慢慢按在了劍柄上。

宋慈搖了搖頭，道：「我別無他意，只想說出我查到的一切。」說完，宋慈向牆角走去，將那一方絹帛丟進了用於取暖的炭盆之中。

火光亮了起來，那方絹帛連同上面的文字，在猩紅的火焰之中，慢慢地化為灰燼。

韓侂胄皺起了眉頭，很是費解地望著宋慈，按在劍柄上的手，慢慢地放開了。

昨晚在淨慈報恩寺後山，宋慈靜靜地坐了一夜，也想了一夜。他手握那一方絹帛，有著太多太多的選擇。他可以返回提刑司，請喬行簡召集官吏民眾，出示這方絹帛上的盟誓，像之前查破那幾起命案一樣，當眾揭開蟲達一案的祕密，揭開母親枉死的真相。又或者，他可以將韓侂胄的祕密公開，太學有那麼多學子對韓侂胄不滿，只要他將這祕密連同絹帛上的盟誓寫下來，一夜之間便可動員眾多學子抄寫成百上千份，連夜散發全城，天亮之後，這祕密便會傳遍臨安，不久便將傳遍天下。再或者，他可以將這方絹帛交給楊次山，楊次山有楊皇后撐腰，一向與韓侂胄勢同水火，得到這方絹帛，就算上面署名有所缺失，想必也能大做文章，定會給韓侂胄帶來不少麻煩。但是無論怎樣，這祕密事關當今聖上，他不能就這麼公之於眾。

他也終於想明白了，當初蟲達、彌音和何太驥等人為何不公開這個祕密，想必也是因為牽涉聖上。譬如蟲達，寧肯隱姓埋名出家為僧，坐視家眷坐罪受罰，也始終沒有公開這個祕密，只因他一旦這麼做，就算能扳倒韓侂胄，也會因為牽連聖上，給自己招來殺身之禍。蟲達根本不在乎自己的家眷，哪怕早已得知他的一雙女兒在臨安城裡為婢為妓，近在咫尺的他，也從來沒有設法去幫過自己的女兒。對他而言，自己的性命勝過一切，他藏身在臨安城郊，那是為了等待機會，只有當朝局出現劇烈動盪，或是皇位出現更替之時，他才會公開這個祕密。

與蟲達相比，宋慈不懼一死，但他心如明鏡，知道這祕密一旦公開，必定朝野動盪，要知道吳興郡王趙抦尚在人世，別有用心之人說不定會趁機作亂，屆時局勢很可能比紹熙內禪之前更加混亂，一旦釀成兵災人禍，承平數十年的大宋，只怕會陷入一場莫大的浩劫。

宋慈來到臨安，名義上是為求學，實則在他內心深處，從未忘過母親之死，查明母親遇害一案的念頭，已在他腦中根深蒂固十五年。如今他查明了一切，終於有機會為枉死的母親討回公道，然而他卻猶豫了。

一己之公道，與天下百姓之太平，孰輕孰重？一夜過去，他想明白了，於是隻身一人來到了吳山南園，揭開母親枉死的真相。他知道這根本算不上公道，但他只能這麼做，哪怕他不願如此，哪怕他要和父親一樣，永遠背負對母親的愧疚。

「往昔紹熙內禪，流言四起，人心惶惶，變亂叢生。聖上登基十年有一，一切早成定局，大宋也已重歸太平，如今少一人知道這個祕密，世上便能少一份災劫。此間別無旁人，太師可以說我圖謀行刺，當場將我誅殺，世人也許會有所非議，但過不了多久，便會沒人在乎，沒人記得。」宋慈說道，「劉克莊、辛鐵柱，還有其他因太師遇刺被下獄之人，他們都不知曉太師的祕密，望太師在我死後，能將他們放了。大宋承平不易，天下難安，還望太師整軍經武，善擇良將，得其時機，再行北伐。」說罷，他立在原地不動，緩緩閉上了眼睛。

韓侂胄直到此時，才算明白了宋慈為何會做出種種異舉，道：「原來你是求死來的。」冷淡一笑，「我以為你只會認死理，想不到你也有放棄的時候。」

宋慈是為天下所計，方才燒掉了那一方絹帛，在最後一刻放棄了追查到底。韓侂胄竟隱隱然為之觸動。他掌權十年，大可貪圖享樂，卻一心北伐，志在恢復中原，又何嘗不是為天下所計？宋慈不惜得罪他，受盡各種阻撓，冒著身死命斷的危險，一直查案至今，那是明知不可為而為之，而他用盡手段，從一個韓家的旁支外戚，一步步走到今天，只為建那不世之功，留那萬世盛名，又何嘗不是明知不可為而為之？宋慈只是一個小小的太學生，身無尺寸之柄，為了追查亡母一案的真相，一路走來受過多少冷眼，付出過多少代價，只有宋慈自己知道，而他又何嘗不是如此？

他原本只是一個恩蔭武官，始終被那些科舉出身的朝臣看不起，以至於年過四十，還只是一個小小的知閤門事，那些把控大權的朝臣只知貪圖安樂，不思進取，讓他看不到任何建功立業的機會。他可以只做武官，可就算他把武官做到頭，又能如何？他不想像岳飛那樣，矢志北伐，卻被朝臣掣肘，被聖上猜忌，以至於功敗垂成，受那千古之冤。唯有不擇手段，將大權攬於一身，才有機會去實現自己的抱負。

這一路走來，付出過多少代價，跨越過多少阻礙，只有他自己知道。朝堂上那一幫腐儒，只知道陽奉陰違，從來不知同心齊力；太學裡那一批批學子，只知道與他唱反調，從來不會建言獻策；家中獨子鼠目寸光，只知道飛揚跋扈，從來不懂為他分擔；他容忍過蟲達，放任過劉扁，可這些人不知收斂，反而只知道得寸進尺，變本加厲地威脅他；原本以為除掉了蟲達和劉扁，從此便可高枕無憂，哪知突然又冒出來個何太驥，竟敢明目張膽地要脅他；他以為何太驥是從劉鵲那裡獲知的祕密，派夏震助李青蓮縊殺何太驥的同時，逼迫劉鵲交出蟲達留下的證據，哪知劉鵲寧肯自盡也不交出來，他這才意識到證據不在劉鵲那裡，於是當得知皇帝已口諭宋慈追查蟲達一案後，他便暫且留了宋慈一命，想著借助宋慈之手，將與蟲達相關的人和證據都挖出來。他想盡辦法試圖抹掉的證據，如今終於在他眼前化為灰燼，十年來的忐忑不安，至此終於可以放下。

但是他想不明白，自己執掌天下權柄，明明一人之下、萬人之上，為何這些人總是不知天高地厚，一個個跳出來與他作對？為何自己身邊盡是趙師睪這等溜鬚拍馬之輩，如喬行簡那般有真才實幹的官員，明明是他親手提拔起來的，卻總是莫名其妙地站到他的對立面？為何何上騏那樣的忠勇之士，寧肯剃度出家，隱姓埋名，甚至拋卻性命來行刺於他，只為報效蟲達，卻不肯效忠於他？更有宋慈這般心志堅定、身負大才之人，卻終究不能為他所用……他好長時間沒有說話，就那樣看著宋慈，心中想了太多太多。

「你走吧。」不知過了多久，韓侂胄開口了，「你這樣的人，與我倒有幾分相像，殺了實在可惜。劉克莊、辛鐵柱那些人，只要不再與我作對，我會放了他們。你走之後，我會一直派人盯著你。我在朝之日，或者說當今聖上在朝之日，你就別想再為官了。你所負之才，就留給下一朝吧。」

宋慈一心求死，靜待刀劍加身，聽得此言，睜開了眼睛，有些詫異地看著韓侂胄。

韓侂胄不耐煩地揮了揮手，喚入夏震送宋慈離開，尤其叮囑不是送宋慈離開南園，而是送宋慈離開臨安。他本人則站起身來，拾起那柄寶劍，獨自步入後堂，只留下那一隻已經冰涼的手爐孤零零地擺放在原處。

宋慈不再多言，向韓侂冑的背影行了最後一禮，轉過身去，走出了歸耕之莊。

臨安城的這場霧，長久沒有散去，直至正午將近，仍是濛濛的一片。

清波門外，西湖岸邊，宋慈與桑榆告別，準備回建陽了。他沒有回太學收拾行李，那些書籍衣物，已沒有帶回去的必要。宋鞏已雇好了車，在城門外等著他。夏震帶著幾個甲士站在城門旁，一直目不轉睛地看著他。

桑榆朝府衙的方向遙指一下，比畫了見面的手勢，臉上帶著不解之色。

她是問為何不等劉克莊和辛鐵柱出獄，見過面之後再走。他搖了搖頭。他不願對劉克莊和辛鐵柱有任何隱瞞，可韓侂冑的祕密是什麼，蟲達留下的證據又是什麼，他又不能對二人說出來。他心裡明白，韓侂冑能放過他，不一定能放過別人，劉克莊又是他的至交好友，與之再有過多接觸，難免韓侂冑不起疑心。所以相見不如不見，之前司理獄中那一面，就當是最後一面吧。他托桑榆等劉克莊和辛鐵柱出獄之後，幫他帶一句話，讓他們二人永遠不要去建陽找他。

除此之外，宋慈把所有的錢財留給了祁駝子。宋鞏當年受蟲達威逼，為了保護年幼的宋慈，不得不匆忙離開臨安，沒來得及報答祁駝子的救命之恩，更不知道祁駝子後來的遭遇，十五年後重回臨安，才從宋慈那裡得知了一切。宋鞏很想再見祁駝子一面，當面感謝祁駝子的莫大恩德，但如今祁駝子身在獄中，他父子二人又不得不立即離開臨安，這一面，也不知此生還能否見得。為救宋慈，宋鞏帶來了不少錢財，包括家中的全部積蓄，以及典當家當所得的銀子。他明白這些錢財遠遠抵不得祁駝子所遭遇的一切，但他此時能做的只有這些。將來若有再回臨安的機會，他一定會去見這一面的。

桑榆不認識祁駝子，宋慈請桑榆把這些錢財交給出獄之後的劉克莊，讓劉克莊代為轉交。祁駝子的恩德，宋慈會一輩子銘記，還有因他入獄的葉籟、歐陽嚴語等人，他會始終感念在心，至於韓絮的死，恐怕他終此一生，也不得釋懷了。

桑榆還有行李留在梅氏榻房，要等收拾完後，才會離開臨安返鄉。臨別之際，她將藏在袖子裡的東西取出，輕輕放到了宋慈的手裡。那是一個半尺高的人偶，是她為了感謝宋慈的救命之恩，用了好長時間親手刻成的，之前因為宋慈突然入獄，她一直沒有機會送出。

那人偶是照著宋慈的模樣刻成的，還細細地塗上了顏色，形神兼具，惟妙惟肖，活脫脫便是一個小宋慈，只不過與宋慈平日裡的不苟言笑比起來，那人偶彎起了嘴，大方地笑著，多了幾分可愛。

宋慈將那人偶握在手中，看了又看。

他道一聲「多謝」，向桑榆告了辭，登車而去。

# 尾聲

重回建陽，已是二月中，宋慈離開一年，家鄉的一切都沒變樣，可他卻有恍如隔世之感。

不久之後，桑榆回到了建陽。桑榆告訴宋慈，他離開臨安後的第二天，劉克莊、辛鐵柱、祁駝子、歐陽嚴語和道濟禪師等人都被釋放出獄，連葉籟也免罪獲釋。桑榆把宋慈留下的錢財交給了劉克莊，請劉克莊轉交給了祁駝子，也把宋慈的話轉告給了劉克莊，劉克莊先是愣了愣，隨即放聲大笑。

桑榆比畫手勢問劉克莊笑什麼，劉克莊說是因為高興。其實在劉克莊的心中，最在意的從來不是什麼真相，而是宋慈的安危。只要宋慈平安無事，對劉克莊而言，那就是最值得高興的事。劉克莊還笑著對辛鐵柱道：「宋慈這小子，一輩子那麼長，他說永遠不見便不見嗎？」

劉克莊又拉上了辛鐵柱和葉籟等人，也請了桑榆，同去瓊樓大飲了一場。席間辛鐵柱提及，他已決定參軍戍邊，沙場報國，劉克莊興奮不已，當場賦詩痛飲，為辛鐵柱壯行。在場人人都看見，劉克莊這一場酒喝得極為盡興，醉到不省人事，但沒有人看見，劉克莊醉倒之時，閉上眼的那一刻，眼角流下了淚水。

得知劉克莊和辛鐵柱等人盡皆平安，宋慈欣慰一笑。

此時的宋慈還不會知道，短短三個月後，吳興郡王趙抦薨逝，同月，韓侂胄奏請皇帝下詔伐金，並告於天地、宗廟、社稷，兵發三路，正式大舉北伐。然而金國早有準備，三路宋軍皆告失利，金軍乘勝分九路南下，短短一年時間，樊城失陷，襄陽告急，淮南多地淪陷，四川宣撫副使吳曦叛變稱王，金軍甚至已飲馬長江，形勢岌岌可危。朝廷不得已遣使向金國求和，金國提出要斬韓侂胄等人方可罷兵，韓侂胄自然不答應，籌劃再戰，隨後襄陽解圍，吳曦之叛被平定，淮南局勢漸趨平穩，形勢開始好轉。

就在這時，史彌遠與楊皇后、楊次山等人密謀，偽造皇帝御批密旨，指使夏震在上朝途中將韓侂胄斬殺於玉津園夾牆內，事後才奏報皇帝。韓侂胄的頭被割下，函首送往金國求和，是為嘉定和議，朝堂大權自此漸漸落入史彌遠之手。韓侂胄的下場，也算應驗了那一方絹帛上「違誓背盟，不得其死」之語，在他死後，原來依附於他的那些黨羽，可謂樹倒猢猻散，其子韓珍則被削籍流放沙門島。

眼下宋慈還預料不到這些變故，但史寬之能在泥溪村遇襲前向他告密，之後還向他索要蟲達留下的證據，就連楊次山也曾向他討要這個證據，可見韓侂胄的身邊早就被安插了眼線，而且這個眼線能獲知如此祕密之事，必定是韓侂胄的親信之人。但他離開吳山南園時，沒有將此事告訴韓侂胄，只是提醒了韓侂胄不要倉促北伐。

時隔一年，宋慈終於又來到了母親的墓地。他本以為今年回不來的。與往年一樣，他獨自一人靜靜地坐在墳前，從日出到日暮，陪了母親一整天。

「慈母手中線，遊子身上衣」，宋慈的名字，是母親為他取的。在禹秋蘭的想像中，自己的兒子，將來一定會成為一個好男兒，會有天開地闊的志向。她知道宋慈總有一天會離家遠行，每年都會親手為宋慈縫製新衣，然而十五年前錦繡客舍裡那件布彩鋪花的新衣，卻成了最後一件。她意恐宋慈遲遲歸，如今宋慈歸來了，可她早就先行一步，永遠不再回來。

墓地旁邊，當年禹秋蘭下葬之時，宋慈和父親宋鞏親手種下的那株桃樹，如今已長高長大，花開正好。晚風搖林而過，時有花瓣隨風而下，輕輕飄落在宋慈的身上。宋慈抬起頭，朝那枝頭看去。

當年沒能與母親一起去看的那場桃花，如今年年歲歲，都在眼前。

——宋慈洗冤罪案簿（四）：客舍凶殺案　完

# 番外一

開禧三年，殘秋天氣。

畢再遇立在揚州城頭，於落日餘暉之下，北望山河，滿目蕭索。

過去的一年半載於他而言，恍如一場大夢。他本是岳飛舊部畢進之子，年少時便武藝絕人，勇冠三軍，然而數十年間無寸尺之功，年近六旬方才等來了開禧北伐。去年初夏，宋軍正式北伐，首戰便是攻取泗州。面對閉門死守的泗州東西二城，畢再遇挑選新招的敢死軍八十七人為先鋒，賞以酒食，勵以忠義，親率這批敢死軍先登破敵，攻克泗州東城，隨後立起大將旗高呼：「大宋畢將軍在此，爾等中原遺民也，可速降！」泗州西城隨之投降。

畢再遇拿下北伐首捷，卻對賞賜的刺史牙牌堅辭不受，道：「我大宋在河南原有八十一州，今下泗州便得一刺史，往後何以賞之？」

此後宋軍繼續北進，卻遭遇金軍反撲，在各路宋軍盡皆潰退之時，唯有畢再遇不退反進，於靈璧城下，親率四百八十騎，大破金軍五千騎兵，逐北三十里，方才全師而還。隨後在金軍分九路大舉南下，攻陷淮南多地，甚至已飲馬長江之時，又是畢再遇挺身而出，先是率軍收復被金軍攻陷的盱眙，又在六合擊退金軍十餘萬，最後再解楚州之圍，幾乎是以一己之力挽狂瀾，扭轉了岌岌可危的北伐局勢。

然而就在這時，力主北伐的韓侂胄被誅殺，朝廷正式下詔罷兵，轉而向金國求和。此時已升任淮東安撫使、兼知揚州的畢再遇，原本還在整軍備戰，得到這一紙詔令後，他登上了揚州城頭。他身後跟隨著一個高大威武的親兵，那是泗州之戰挑選敢死軍時，第一個站出來的新招士卒，此後一直跟在他身邊，隨他轉戰多地，直至今時今日。

秋風驟起，畢再遇華髮亂舞。望著城外瘡痍之地，想到不久前辛棄疾已經病逝，他心中大起悲涼之意，嘆道：「元嘉草草，封狼居胥，贏得倉皇北顧。四十三年，望中猶記，烽火揚州路……」良久，畢再遇回過頭來，看著身後那親兵道：「我已打算解甲歸田，你也是時候回去了。」

那親兵便是辛鐵柱。殘照之下，他已滿臉是淚。

父親去世已有一個多月，辛鐵柱早前便已獲知，還聽說父親臨終之時，仍在大呼：「殺賊！殺賊！」他想起了去年開春之後，自己離開武學趕赴家中，跪在父親面前的那一幕。他一再懇求，只願身赴沙場，殺敵建功。父親見他去意已決，最終沒有再阻止，轉而叮囑他道：「既然要去，那就奮勇殺敵，不要為那屍山血海所懼，臨陣切不可畏畏縮縮！我辛家大好男兒，當馬革裹屍而還！」

他不忘父親之言，投身軍旅，有幸追隨畢再遇，每戰必奮勇當先。泗州之戰，他先登城牆，拿下首功；靈璧城下，他躍馬追擊，殺敵甚眾，鎧甲盡赤；六合之戰，面對十餘萬金軍圍城數重，他先是堅守城牆，強弓勁弩，箭無虛發，後又在金軍敗退之時，頂著大雨雪，一路追殺至滁州；楚州城外，他在敵陣前縱橫馳騁，分道阻擊，解金軍之圍。短短一年半，他屢破金軍，數立奇功。

然而他沒想到，當日與父親那一別，竟會是最後一面。他身在軍中，雖不用守孝三年，也該百日卒哭，然而為了北伐，他片刻也沒有離開過軍營。可是到頭來，朝廷一紙詔令，他從屍山血海裡拚殺出來的一切，盡皆付諸東流。

熱血已涼，悲不自勝，辛鐵柱抹去淚水，拜別畢再遇，轉身走下城頭。

早有士卒牽來馬匹，備在城下。

辛鐵柱躍馬上鞍，最後回望了一眼城頭上的畢再遇，出城向南馳去。

其時殘陽如血，單人隻馬，孤影斜長。

# 番外二

嘉定元年，陽春三月。

臨安城北，運河沿岸的桃花如期盛開，遊人往來，絡繹不絕。

劉克莊坐在道旁一茶鋪中，身前一方小桌，其上擺放的不是茶水，而是他自己帶來的皇都春。同來的十幾位同齋，聚集到附近的桃樹下賞花去了，只剩他一人自斟自飲。同齋們賞花之時，不忘吟詩作詞，談笑風生。原該他們這般高興，通過了公試，升入了內舍，正是春風得意之時。

這場公試，劉克莊並未通過，今年這個三月，也實在不值得慶賀。去年韓侂胄被誅殺後，聖上改年號為「嘉定」。原本的「開禧」年號，取自太祖皇帝「開寶」年號和真宗皇帝「天禧」年號，僅僅用了三年，便被「定」所取代。就在前幾日，聖上又正式下詔，恢復了秦檜的申王爵位及忠獻謚號。劉克莊想到此，一盞酒飲下，滿腹盡是苦澀。

嘆了口氣，劉克莊抬起頭來，望見道路遠處，一杆幡子搖搖晃晃地立起，上有「一貫一貫，神機妙算」八個大字。自打前年正月之後，劉克莊再沒見過薛一貫，想到與這位太平觀的觀主曾有過數面之緣，也算是故人了，於是他起身離開茶鋪，走到了那杆算命幡子前。

算命之人鬍子一大把，果然便是薛一貫，只是兩年不見，其人老了不少。薛一貫剛剛支起算命攤，就見有人來到自己攤前，一抬頭認出了劉克莊，笑道：「這位公子，許久不見，別來無恙啊。」

劉克莊笑道：「道長不在西湖蘇堤，如何來了這城北郊外？」

「這兩年修繕道觀，還差上些許。」薛一貫看了看往來不絕的遊人，「公子是個明白人，貧道這不瞧著人多，才來這城北的嘛。」

「我正有所求，」劉克莊往攤前一坐，「不如就請道長給我算算？」

薛一貫也不推辭，道：「公子這次是想算卦，還是測字？」

劉克莊朝同齋們聚集的桃樹下望了一眼，拿起算命攤上的三枚銅錢，擲在了卦盤裡，又拿過一旁的竹籤，在沙盤上寫下了一個「桃」字，道：「道長，請吧。」

他這次是既要算卦，又要測字。

這一次薛一貫沒有再說「印堂發黑，黑氣繚繞」之類的話，瞧了瞧銅錢卦象，又看了看「桃」字，沉思了片刻，道：「相見不易別亦難，高低濃淡不一般。桃之夭夭，亦可解為逃之夭夭。公子應是困於苦海，心有所念之人，身有逃離之意。」

「道長果真靈驗。」劉克莊身子向前一傾，「敢問道長，我該是逃離的好，還是不逃的好？」

「時令適之，可出之也。」薛一貫微笑道，「公子心中已有抉擇，又何必再來多問貧道？」

劉克莊的確已有抉擇，今早離開太學之時，他便私下向真德秀交還了學牒，已決意退學，離開臨安。他將懷中的行在會子摸出，盡數放在算命攤上，起身向薛一貫行禮道：「多謝道長指點迷津，劉克莊就此別過。」

說罷，在薛一貫略有些驚訝的注視下，他走回茶鋪之中，伸手拿住了酒瓶。

王丹華從十幾位賞花的同齋中離開，快步來到茶鋪，道：「齋長，別一個人喝悶酒了，你也一起來賦詩作詞吧。如此好景，可不能少了你呀！」

劉克莊朝滿樹桃花望了一眼，道：「嘆激電，光陰如許。回首明年何處在，問桃花，尚記劉郎否？」

說完，他將桌上那瓶皇都春一飲而盡，揮手作別，大笑而去。

高寶書版集團
gobooks.com.tw

DN 310
**宋慈洗冤罪案簿（四）：客舍凶殺案【完結篇】**

作　　者　巫　童
主　　編　林子鈺
責任編輯　高如玫
封面設計　張新御
內頁排版　賴姵均
企　　劃　何嘉雯

發 行 人　朱凱蕾
出　　版　英屬維京群島商高寶國際有限公司台灣分公司
　　　　　Global Group Holdings, Ltd.
地　　址　台北市內湖區洲子街88號3樓
網　　址　gobooks.com.tw
電　　話　(02) 27992788
電　　郵　readers@gobooks.com.tw（讀者服務部）
傳　　真　出版部(02) 27990909　行銷部 (02) 27993088
郵政劃撥　19394552
戶　　名　英屬維京群島商高寶國際有限公司台灣分公司
發　　行　英屬維京群島商高寶國際有限公司台灣分公司
法律顧問　永然聯合法律事務所
初版日期　2024年10月

原書名：宋慈洗冤筆記4


國家圖書館出版品預行編目(CIP)資料

宋慈洗冤罪案簿. 四, 客舍凶殺案/巫童著. -- 初版. --
臺北市：英屬維京群島商高寶國際有限公司臺灣分
公司, 2024.10
　冊；　公分. --

ISBN 978-626-402-087-9（平裝）

857.7　　　113013692

GOBOOKS
& SITAK
GROUP©